MEURTRES, EN TOUTE INTELLIGENCE

La liste des œuvres de Jacques Attali
figure en fin d'ouvrage.

Jacques Attali

Meurtres, en toute intelligence

Fayard

Couverture : Nuit de Chine

ISBN : 978-2-213-70948-2
Dépôt légal : mars 2018

© Librairie Arthème Fayard, 2018.

*Le possible existe déjà quelque part ;
l'impossible existera un jour.*

Avant que ne commence
cette histoire…

La commissaire Fatima Hadj, fille d'un ouvrier marocain, Fouad Hadj, devenu libraire à Dunkerque, et de Samira, devenue sculpteur célèbre à Paris, avait pris, en avril 2018, la direction d'un nouveau service de la police judiciaire parisienne. Elle venait de divorcer d'un avocat parisien et vivait seule avec ses deux jeunes enfants, Issa et Raphaël, au premier étage d'un immeuble du quai de Valmy, au dernier niveau duquel vivait sa mère.

Sa première grosse affaire[*] fut, en juillet et août 2018, la série de meurtres connus sous le nom de « cadavres aux abribus » : douze corps, découverts à douze arrêts de bus, à travers la France. Des corps calcinés, sans tête ni pieds ni mains. Assistée d'un ancien responsable des services secrets, Léo Salz, et de son adjoint amateur de Columbo, Alfred Zemmour, Fatima mena l'enquête sans résoudre l'affaire jusqu'à ce que, le 4 août 2018, Léo Salz lui avouât

---
[*] Voir *Premier arrêt après la mort*, Fayard, 2017.

avoir lui-même, en justicier autoproclamé, organisé l'assassinat de douze policiers que le président de la République avait chargés d'assassiner, les mois précédents, 183 individus fichés S, pour tenter de prévenir tout attentat terroriste en France. Voulant dénoncer ces crimes et le passé obscur du président, Léo avait mis en scène les cadavres de ses victimes devant douze abribus, en des lieux symboliques de crimes commis, bien avant son élection, par le président de la République.

Une fois cet aveu fait à Fatima, Léo Salz informa l'ancien ministre de l'Intérieur, Martial Le Guay, de ses crimes et de ceux du président, puis disparut.

*
* *

Lors d'une conférence de presse tenue, le soir même de ce 4 août, à Paris, l'ancien ministre de l'Intérieur, Martial Le Guay, avait dénoncé le président de la République comme le commanditaire des meurtres de 183 fichés S, « par des hommes de main à ses ordres, policiers ou anciens policiers ». Bien qu'informé en détail de toute l'affaire, Le Guay s'était gardé d'attribuer ces exécutions à Léo Salz. La presse avait dévoilé tous les noms des victimes et attribué leur assassinat à deux autres policiers, opportunément tués au moment de leur arrestation.

Personne n'avait blâmé le président d'avoir ordonné ces éliminations. Après tout, nous étions en guerre contre le terrorisme, et chacun pensait, sans oser vraiment le reconnaître, qu'il avait eu raison d'agir ainsi, de façon préventive. Ce qui avait sans doute évité à la France d'être victime de la terrible vague d'attentats qui venait d'ensanglanter Rome, Berlin, La Haye et Bruxelles.

Le président n'aurait sans doute pas eu à démissionner si Martial Le Guay n'avait pas aussi dévoilé, dans cette même conférence de presse, la signification des lieux où avaient été déposés les corps calcinés de ses douze hommes de main : douze villes différentes où le président de la République avait commis douze délits ou crimes, privés ceux-là : corruption, diplômes truqués, vol, harcèlement sexuel, viol, pédophilie, assassinat.

Ces révélations-là, preuves à l'appui, avaient déclenché un immense scandale et conduit le président à quitter l'Élysée dès le lendemain. Cette décision occupa toutes les discussions des jours qui suivirent : qui serait candidat à sa succession ? Quand aurait lieu la nouvelle élection présidentielle ? Le président déchu allait-il être mis en examen pour avoir ordonné ces meurtres ou était-il protégé par l'immunité attachée à sa fonction ? Allait-il être aussi poursuivi pour les autres crimes, bien antérieurs, ou ceux-ci étaient-ils couverts par une prescription ?

Depuis ce jour d'août, Fatima avait surtout été occupée par les obsèques de son père, enterré au Maroc. Son père, si proche d'elle, laissait un tel vide dans sa vie. Elle n'avait pas eu le temps de lui expliquer avant sa mort la résolution de l'énigme qui l'avait passionnée, comme elle avait stupéfié la France tout entière. Avec lui, elle aurait partagé les aveux de Léo. Seulement avec lui. Car elle n'avait pas fait rapport de cette confession, alors qu'elle aurait dû en saisir toutes les polices de France, et Interpol, pour retrouver ce policier félon.

En couvrant Léo, faisait-elle sien son combat ? Partageait-elle son désir de justice contre les crimes du président ? Pas vraiment. Pour elle, la douceur de la voix de Léo comptait davantage que la monstruosité de ses crimes…

De fait, se rassurait-elle, sa confession n'aurait pas suffi à le mettre en cause, lui, un des policiers les plus respectés du pays. Aucun indice ne le reliait à ces meurtres ; et même si elle l'avait dénoncé, il s'en serait sorti. De plus, elle n'était pas la seule à le couvrir : Léo avait dû tout avouer à Martial Le Guay, en lui donnant les moyens de dénoncer le président. Et il avait fallu la connivence de bien des policiers pour accepter la version qu'avait donnée Le Guay.

Officiellement d'ailleurs, Léo était en mission à l'étranger, et personne n'en demandait plus.

*
* *

Tout s'était ensuite enchaîné très vite.

Le 6 août, le président du Sénat, George Dougall, s'était installé à l'Élysée ; il avait immédiatement lancé les procédures pour une nouvelle élection présidentielle dans un délai de trente-cinq jours, conformément à l'article 7 de la Constitution. Le lendemain, il avait déclaré sa propre candidature ; de même que le Premier ministre.

Le 10 août, Martial Le Guay, après avoir beaucoup hésité, se présenta aussi ; selon les commentateurs, cet ancien directeur des services secrets, devenu ministre de l'Intérieur, ne s'était décidé que pour ne pas laisser la République entre les mains de l'actuel Premier ministre, qu'il pensait factieux, ou celles du président du Sénat, qu'il savait corrompu.

Les ex-grands partis, en miettes, présentèrent aussi des candidats, en ordre dispersé et en trop grand nombre pour être crédibles. Trois candidats d'extrême droite, du centre et d'extrême gauche se mirent aussi sur les rangs.

Au dernier moment, le président démissionnaire laissa entendre qu'il pourrait se représenter et donner sa version de l'affaire. Puis il y renonça, mystérieusement. On murmura que Martial Le Guay était venu le rencontrer dans sa résidence du Lot-et-Garonne et lui avait montré un dossier.

Au début de septembre, alors que commençait la campagne électorale, on débattait encore de la question de savoir si l'ex-président devait être jugé pour avoir ordonné ces 183 meurtres. S'agissait-il de crimes d'État légalement perpétrés ? Et, même s'il s'agissait de meurtres et non de crimes d'État, étaient-ils couverts par l'immunité attachée à la fonction présidentielle ?

Tous les juristes furent formels : aucune jurisprudence, aucun article de la Constitution n'affirmait clairement qu'un président de la République pouvait être jugé pour avoir ordonné des assassinats, quels qu'ils soient, à moins de prouver que ces meurtres avaient été commis pour des motifs personnels. Il aurait fallu, pour le moins, que, une fois le mandat du président écoulé, la commission compétente acceptât de lever le secret-défense, ce à quoi aucun candidat sérieux ne s'était engagé, se retranchant prudemment derrière l'indépendance de la commission. Et l'ancien président pouvait compter sur sa composition. Quant à la Cour internationale de justice, que certains avocats menacèrent de saisir, elle n'était pas compétente, évidemment.

L'opinion découvrait ainsi, avec stupéfaction, qu'un président de la République en exercice pouvait faire assassiner qui il voulait, pendant la durée de son mandat, à condition que la justice ne puisse pas établir qu'il l'avait fait pour des raisons personnelles et incompatibles avec l'exercice de son mandat.

Le parquet de Paris confirma que le président sortant ne pourrait pas être mis en cause pour avoir commandité l'assassinat des fichés S ; ni même pour les douze crimes et délits commis avant son élection, car ils étaient, eux, tous prescrits. Quelques candidats à sa succession protestèrent, d'autant plus mollement que tous les sondages approuvaient largement l'action de l'ancien président.

Le dimanche 16 septembre 2018, Martial Le Guay fut élu largement, au second tour, contre le président du Sénat. Il prit ses fonctions le mardi 18. Moins de trois semaines avant que…

Premier jour

Le mardi 2 octobre 2018, un peu avant 6 heures du matin, Fatima est réveillée par l'appel d'un des hommes qu'elle aimait le moins dans sa galaxie professionnelle, le procureur de Paris :

— Ah, enfin, vous répondez !

Rassembler ses esprits ; sortir de sa torpeur ; regarder l'heure ; déjà 5 h 45 ? Pourquoi dort-elle encore ? Pourquoi ne se souvient-elle pas de sa soirée d'hier ?

— Euh. Bonjour, d'abord, monsieur le procureur. Et pourquoi dites-vous « enfin » ? Suis-je tenu de répondre à 6 heures du matin ? De quoi s'agit-il ?

— Ça fait plus de trois heures que j'essaie de vous joindre, madame la commissaire. Mais vous avez en effet le droit de dormir.

Ah, ça y est. La mémoire lui revient, quand elle constate qu'elle a dormi tout habillée. Une robe légère noire, des bas noirs : profitant de l'absence de ses deux garçons, exceptionnellement partis la veille pour dix jours chez leur père, elle était sortie dîner, pour la première fois depuis bien longtemps. Elle avait accepté l'invitation d'un ancien amant, un amour de jeunesse, Luc de Vries, rencontré pendant ses études à Montréal, depuis trois ans professeur à Stanford et de passage à Paris pour quelques semaines. Ils avaient beaucoup ri et beaucoup bu. Cela ne lui était pas arrivé depuis longtemps... Elle l'avait suivi, pour un dernier verre, dans l'appartement qu'il avait loué près de Notre-Dame. Avant même de la servir, il s'était jeté sur elle pour l'embrasser. Elle avait fui, se demandant ce qu'elle faisait là. En rentrant quai de Valmy, furieuse contre elle-même, elle avait bu, encore, avant de s'affaler sur son lit.

Zemmour lui avait déjà fait remarquer qu'elle buvait un peu trop : « L'alcool, c'est pas bon pour les filles. Ça rend vulgaire et ça fait lâcher toutes les vérités qu'il faut pas dire », avait-il asséné de son ton de papy ronchon.

Fatima l'aime bien, Alfred Zemmour ; il est si différent d'elle, avec son épouse qu'il vénère, ses cinq enfants qu'il couve, ses frères et sœurs qui l'entourent d'un amour envahissant, sans qu'il s'en plaigne. Un flic à l'ancienne, né à Sarcelles de parents rapatriés d'Algérie, ayant gravi tous les échelons, depuis la BAC du 93, où il avait passé quinze ans, jusqu'à atteindre le saint Graal, le 36. D'abord 36 quai des Orfèvres ; et, depuis le déménagement, 36 rue du Bastion... Il s'imagine en Columbo, dont il est fan au point de s'habiller comme lui, d'invoquer très souvent « ma femme », de citer sans cesse quelques répliques-culte, et d'avoir, dans son garage, une vieille 403 qui ne marche pas. En somme, un Columbo séfarade citant le Talmud...

Tout en continuant à parler au téléphone, Fatima se lève, cherche ses enfants, se souvient qu'ils sont chez son ex-mari, va à tâtons vers la cuisine et se prépare un café.

– Voilà, je vous écoute... monsieur le procureur. De quoi s'agit-il ?

– Un meurtre, de votre ressort.

– De mon ressort ? Ça veut dire quoi ?

– Je veux dire un meurtre digne de vous, un meurtre pas comme les autres. Un meurtre dont les médias du monde entier vont bientôt se saisir avec frénésie. Comme les meurtres aux abribus. Qui vous rendra encore plus célèbre. Un meurtre au Crillon. Le ministre...

Voilà, pense Fatima, celui-là, il ne peut pas faire une phrase sans parler du « ministre » ; on ne sait même pas de quel ministre il parle ! L'Intérieur ? Le garde des Sceaux ? Le procureur continue :

– Oleg Brejanski, vous connaissez ?

– Non, monsieur le procureur, je devrais ?

– Une des stars de la Silicon Valley, président-fondateur de Boromir Technologies. Un des leaders mondiaux du numérique, qui travaille pour la Défense américaine, une boîte plus discrète mais aussi importante que les GAFA, dont on parle tout le temps.

– Et il est venu se faire assassiner à Paris ?

– Oui. On vient de le retrouver, la tête fracassée, dans une suite du dernier étage de l'hôtel de Crillon. Place de la Concorde. Porte fermée, fenêtre à peine entrouverte. Mystère total.

– Bien. J'y vais.

— Dépêchez-vous. Je vous envoie le juge d'instruction un peu plus tard… Ça sera Allard, ça vous va ?

Allard, le plus pleutre et le plus courtisan des juges, pense-t-elle. Ça promet… Le procureur continue :

— On va avoir l'ambassade américaine et leurs services secrets sur le dos. En plus, ils sont juste à côté… Ça ne va pas être une affaire facile !

— Vous les avez prévenus ?

— Pas encore, mais ils vont bien finir par l'apprendre. Et ils vont exiger de se mêler de l'enquête.

— Ils n'ont aucun droit, dit Fatima d'une voix qu'elle essaie de rendre ferme. On est en France.

— Parce que vous croyez que les Américains s'intéressent à notre droit ? Dépêchez-vous. Les services de l'identification y sont déjà. Vos hommes aussi. Votre adjoint, comment se nomme-t-il déjà ? Zemmo ?

— Zemmour, Zemmour. Commandant Alfred Zemmour ! Et pourquoi ne pas m'avoir prévenue d'abord ?

— Je vous ai appelée, madame la commissaire. Regardez votre portable. Mais vous aviez le droit de dormir à 3 heures du matin.

— J'arrive.

Fatima se précipite sous la douche. Bon, Zemmour est sur place. Tout est sous contrôle. Retrouver ses esprits. Pas question de sacrifier ses dix minutes quotidiennes de gymnastique. Ce matin, plus nécessaire que jamais, après la nuit stupide qu'elle vient de passer…

Dix minutes avec elle-même… Respirer.

Voilà, ça va mieux. Elle s'habille d'un pantalon gris, d'une chemise blanche et d'une veste noire, et se prépare un deuxième, puis un troisième café. Puis elle prend le temps de se renseigner sur la firme dont a parlé le procureur. Comment déjà ? Boromir Technologies : une firme créée à peine six ans plus tôt par Oleg Brejanski. La victime... Il avait proposé, dit sa fiche Wikipédia, aux dirigeants de Palantir, très grande firme de la Silicon Valley dont il était alors l'employé, de créer une nouvelle filiale pour y loger un projet de logiciel de prédiction radicalement neuf dont il avait eu l'idée ; mais ils avaient refusé. Brejanski était donc parti, à 43 ans, fonder Boromir Technologies, dont il avait installé le siège à Sausalito. Il était devenu en quatre ans le numéro un mondial de la prévision du trafic et des pannes, puis de la prévision économique et géopolitique. Et lui, Oleg Brejanski, était maintenant considéré comme un grand gourou, dont on s'arrachait les avis.

Selon le site Internet de la firme, Boromir Technologies analyse, par des logiciels propriétaires, un maximum de données collectées sur toutes les sources libres, en utilisant « les derniers développements de l'intelligence artificielle telle que développée au MIT ». Et cela semble efficace, si l'on en croit les citations de plusieurs analystes : les machines de Boromir auraient été capables, depuis six mois, de prévoir non seulement mieux que personne les embouteillages terrestres et aériens, mais aussi de prévoir les risques de panne des grands réseaux informatiques dont dépendent les grands du e-commerce, la montée d'une nouvelle monnaie virtuelle d'origine chinoise, l'écrasement du Kurdistan par l'armée irakienne soutenue par les Turcs, la guerre civile au

Nigeria, l'apparition d'une nouvelle souche d'Ebola en Érythrée, l'apaisement de la tension en Corée du Nord, la démission d'Angela Merkel. Des exploits bien plus spectaculaires que ceux qu'on prêtait à Palantir, qui aurait identifié, pour le compte de la CIA, la cache d'Oussama Ben Laden. D'une façon si précise, semble-t-il, que les plus grandes banques et les plus grands fonds d'investissement, et même les agences de renseignement du monde entier, commençaient à se disputer ses services.

Oleg Brejanski était né en 1969, à Oklahoma City, de parents juifs ukrainiens réchappés du goulag où ils avaient été envoyés en 1963. Le jeune Oleg avait d'abord pensé à se lancer dans une carrière de violoniste (il semblait en avoir été un jeune prodige et avoir étudié à la Juilliard School), avant d'étudier les mathématiques à l'Université de New York, sous la direction du grand probabiliste Nassim Taleb, puis de devenir lui-même très jeune professeur-assistant au département de mathématiques du MIT à Boston. Il était aujourd'hui considéré comme un oracle, dont les avis valaient au moins autant que les résultats de ses logiciels. Tout en continuant, semble-t-il, de jouer du violon intensément ; et même, de donner des concerts privés. Il aurait d'ailleurs récemment, selon un article paru dans *Fortune*, fait l'acquisition d'un violon particulièrement rare, un Guarneri del Gesù, sans jamais dire à qui il l'avait acheté, ni à quel prix.

Guarneri… Il faudra regarder de ce côté-là. Plus tard, pense Fatima, sans chercher à creuser d'où lui vient cette intuition.

Elle regarde les rares photos de Brejanski qu'elle peut trouver sur le Net. Étonnamment, il n'y en a aucune sur le site de la firme. Quelques-unes, comme volées dans des réunions ou des conférences. Ce qui frappe, c'est sa maigreur, et ses yeux ; très clairs, très présents ; impressionnants.

Elle continue à lire sa biographie.

Fondation de Boromir en 2012... D'où vient ce nom ? Vérification... Tiens, s'étonne Fatima : c'est le nom d'un personnage du *Seigneur des anneaux*, ce roman de Tolkien qu'elle n'a jamais lu. La science-fiction, la fantasy ne sont pas ses genres de prédilection. Son père, qui lisait tant, lui en avait parlé, pourtant. À quelle occasion ? Elle ne se souvient pas... Il lui avait parlé de tant de livres. Depuis sa mort, en août, pas un jour sans qu'elle ne pense à lui, sans qu'elle se demande ce qu'il aurait pensé de ses choix... De son travail. De sa vie.

Se concentrer.

Ce patron californien, que faisait-il à Paris ? Des vacances en Europe ? Cela ressemble peu au portrait qu'en donnent les médias américains, en particulier un long article dans *Wired*, le magazine californien consacré aux nouvelles technologies. Brejanski est décrit comme détestant l'Europe, depuis que, dans sa jeunesse, il a fait quelques semaines de prison en Suisse pour avoir provoqué un accident mortel ; endormi au volant, avec dans le sang cinq molécules de médicaments prescrits pour dépression, il avait fini par plaider coupable de conduite dangereuse.

Deux jours plus tôt, une note d'analyse de la banque Goldman Sachs révélait que Boromir Technologies négociait le rachat de Zelda, une petite entreprise française produisant des drones, civils et militaires, de toutes sortes et de toutes tailles. C'était probablement la raison de sa présence à Paris. Même si les deux firmes avaient démenti tout contact et si, selon l'article, le gouvernement français faisait tout pour empêcher cette vente.

Après Boromir, Zelda… Pourquoi ce nom ? se demande Fatima. Sûrement pas Zelda Scott Fitzgerald, l'épouse d'un des écrivains préférés de son père. Elle regarde sur Google : c'est aussi le nom d'un jeu vidéo japonais, fondé sur l'exploration de cavernes ; dans un jardin miniature, le joueur s'identifie à Link, un héros qui doit sauver une princesse nommée Zelda des griffes de son ennemi, Ganondorf. Il doit à la fois résoudre des énigmes, éviter des embûches, gagner des combats. Encore de la science-fiction : décidément – pense-t-elle en montant dans sa voiture, si mal garée hier soir, juste devant chez elle, quai de Valmy –, ces gens des start-up californiennes sont de grands enfants. À moins que ce ne soit tous les Américains. Et ceux qui les fréquentent. Comme son ex, Luc, le professeur français installé en Californie, avec qui elle avait dîné hier soir. Si futile…

En arrivant devant le Crillon, à 6 h 40, un portier prend en charge sa voiture. Elle aperçoit Alfred Zemmour dans l'entrée de l'hôtel, en conversation avec un homme élégant, tout de gris vêtu, avec une cravate rouge et une grande pochette blanche. L'homme se précipite vers elle et se présente : Emmanuel Touchaud, directeur de l'hôtel ; il est affolé de voir des policiers s'agiter sans discrétion dans les couloirs de son palace. « Une catastrophe, vraiment, ce crime. Cela tombe vraiment très mal, un an après la réouverture de l'hôtel, entièrement rénové. Les Américains commençaient à peine à revenir en France ! Là, c'est un drame, pire, un désastre ; comprenez, madame la commissaire, les Américains sont la clientèle principale du Crillon. Avec les chefs d'État étrangers, bien sûr. »

Elle l'écarte pour retrouver son adjoint, que vient de rejoindre, au fond du hall de l'hôtel, une jeune femme spectaculaire : grande, mince, cheveux noirs, courts, un visage étroit, des yeux verts immenses, comme si elle sortait d'un tableau de Modigliani ; sinon qu'ils sont lumineux et mobiles. Une robe noire courte et moulante, dégagée sur les épaules, laisse deviner la forme de ses seins. Une employée de l'hôtel ? Sans doute une attachée de presse, inquiète des conséquences du meurtre sur la réputation du palace.

Zemmour. Elle est rassurée de le voir là. Elle se sait impulsive, toujours tentée de suivre son intuition, de se laisser porter par les informations qui lui arrivent. Alors que Zemmour, lui, raisonne et laboure tous les faits, toutes les pistes. S'endurcir. Zemmour, pourtant, ce matin-là, n'a pas l'air dans son assiette. En quoi ? Quelque chose cloche. Ah, oui. Il n'a pas son éternel imperméable ; il est vêtu d'un costume bleu nuit et d'une chemise blanche et porte une cravate… Lui, une cravate ! C'est bien la première fois.

– Salut. Ça va ? dit le policier d'un ton plus formel que celui qu'il utilise d'habitude. Il chuchote : Tu as pu te lever, quand même ? Fais attention…

Puis, plus haut : Alors, je te présente Noora, Noora Yacoubi. Elle vient d'arriver dans le service de l'identité judiciaire. Elle a fait des études de criminologie à Londres. Une championne, on nous dit ! Elle ne sera pas de trop pour nous aider à percer ce mystère.

D'où vient-elle ? Très belle. Trop spectaculaire pour être dans la police. Fatima n'imaginait pas ressentir un jour de la jalousie pour une autre flic. Dangereuse pour Zemmour, préfère-t-elle juger.

— Alors, les premiers constats ? demande-t-elle, sans plus regarder la jeune femme, qui ne la quitte pourtant pas des yeux et qui répond, à la place de Zemmour :

— Il est mort avant 23 heures, semble-t-il. L'autopsie nous en dira plus.

Quelle voix… Rauque. À faire frissonner… Fatima s'arrache à son regard et s'adresse explicitement à son adjoint :

— Il est venu seul ?

Zemmour semble hésiter, jette un coup d'œil à la nouvelle venue qui lui fait signe de répondre :

— Non, avec cinq collaborateurs et son… conjoint. Ils sont tous là-haut.

— Où ça, là-haut ? demande Fatima à Zemmour, irritée de voir l'ascendant que la jeune femme semble avoir si vite pris sur son adjoint.

Cela ne ressemble pas à Zemmour, pense-t-elle. À part madame Zemmour, Fatima ne l'a jamais vu s'intéresser à une femme. Il répond :

— Dans la suite de la victime. On les a regroupés dans le salon, à côté de la chambre où se trouve le corps. Tu vas voir, c'est trois fois plus grand que chez moi !

— Allons-y.

Le directeur de l'hôtel les précède à travers les couloirs vers un ascenseur qu'il appelle. Il est volubile, détaillant les règles de sécurité de l'hôtel : personne ne peut monter dans les étages sans la clé d'une chambre ou un passe de service. Partout, il y a des caméras vidéo : dans l'entrée, les ascenseurs, les couloirs, à l'extérieur de l'hôtel. Il insiste : évidemment pas dans les chambres, ni dans les restaurants, ni au bar ou au spa.

Dans l'ascenseur, Fatima ne peut s'empêcher d'observer la jeune nouvelle, qui ferme les yeux et se colle à la paroi, comme pour fuir tout contact avec les autres passagers, puis se retourne dos à la porte, et fait face à la paroi. Pourquoi ? A-t-elle peur ? De quoi ? Claustrophobe ? Veut-elle cacher quelque chose ? De dos, sa silhouette est encore plus provocante... Les deux hommes la regardent avec plus d'insistance encore...

Ils sortent de l'ascenseur et débouchent sur un vaste péristyle ; tournent à gauche en suivant le directeur jusqu'au bout d'un long couloir où s'activent des femmes de chambre et des valets ; là sur la droite commence un autre couloir, où circulent des policiers ; au bout, une double porte, gardée par deux hommes de son équipe.

— Merci, monsieur le directeur, dit Fatima, nous aimerions pouvoir travailler tranquilles le plus longtemps possible. Je compte sur votre discrétion et celle de votre personnel. Donc, aucune annonce à la presse avant que le procureur ne le fasse, un peu plus tard, selon les besoins de l'enquête. Peut-on compter sur vous ? C'est notre intérêt à tous, en tout cas.

— En effet… Je dois donner les consignes. Je vous laisse.

— Un meurtre dans la suite présidentielle du Crillon… lui souffle Zemmour. On comprend qu'il panique un peu.

Fatima et Zemmour avancent dans la suite. D'abord, une vaste antichambre, une table basse avec un canapé et deux fauteuils recouverts de soie beige. À gauche une porte ouvre sur un salon. À droite, Fatima devine une salle à manger.

— Au fond, devant toi, murmure Zemmour, la chambre où se trouve le corps. Puis, après, la salle de bains. Immense !

Dans l'antichambre, effondré sur un des deux fauteuils, un très jeune homme, aux longs cheveux blonds et bouclés, habillé d'un costume noir, d'une chemise blanche largement ouverte sur son torse, avec une grosse broche d'argent en forme d'araignée à la boutonnière et une énorme chevalière à chaque index. En larmes. Les bras serrés autour d'un étui à violon.

Du regard, Fatima interroge Zemmour, qui semble prendre son temps, comme s'il ménageait ses effets.

— Tu ne le reconnais pas ? chuchote-t-il.
— Non. Je devrais ?
— Voyons ! Domitian Lebost !
— Jamais entendu ce nom.
— Allons ! L'acteur américain. Ne me dis pas que tu ne regardes jamais sa série ? *Forever Young* !

— Non, je suis désolée, ce n'est pas mon truc. C'est quoi ?

— Enfin ! Ça raconte la vie dans une maison de couture à New York. Ils en sont à la sixième saison. Ça passe sur la Six. J'en suis devenu accro à cause de mes filles… Zoé adore. Et lui, dit-il en désignant le jeune homme ravagé de sanglots, il joue le rôle du mannequin vedette amoureux du styliste.

— Qu'est-ce qu'il fait là ?

— C'est le mari d'Oleg… Le veuf, si tu préfères. Ils se sont mariés cet été à Londres. Leur mariage a fait beaucoup de bruit ! Toutes les gazettes…

— Bon, écoute, ce n'est pas le moment, tu me parleras plus tard de la couleur des dragées. Pour le moment, qu'il attende avec les autres. Ils sont où, d'ailleurs, les autres ?

— Dans le salon, à côté.

— Alors, qu'il les rejoigne. Ah, et puis : c'est quoi, le violon qu'il tient ? Le Guarneri dont la victime ne se séparait pas ?

— Comment tu sais qu'il a un Guarneri ?

— Je fais mon travail.

— Pas si à l'ouest que ça, la commissaire, murmure Zemmour pour ne pas être entendu de Noora et des autres.

— Arrête avec ça ! Si c'est le Guarneri, fais attention. Il y en a moins de cent dans le monde. Ça vaut au moins dix millions d'euros.

— Dix millions d'euros !

— Au moins. Emmène le veuf avec les autres. Je les verrai tout à l'heure. L'un après l'autre. Allons d'abord voir le corps. Ah, attends, confie le violon à un de nos hommes. On ne sait jamais.

Zemmour conduit le jeune homme dans le salon, puis guide Fatima vers la chambre. Noora les suit. Ils y retrouvent deux hommes et une femme, en combinaison blanche, occupés à prendre des empreintes. Aucun désordre dans la pièce. Deux valises ouvertes, pas défaites. Une fenêtre à peine entrouverte, avec un loquet. Le meurtrier, s'il a fouillé, n'a pas eu le temps de prendre grand-chose.

Assis devant un petit bureau, face à la fenêtre, la tête posée sur la table, comme s'il dormait, un homme à cheveux gris, petit, en baskets, habillé d'un survêtement. Un grand trou dans la tête à l'arrière du crâne. Pas d'arme auprès du corps. Pas de désordre non plus. Beaucoup de sang sur le corps, la table, la chaise, le tapis.

Noora décrit :

— Une balle explosive est entrée dans la tête par la nuque

Zemmour enchaîne :

— En tout cas, on ne l'a pas tué pour le voler.

— Pourquoi dis-tu ça ?

— Le violon était dans la chambre. C'est là que le petit l'a pris.

Fatima sursaute.

— Il a touché à la scène de crime ?

— Oui, avant qu'on arrive. C'est lui qui a découvert le corps, vers minuit. Enfin, c'est ce qu'il dit.

Fatima reprend, à l'adresse de son adjoint :

— Comment est-il mort ?

— Selon les premières analyses de Noora... je veux dire de la balistique, ça ne peut évidemment pas être un suicide, non seulement parce qu'on n'a pas retrouvé d'arme...

— ... mais parce que le coup a été tiré à trois mètres et de dos, intervient la jeune femme.

Fatima observe la scène en silence, sans lui répondre. Vu la position du corps, impossible qu'on ait tiré de l'extérieur, bien que la fenêtre soit bloquée entrouverte. Noora semble lire ses pensées et poursuit :

— Regardez l'angle de tir. Le coup a été tiré depuis un point à environ un mètre trente de hauteur. Derrière lui. De là, dit-elle en montrant un point près du lit, sur la droite, pas loin de la table de nuit.

— Donc, quelqu'un est entré ici, dit Fatima. Il y a des caméras de surveillance, évidemment, dans les couloirs et dehors ? C'est ce qu'a dit le directeur, en tout cas. Fais tout de suite saisir le contenu.

— Tu me prends pour qui ? C'est la première chose qu'on ait faite en arrivant. On aura les résultats demain matin.

— Pourquoi si tard ?

— Je veux vérifier, intervient Noora, que personne n'aura trafiqué les bandes.

— Très bien...

Fatima s'adresse de nouveau à Zemmour :

— Alors, raconte. On sait quoi ?

— Boromir Technologies, la compagnie, avait réservé cinq chambres pour les collaborateurs, plus la suite présidentielle pour Oleg Brejanski et Domitian Lebost. Tout ça pour quatre jours au moins. Comme tu vois, dans la suite, il y a une antichambre, une chambre, un salon, une salle à manger, des toilettes et une salle de bains. Ils se sont enregistrés à l'hôtel à 17 h 14. Ils ont dîné au restaurant, en bas, à partir de 18 heures. On a vérifié tout ça. Les cartes électroniques montrent que personne d'autre qu'Oleg n'est entré dans cette suite entre le moment où il y est remonté seul, hier soir à 20 h 17, après dîner, et celui où son époux l'a, ou l'aurait, découvert. Après dîner, son mec est resté en bas à bavarder avec les autres. Personne n'a quitté la table, disent les serveurs, avant 23 h 30. Domitian dit qu'il a découvert le corps d'Oleg vers minuit. Tout ça, les employés du restaurant le confirment.

— Donc, aucun d'entre eux n'a pu commettre le meurtre ? demande Fatima.

— *A priori*, non.

— La mort est-elle antérieure au retour de Domitian ?

C'est Noora qui répond, d'une voix très rauque :

— Pas encore certain. Mais c'est vraisemblable ; plus je le regarde, et plus je pense qu'il a été tué pratiquement immédiatement après son retour dans la chambre. L'autopsie nous le dira.

— Pas de trace d'effraction ni de lutte ?

— Rien.

— Des douilles ?

— Non.

— Les empreintes ?

— Ça ne servira à rien. Il y a sûrement celles de tout le personnel, de la victime et de Domitian. Il a dû toucher partout.

— Voyez quand même si on trouve celle d'un ou d'une des collaborateurs ! L'assassin est peut-être entré par la fenêtre. Et il a replacé le loquet après, en sortant.

— Je ne vois pas comment, dit Zemmour. Regarde : l'espace ouvert est de moins de trois centimètres. Une main passe à peine. On ne peut pas remettre le loquet de l'extérieur.

— Une main d'homme. Mais pas une main de femme... dit Fatima.

— Ça, on le saura vite, reprend Zemmour. Regarde : trois caméras d'extérieur enregistrent tout ce qui peut approcher de cette fenêtre. On les aura demain.

Fatima va voir la fenêtre. Très difficile d'accès. Presque impossible. En tout cas, impossible sans se faire remarquer par les caméras.

— Vous avez touché à la fenêtre ?

— Non. Elle était comme ça.

Elle réfléchit en silence...

— Bon, les autres, maintenant... Dis-moi d'abord qui ils sont. Je suis certaine que tu sais déjà tout sur eux.

Zemmour sourit et regarde si le compliment de Fatima a fait de l'effet sur Noora, qui reste impassible et fixe encore Fatima en jouant avec la fermeture d'un bracelet. Plusieurs anneaux d'or entrelacés, cloutés de diamants. Zemmour sort de sa poche son éternel calepin jaune, sur lequel il note tout ; le même cahier d'école, qu'il achète par dizaines, et qui ressemble à ceux de son idole télévisée.

— Bon, alors voilà... Regarde par l'entrebâillement. Je te les présente...

Fatima voit dans le salon voisin, à côté du veuf prostré, trois hommes et deux femmes. Concentrés sur leurs smartphones.

— Ils ne semblent pas spécialement éplorés, chuchote Fatima.

— À mon avis, ils sont plus intéressés par le cours de leurs actions que par le sort de leur patron.

— Tu les as identifiés ?

— D'abord, le plus âgé, debout, avec ses cheveux blancs en brosse, la moustache grise et un nœud papillon rouge, c'est Vince Kasperkg, le numéro deux de la boîte. Il répète tout le temps que tout est sous contrôle, « *under control* ». Sur sa droite, celle qui fume, la brune aux cheveux très courts, habillée d'un pantalon noir, d'une chemise noire et d'une veste beige, c'est Suzann Makovic, la directrice financière de Boromir Technologies. Elle a l'air très importante. Ils l'écoutent tous. À côté d'elle, le petit homme en veste jaune et en baskets blanches, chauve, gros, agité et qui parle fort, c'est Dominic Mosato, le directeur informatique (ils disent CDO, ici) ; d'après ce que je comprends, lui, il veut juste faire ses modèles et ses logiciels.

— D'accord. Et le gros au teint luisant avec une grosse pochette, qui marche en long et en large ?

— François Feuillette. Canadien. Responsable des ventes pour le marché mondial, hors États-Unis, un grand commercial, lui aussi, sans foi ni loi. Un mercenaire. Il vient d'arriver de chez Palantir. La boîte concurrente.

— Et la jeune femme brune aux yeux verts, qui n'a pas bougé d'un millimètre depuis notre arrivée ? Elle semble différente.

— Tu as raison. Elle, elle n'est pas pareille. C'est Hélène Mickklov, la directrice juridique ; elle semble indifférente, mais c'est la seule qui semble croire à quelque chose. Elle m'a expliqué qu'elle était venue travailler chez Boromir Technologies parce qu'elle pensait que des prévisions exactes sont la meilleure façon d'empêcher les crimes, de désarmer la violence, de faire régner la sagesse et le droit...

— Je vais les interroger l'un après l'autre.

— Tu vas les voir où ?

— Ici, dans l'antichambre. Envoie-moi en premier l'homme aux cheveux blancs. Tu ne quittes pas les autres. Veille à ce qu'ils ne se parlent pas. Dis-moi ce que tu observes. D'accord ? Et tu fermes la porte, s'il te plaît.

— Tu veux être seule ? Tu ne veux pas que...

— Non, non, ça ira... Rappelle-moi son nom ?

— Vince Kasperkg, le numéro deux de la boîte. Il ne se prend pas pour la queue d'une cerise, celui-là.

— Tu lui as parlé ?

— Il ne parle qu'anglais, et moi, tu sais. Bon. De toute façon, rien qu'à son allure, tu comprends qu'il ne parle pas aux gens qui n'ont pas au moins six zéros sur leur compte bancaire.

— Amène-le-moi. Et laisse-moi avec lui.

L'homme vient vers elle, sans quitter des yeux l'écran de son téléphone et en jouant avec son nœud papillon, qui semble le serrer. Elle lui désigne un des fauteuils de l'antichambre. Elle s'adresse à lui en anglais :

— J'ai quelques questions à vous poser.

— J'ai contacté mon ambassade et mon avocat, qui me conseillent de ne rien dire à la police française. Et de rentrer aujourd'hui à Sausalito.

Fatima sait qu'il a raison. Sauf si elle obtient du juge qu'il le mette en garde à vue, il peut partir. Elle décide de bluffer. Très calme, elle répond :

— Pas de problème. Si vous voulez avoir Interpol sur le dos et un mandat d'arrêt international contre vous, allez-y, essayez de prendre le premier avion pour San Francisco ! Nous lancerions immédiatement une demande de mise en garde à vue et vous seriez arrêté à l'aéroport. C'est ça que vous voulez ? On n'est pas une république bananière ici.

L'homme semble pâlir. Il se lève, fait quelques pas vers la sortie, puis se rassoit.

— Non, non, je reste, tout est sous contrôle. Je veux savoir qui a tué Oleg. Et je n'ai rien à cacher.

Ah, pense Fatima, c'est toujours ce que disent les gens qui ont justement quelque chose à cacher.

— Vous êtes donc Vince Kasperkg, directeur général de Boromir Technologies.

— Oui, c'est ça. Vince Kasperkg, le véritable fondateur de Boromir.

Étrange, de revendiquer cela maintenant, note Fatima. De la frustration ? De la jalousie ? Elle ne relève pas. Pas encore.

— Pourriez-vous commencer par m'expliquer ce que fait votre entreprise ?

— Boromir Technologies a été créée pour commercialiser des logiciels de prédiction très efficaces, que nous avons mis au point, Oleg et moi. Enfin, surtout moi. Nous avons comme clients les plus grandes banques, les plus grandes entreprises, des gouvernements… Nous utilisons pour cela les technologies les plus récentes de l'intelligence artificielle.

– Vous faites ce qu'on appelle de l'« intelligence économique » ?

– Oui et ce n'est pas de l'espionnage. Nous ne travaillons qu'à partir de sources ouvertes, accessibles à tous.

– Et que faisiez-vous, la victime et vous, à Paris ?

– Je suis venu négocier le rachat de Zelda par Boromir…

« *Je* suis venu »… Pourquoi ramène-t-il tout à lui ? pense Fatima. Elle reprend :

– Zelda. Alors, selon ce que je sais, c'est une firme française, créée et détenue par des Français, et fabriquant des drones. Des drones militaires…

– C'est bien cela.

– Vous savez pourtant que la loi française protège les intérêts français dans ce genre de situations, non ?

– En principe, oui. Mais, dans ce cas, tout se passait très bien.

– Ah ? Et pourquoi ?

– Disons que c'est parce que nous avons toute l'administration américaine avec nous ; alors, quand vos bureaucrates ont voulu s'en mêler, ils n'ont pas mis longtemps à comprendre qu'ils ne pouvaient rien y faire.

– Vous avez tenté d'intimider le gouvernement français ? Ça marche, ça ?

– Ce n'est pas nécessaire… Nos avocats ont juste montré à vos bureaucrates des Finances que les principaux brevets de Zelda avaient déjà été vendus en toute légalité par son propriétaire initial, M. Zimmer, à une société enregistrée aux îles Caïmans et dont les propriétaires, en tout cas en apparence, sont des avocats français. Installés sur place. Tout est sous contrôle.

Il toise Fatima, tousse, sort une petite boîte de sa poche, avale une pilule, boit un verre d'eau.

Comment la France aurait-elle pu laisser faire cela légalement ? pense Fatima. Et si c'est une fraude, qui l'a autorisée ? Cela pourrait avoir un rapport avec le meurtre ? Il faudra approfondir... Se souvenir. Elle sait sa mémoire infaillible. Pas besoin de prendre des notes.

Il reprend :

— Une société que ces avocats ont appelée Aragorn, pour bien mettre les points sur les *i* !

— Aragorn ? En quoi ça met les points sur les *i* ?

— Aragorn, Boromir ? Vous ne voyez pas ?

— Non, je devrais voir quoi ?

— C'est vrai que votre génération... Aragorn, comme Boromir, est un des personnages d'un roman de Tolkien, *Le Seigneur des anneaux*. Vous ne l'avez pas lu ? Pas même vu les films ? Tout le monde les a vus ! Même en France, je suppose.

— Eh bien, non, voyez-vous ! Quel rapport avec vous ?

— Le roman raconte la bataille des Hommes et de leurs alliés, parmi lesquels quatre Hobbits (une variété de petite taille de l'espèce humaine), contre Sauron, créateur de l'Anneau unique, et les monstres (tels les Balrogs) qui le défendent. Un de ces Hobbits, Frodon Sacquet, est chargé d'éliminer l'Anneau unique. Boromir et Aragorn sont deux des huit membres d'une

Communauté chargée de protéger Frodon jusqu'à ce qu'il réussisse à détruire cet anneau maléfique.

— Je vois. Mais quel rapport avec vous ? demande Fatima.

— Vous allez comprendre, répond Kasperkg avec un sourire malicieux. Palantir. Vous connaissez Palantir ?

— Oui. Une firme importante de Californie s'appelle comme ça. C'est aussi un personnage du *Seigneur des anneaux* ?

— Pas exactement ! Dans le roman, Palantír est le nom d'une « pierre de vision » dont se servent les personnages pour voir l'avenir. Une sorte d'oracle ! Oracle... Vous voyez le jeu de mots ?

— Non...

— Enfin, voyons ! « Oracle » est le nom d'une autre très grande firme de la Silicon Valley ! Palantir fait mieux qu'Oracle en matière de prédiction. Et Boromir fait encore mieux que Palantir ! Voilà.

Des gamins, pense Fatima. Ces firmes valent plus de dix milliards de dollars chacune et jouent à des petits jeux de gamins... Elle reprend :

— Et quel rapport de tout cela avec Zelda et cette société aux Caïmans. Comment dites-vous ? Aragorn ?

— Aragorn est un des membres de la Communauté. C'est même le futur roi ; et Boromir est censé être son vassal.

— Ah, je comprends : Aragorn, dans le roman comme dans la réalité, prend le pouvoir sur Boromir. Donc les brevets de Zelda appartiennent maintenant à une société qui porte le nom d'un roi, Aragorn. Pour dire que l'avenir de Boromir dépend de Zelda ?

Il la regarde d'un air malicieux. Et touche encore son nœud papillon.

— Ou que Boromir appartient désormais à Aragorn... comme un vassal à son seigneur...

— Vous avez vendu Boromir à Zelda ? Je ne comprends pas.

— Pas vraiment. Je prends le contrôle, en fait, sur l'ensemble.

— « Je »...? On reverra cela plus tard... Que devient Boromir, dans le roman ?

— Boromir meurt.

— Comme Oleg...

— En effet...

— Il meurt de quoi ?

— Boromir tente de prendre par la force l'Anneau à Frodon Sacquet. Puis, il regrette, se repent et meurt dans une bataille en protégeant deux autres Hobbits, amis de Frodon, d'une attaque d'Orques.

— Je comprends. Alors Oleg, votre patron...

— Pas mon patron ! Je vous l'ai dit. Je travaillais chez Palantir, avec Oleg, et j'ai eu l'idée d'une nouvelle façon d'agréger des données ouvertes pour prédire des comportements. Et plus seulement des pannes et des embouteillages. J'en ai parlé à Oleg. Comme il était plus haut que moi dans la hiérarchie de Palantir, c'est lui qui a présenté le projet à la direction, qui, heureusement, n'en a pas voulu. Alors on a créé tous les deux Boromir, à 50/50. Lui, il a fait n'importe quoi avec son argent. Moi pas. Et j'ai toujours une part importante du capital, parce qu'on a tellement vite réussi qu'on n'a pratiquement jamais eu besoin d'augmentation de capital. Et les marchés ont peu d'impact sur nous. Je vous l'ai dit : tout est sous contrôle.

— Et aujourd'hui, si vous êtes encore le principal actionnaire, pourquoi alors Oleg était-il le P-DG ?

— Parce qu'il attirait la confiance des clients. Mais cela n'allait plus.

— Pourquoi ?

— Il est… était… devenu presque autiste. Il refusait tout ce qui était nouveau. Il s'inquiétait de tout. Presque paranoïaque.

— Pourtant, d'après ce que j'ai lu, il semble être considéré comme un grand visionnaire, dont les avis comptent au moins autant que vos logiciels.

— Ça, c'est il y a quatre ans. Mais les clients allaient bientôt se rendre compte qu'il ne comprenait plus rien aux nouvelles exigences des marchés. Et mon intention était de lui demander de quitter la présidence.

— Comment ça ? En le tuant ?

— Allons ! Je n'avais pas besoin de ça pour m'en débarrasser. Et, si vous voulez mon avis, il n'avait pas besoin de moi pour avoir des ennemis.

— Ah ? Vous lui en connaissiez, des ennemis ?

— Oui. Pas la peine de chercher loin.

— Que voulez-vous dire ?

— Il y a d'abord Zimmer, le patron de Zelda.

— Pourquoi ?

— Il n'était pas content de vendre, le Français. Ses drones rouges, il y tenait. Il se sentait acculé… Et puis…

Il mime le jeune homme en noir, prostré sur un fauteuil, dans le salon voisin.

— Domitian ?
— Ne vous fiez pas à lui. Il joue à la veuve éplorée ; mais, en réalité, ça n'allait plus du tout entre eux. C'était même extrêmement violent. Vous demanderez à Suzann...
— Très bien. Aujourd'hui, vous n'avez rien remarqué de spécial ? Dans le comportement de M. Brejanski ?

Pourquoi Fatima a-t-elle le sentiment qu'il hésite ?
— Non... Enfin. Nous avons dîné tous ensemble dans la brasserie de l'hôtel. Très tôt. Oleg est remonté tôt, vers 20 heures, dans sa chambre ; les autres, on est restés tous ensemble, à bavarder et à boire... On s'est séparés vers minuit et chacun est allé se coucher. Domitian m'a tout de suite prévenu quand il a trouvé le corps d'Oleg ; j'ai appelé la direction de l'hôtel. C'est terrible, ce qui s'est passé ! Terrible.
— Comment était Oleg, pendant ce dîner ?
— Je préfère que vous posiez la question à Suzann...
— Bien. Vous pouvez retourner dans votre chambre. Ne vous éloignez pas. Et envoyez-moi cette Suzann.

Vince retourne dans le salon et parle à une des deux jeunes femmes. Fatima reconnaît celle que Zemmour a désignée comme la directrice financière. Elle est grande, maigre, sèche. Nerveuse. Mais ? Où est Zemmour ? Elle lui avait demandé de rester avec eux ! Elle se lève pour les rejoindre. Suzann la voit avancer vers elle, repousse Vince et rejoint Fatima dans l'antichambre.

L'Américaine enlève ses chaussures et s'assied en tailleur, sur un des fauteuils.

Fatima commence, en anglais :
— Vous êtes bien Suzann Makovic, c'est ça ?
— Vous pouvez me parler français, madame la commissaire. J'ai fait mes études à Genève. Mon père y était diplomate.

Un français parfait. Peut-être un léger accent genevois…

— Votre fonction dans la firme ?
— Directrice financière. Et sans moi, tout irait au désastre. Il est d'ailleurs possible que tout aille au désastre dans une heure.
— Comment ça ?
— Quand la mort d'Oleg sera publique (et je ne donne pas une heure pour cela), les marchés vont nous lâcher.
— Pourquoi ? Je croyais que vous dépendiez peu des marchés ?
— Ça, c'est ce qu'on dit aux investisseurs. Et c'est ce que croyaient Oleg et Vince. En réalité, comme pour toutes les firmes de la Silicon Valley, tout est très fragile.
— Mais vous êtes une boîte rentable. Vous faites des profits.
— En effet, mais nous vendons des prévisions. Et des logiciels avec lesquels les gens parient des milliards. Tout tient sur la confiance. En particulier en Oleg, que les marchés voyaient encore comme un gourou, un magicien… S'ils savaient…
— S'ils savaient quoi ?
— Non, rien.
— Racontez-moi la soirée d'hier.

— Nous avons dîné tous ensemble. Très tôt, vers 18 h 30, parce qu'Oleg était fatigué du voyage. Il a quitté la table le premier, vers 20 heures. On est restés tous ensemble, à bavarder et à boire… Vince était très gai. On a beaucoup ri. Le décalage horaire est tel que nous n'étions plus fatigués. On s'est séparés tard. Et chacun est allé se coucher. Vince m'a prévenue vers minuit de la mort d'Oleg et après je n'ai pas pu m'endormir.
— Comment s'est passé le dîner ?
— Ce fut… un peu… agité.
— Comment ça, agité ?
— Il y a eu une dispute entre Oleg et Domitian. Une dispute terrible.
— Je croyais que c'était très gai.
— Non, seulement après le dîner. Pas quand Oleg était là.
— Quel était le sujet de la dispute ?
— Comme d'habitude : le père de Domitian, Stanislas. Stanislas Lebost. Un minable. Un raté. Il avait essayé, il y a longtemps, avant son fils, de faire du cinéma, mais en vain. Et puis il a essayé plein de choses, en vain. Récemment, il s'était mis dans la tête de commercialiser une imprimante 3 D fabriquant des pizzas à domicile. Oui, je sais, une idée farfelue… Et même pas originale : la NASA projette d'envoyer comme ça des plats cuisinés dans l'espace. Mais il n'a pas trouvé l'argent.
— Et ça coûte combien, cette idée de génie ?
— Domitian dit que son père avait besoin de dix millions de dollars.

— Dix millions ! Ça fait cher la part de « quatre saisons ».

— Je ne vous le fais pas dire. Hier soir, Domitian a demandé à Oleg de financer au moins un prototype. Oleg a refusé. Il a dit qu'il n'avait plus d'argent et il menaçait de dire à quoi Domitian utilisait tout ce qu'il lui donnait.

— Je ne comprends pas. Je croyais que Domitian était un comédien célèbre et bien payé.

— Oui, mais bon… Il dépense beaucoup en drogue, en agents, en coiffeurs, en maquilleurs, et tout ça.

— Et Oleg aussi, il se droguait ?

— Bien sûr, comme presque tout le monde dans la Valley. Mais pas autant que Domitian. En tout cas, Domitian lui réclamait toujours plus d'argent. Et cela ne devait pas être la première fois qu'il lui parlait de son père. Domitian a crié qu'il suffisait du prix d'un séjour au Crillon de tout notre groupe pour financer son père. Oleg a répondu que le séjour ne coûtait pas dix millions de dollars et qu'une firme de logiciels ne peut pas financer une machine à pizzas. Cela a tourné à la dispute. C'était embarrassant.

— Ça s'est fini comment ?

— Oleg est monté se coucher. Domitian a éclaté en sanglots. On est restés à le consoler, puis à parler de mille choses. On a ri.

— Il paraît que leur couple n'allait pas ?

— Qui vous a dit ça ? Cette ordure de Vince, j'en suis sûr ! C'est… C'était un couple fusionnel. Même s'ils sont sur deux planètes. Oleg est… était… devenu très fermé, presque autiste, totalement imprévisible. Domitian, lui, c'est tout le contraire : extraverti, émotif. Avec plein de hauts et plus encore de bas. Lunatique. Voilà. Lunatique.

— Pourquoi dites-vous cette « ordure » de Vince ?

— Oui, ordure. Un mythomane aigri et méchant.

— Il prétend qu'il est le vrai fondateur et patron de la firme. C'est vrai ?

— Absurde ! Il a tout fait pour s'approprier ce qu'a fait Oleg ; il ne supportait pas son talent, son charme, son charisme. Il prétendait qu'Oleg lui avait volé son idée. Ce qui est évidemment totalement faux. Vince est un velléitaire, qu'Oleg a eu la gentillesse et l'élégance de garder dans la firme, alors qu'il ne servait à rien.

— Vince est le principal actionnaire, n'est-ce pas ?

— Oui. Mais un actionnaire incapable de gérer. Très content d'avoir trouvé Oleg pour transformer son idée en une réalité extraordinaire. D'en faire une grande firme.

— Qui dirigeait la boîte ?

— Au début, Oleg, avec moi. À lui la techno et le charisme, à moi la gestion. Mais, peu à peu, Oleg s'est fermé, il est devenu incontrôlable. Dangereux... Sans moi, il y a longtemps qu'on aurait coulé. Il fallait l'écarter.

Décidément, pense Fatima...

— Oleg et Vince... ils se sont disputés, récemment ?

— Pas à ma connaissance, même si...

— Si quoi ?

— À propos de Zelda... Au départ, ils ont voulu tous les deux cette fusion. Mais Oleg, je ne sais

pourquoi, avait changé d'avis depuis trois jours… Il voulait même annuler notre voyage à Paris.
— Pourquoi ?
— Je ne sais pas. Il était devenu très fantasque.
— Et vous, qu'en pensez-vous, de cette fusion ?
— C'est un excellent placement financier. Rien de plus… On y travaillait depuis trois mois à distance. Eh bien, Oleg nous a dit qu'il voulait tout annuler.
— Pourquoi ?
— Des bêtises, qu'Hélène lui avait mises dans la tête.
— Hélène ?
— Oui, Hélène Mickklov, la directrice juridique, dit Suzann en montrant la pièce voisine.
— Ah oui, je vois… Quelles « bêtises » ?
— La morale, tout ça. Vous savez, elle n'était pas avec nous au début de l'aventure. Elle ne sait pas vraiment pourquoi ni comment on fait tourner nos logiciels. Elle allait tout faire capoter.

Fatima sent bien que la réponse sonne faux. Elle n'insiste pas. Pour le moment.
— Je vous remercie. Envoyez-moi donc ce monsieur… Dominic Mosato ; c'est le CDO, c'est ça ?
— Oui, lui, un génie de technologie. Il est arrivé avec Vince et Oleg. Lui aussi, comme Vince, il s'est mis à détester Oleg… Il le pensait dépassé techniquement.

L'homme en baskets entre, très agité… Il regarde la porte, comme s'il ne pensait qu'à fuir. Fatima décide de limiter ses questions pour le moment.
— Monsieur Mosato, pourquoi êtes-vous venu à Paris ?

— Il fallait vérifier la qualité des logiciels des drones de Zelda.
— Et vous êtes spécialiste de drones ?
— Non, mais de logiciels.
— Vous étiez d'accord avec le rachat de Zelda ?
— C'est encore une idée folle d'Oleg, qui nous amenait à la ruine.
— Pourquoi une idée folle ? demande Fatima.
— Savez-vous pourquoi une firme de logiciels devrait acheter une firme de drones ?
— C'est à vous de me le dire, répond-elle.
— Vous n'avez pas demandé à Vince ? Parce que moi, je n'ai toujours pas compris. Et Oleg ne m'a jamais expliqué.

Fatima se mord les lèvres : Vince ne le lui avait pas dit, en fait... Lui aussi, il ment, pense Fatima.
— Le dîner d'hier ?
— Quoi, le dîner d'hier ?
— Que s'est-il passé ?
— Rien de spécial.
— Rien entendu de particulier, pendant le dîner ?
— Non, pourquoi ? Vous savez, moi, je ne m'intéresse pas à leurs histoires... J'étais sur mon iPad avec les équipes en Californie.

Rien à en tirer... Fatima décide de ne pas insister.
— Bien, envoyez-moi le directeur commercial, M. Feuillette, je crois.

Le jeune homme s'éloigne, comme soulagé. L'homme au teint olivâtre arrive. Il est en sueur. Comme s'il avait peur. Ses yeux roulent sur toute la pièce. Il parle parfaitement français, avec un accent moyen-oriental. Libanais ? Il est pourtant canadien.

— Et vous, monsieur Feuillette, parlez-moi de vous.

— Je viens d'arriver dans la boîte, ayant quitté Palantir il y a six mois. Et je découvre peu à peu les potentialités énormes qu'il y a dans Boromir Technologies.

— Où étiez-vous avant ?

— Je suis né au Liban ; j'ai fait mes études à Montréal, et j'ai travaillé chez Oracle, puis chez Microsoft et SAP.

— Pourquoi avez-vous rejoint Boromir ?

— Vince voulait que je commence à parler aux clients à la place d'Oleg.

— Pourquoi ?

— Parce qu'Oleg était devenu un danger.

Décidément…

— Un danger ?

— Il commençait à dire n'importe quoi sur nos produits. Il devenait de plus en plus pessimiste, négatif. On a dû le corriger parfois. Par exemple il disait que Zelda était une firme en quasi-faillite.

— C'est pour cela que vous êtes venu à Paris ?

— Oui. Je devais valider les prévisions de croissance de Zelda, pour fixer le prix de vente de Zelda à Boromir.

— Et ?

— Nous venons d'arriver, je n'ai encore rien fait.

— À votre avis, pourquoi une firme qui fabrique des logiciels achèterait une firme qui fabrique des drones ?

— C'est une excellente idée commerciale : notre marché des logiciels de prévision est très concurrentiel et pratiquement saturé. Se diversifier est une bonne idée. Je pense même que Boromir a plus d'avenir dans les drones que dans les logiciels. Mais, vous savez, je suis vraiment très nouveau, je ne connais pas encore bien Boromir. Et là, vu la tournure des événements, je crois que je ne vais pas rester...

— Je vous remercie. Envoyez-moi la dernière, madame... Mickklov.

— Méfiez-vous d'elle !

Fatima voit entrer une jeune femme minuscule, une poupée de porcelaine. Prête à se briser à chaque pas. Aux grands yeux verts presque translucides. Elle semble souffrir. Elle se tord les mains et ne tient pas en place.

— Vous êtes la directrice juridique de Boromir, n'est-ce pas ? Je suppose donc que vous êtes venue pour négocier les termes du contrat de la fusion avec Zelda ?

— Oui, en effet. Et vérifier la propriété intellectuelle des logiciels. En tout cas au début...

— Vous étiez au courant du transfert des brevets de Zelda dans une coquille juridique nommée... Aragorn ?

— Oui, nous allions aussi apporter les actifs de Boromir à Aragorn.

— Ah ? Ce n'est pas un rachat de Zelda par Boromir ?

— Non, et c'est ce que j'ai découvert en arrivant et qui m'a beaucoup choquée.

— Pourquoi ?

— Je suis venue chez Boromir parce que je pensais que la firme était utile à l'humanité. Vous imaginez, si on pouvait prévoir les catastrophes et dénoncer les menaces à l'avance ? On pourrait changer le cours de l'Histoire ! Et là, je vois qu'on s'apprête à fusionner avec une firme qui fabrique des drones. Des drones tueurs, militaires. J'étais très choquée. Je l'ai dit à Oleg.

— Et il vous a répondu quoi ?

— Qu'il était d'accord avec moi, qu'il fallait en parler à Vince, qui était à l'origine du projet.

— Vous l'avez cru ?

— Non. Je pense qu'Oleg était complice de Vince. Deux diables.

— Vous en avez parlé à Vince Kasperkg ?

— Oui, hier soir, pendant le dîner. Il m'a dit que je ne comprenais décidément rien, et je n'étais pas au niveau.

— Et vous en pensez quoi ?

— Que je suis au niveau, dit la jeune femme, péremptoire, en se levant.

Fatima la regarde partir, interloquée... La retenir ? Pas urgent. Décidément, de drôles de gens.

Tous pouvaient avoir un mobile pour tuer Oleg : Vince Kasperkg, pour prendre le pouvoir ; Dominic Mosato, pour appuyer Vince ; François Feuillette et Suzann Makovic, parce qu'ils pensaient qu'Oleg ruinait la boîte ; Hélène Mickklov, parce qu'elle avait le sentiment, disait-elle, qu'« il était devenu le Mal ».

Reste Domitian, qui s'était, semble-t-il, violemment disputé avec son compagnon une heure avant sa mort.

Fatima envoie Zemmour le chercher. Il revient en faisant signe qu'il ne se résout pas à déranger le jeune homme. Elle entre dans le salon : Domitian est prostré sur un fauteuil, les pieds repliés sous lui, tenant encore l'étui à violon dans ses bras comme un bébé. Tétanisé. Les yeux clos.

— Je crois qu'on n'en tirera rien aujourd'hui, murmure Zemmour.

— Je t'avais dit de prendre le violon et de le mettre à l'abri, on ne sait jamais... Bon... On va arrêter là pour ce matin.

— Bon... On demande au juge de les mettre en garde à vue ? Tous ?

— On n'a pas de quoi... Tout le monde les a vus dans la salle à manger à l'heure du crime.

— Et s'ils prennent l'avion ce soir ?

— On les surveille. S'ils vont vers un aéroport, on les fait mettre en garde à vue par le juge. Prends le violon, d'accord ? Mets-le à l'abri.

Fatima aperçoit Noora qui, de loin, la fixe...

Zemmour s'éloigne avec le violon. Fatima croit l'entendre grommeler :

— Il est « sincèrement choqué ». Pfff... « Sincère », « sincère », qu'y a-t-il de sincère chez un acteur ?

Deuxième jour

Le lendemain, mercredi 3 octobre, à 1 heure du matin, une dépêche de l'Agence France-Presse annonce l'assassinat à Paris, dans une suite du Crillon, un grand hôtel de la place de la Concorde, du patron d'une très grande firme américaine, sans en donner le nom.

Un peu plus tard, une autre dépêche, venue de Reuters à Londres, précise que la chambre de la victime a été retrouvée fermée, et que l'examen des caméras de surveillance de l'hôtel a prouvé que personne ne s'était introduit dans la pièce. Le journaliste spécule : le meurtrier a-t-il hacké le système de sécurité de l'hôtel et neutralisé les clés des chambres pour y entrer sans se faire voir ? Si c'est aussi un informaticien, rien n'est plus facile, affirment quelques-uns des nombreux articles publiés pendant la nuit sur les sites du *Monde*, du *Figaro* et de *Libération*. Tous s'indignent du secret gardé par la police sur ce meurtre.

Certains parlent d'un crime crapuleux, qui aurait été commis par un membre du personnel de l'hôtel, qui serait en fuite. D'autres disent que la police française penche pour un attentat terroriste, visant à effrayer les touristes américains, en commençant à tuer les plus riches d'entre eux dans les lieux apparemment les mieux protégés, puisque le Crillon est à vingt mètres de l'ambassade américaine. Ce qui expliquerait, disent-ils, la volonté de la police d'étouffer l'affaire.

C'est une dépêche de Reuters, partie depuis San Francisco, qui révèle, à 6 h 15, heure de Paris, le nom de la victime : Oleg Brejanski, patron d'une des plus prometteuses firmes californiennes, Boromir Technologies. Toutes les chaînes de télévision américaines s'en emparent alors en boucle. CNN diffuse un portrait dithyrambique de la victime. NBC interviewe le patron d'Apple à son propos ; depuis Washington, Fox News répète à l'envi que Paris est devenu un coupe-gorge où aucun Américain ne devrait plus venir. Un de ses consultants, ancien haut responsable de la CIA, affirme à l'antenne que la mort du patron de Boromir Technologies est un assassinat terroriste ciblé, comme on doit en craindre de plus en plus dans cette capitale « où même la police et les personnels des grands hôtels sont infiltrés par les fondamentalistes ».

Une heure plus tard paraît sur les réseaux un très long article, signé par un certain Walker Stylmley, analyste très respecté de Mashable, un influent média en ligne basé en Californie qui compte plus de dix millions d'abonnés sur les réseaux sociaux. Stylmley est un journaliste connu, spécialisé depuis des années dans des analyses sérieuses des entreprises californiennes, dont il rend compte régulièrement sur ce site et dans des livres qui connaissent un grand succès. Personne ne connaît son visage ; et on pense qu'il s'agit en réalité d'un cadre d'une grande firme de la Côte ouest, ou mieux, un collectif qui opère anonymement, ce qui expliquerait la somme énorme de travail et d'informations que contient chacun de ses articles.

Stylmley prend prétexte, dit-il, du meurtre du patron de Boromir Technologies à Paris pour accélérer la publication, prévue pour la semaine suivante, d'une très longue enquête, commencée il y a trois mois et intitulée « Du sang sur les murs de la Silicon Valley ». Il y dénonce longuement les pratiques et les fausses promesses de ces firmes, avant d'annoncer leur prochain effondrement.

Le journaliste explique d'abord pourquoi, selon lui, les quatre firmes américaines regroupées sous le sigle de GAFA, et quelques autres, dont Palantir et Boromir Technologies, « sont au mieux des services publics et au pire des monopoles prédateurs et menteurs ». Il rapporte des propos de professeurs réputés de Yale et de Harvard, affirmant que ces entreprises californiennes, à la différence des start-up bostoniennes (concentrées sur les vrais sujets que sont la santé et l'éducation), ne rendent que des services d'une importance secondaire, liés aux exigences du marketing, de la communication, de la distraction, du commerce et de la surveillance. Et puis, afin d'assurer leur cours de Bourse, elles ont, même dans ces domaines accessoires, toujours exagéré les qualités de leurs produits et fait des promesses mirobolantes, qui n'ont pas été, et ne seront pas, tenues. C'est en particulier le cas, selon le journaliste, pour celles de ces firmes qui se vantent d'utiliser ce qu'on nomme maintenant l'intelligence artificielle, le *deep learning* ou « tous les autres concepts plus ou moins farfelus inventés par des gens de marketing pour faire rêver des investisseurs moutonniers, trop ignares pour saisir l'absurdité de ces promesses ». En particulier, quand ces firmes prétendent faire croire qu'elles pourront généraliser l'usage de véhicules autonomes, rendre possible la télépathie, prédire toute panne de toute machine ou toute maladie et qu'elles vont même bientôt permettre d'atteindre à l'immortalité ! Alors qu'en fait elles ne travaillent qu'à fournir aux armées des moyens de surveillance et de contrôle des citoyens ; et aux marchands de quoi gaver et aliéner les consommateurs. Et à faire la fortune de leurs dirigeants. S'ensuit le détail de l'influence considérable sur ces firmes du département de la Défense américain, qui téléguiderait leurs rares recherches utiles dans des buts strictement militaires.

Tout cela va bientôt se retourner, explique Walker Stylmley, dans la suite de son enquête : partout dans le monde, même à Washington, les promesses des dirigeants de ces firmes effrayent de plus en plus les dirigeants politiques, qui craignent qu'elles ne suppriment des emplois par millions, contournent les législations, s'affranchissent de l'impôt. Et même qu'elles soient bientôt capables de tout savoir de la vie privée des hommes politiques, des patrons et des journalistes, et de les faire chanter. Ironiquement, continue-t-il, ce sont leurs vantardises mêmes qui anéantiront ces firmes ; leurs mensonges qui se retourneront contre elles. Il écrit : « Certains commencent à être scandalisés d'entendre les principaux dirigeants de ces firmes dire explicitement qu'ils veulent quitter la Terre et y abandonner le reste de l'espèce humaine. » Aussi, les gouvernements, et d'abord le gouvernement américain, « redoutant des firmes qui ne sont en réalité que des tigres de papier, se préparent-ils à les découper en morceaux, comme ils l'ont fait dans le passé de plusieurs monopoles antérieurs ». Walker Stylmley ajoute : « Plus précisément, selon des sources que je dois taire pour le moment, l'administration fédérale américaine prépare en secret un grand plan de démantèlement de ces entreprises, pour éviter qu'elles ne prennent le pouvoir sur le pays, et sur le monde. » Enfin, conclut-il, ces firmes ont tout à craindre de leurs concurrentes chinoises, regroupées, elles, sous le sigle de BATX.

Il poursuit son article par plusieurs encadrés sur quelques-unes des principales firmes de la Silicon Valley. On y apprend les manies de leurs dirigeants, les caprices de leurs ingénieurs, les mensonges de leurs commerciaux, le cynisme de leurs banquiers, la naïveté de leurs investisseurs. Tout y passe. Y compris l'usage illimité de cocaïne, d'héroïne et d'autres drogues, jusque dans les bureaux. Beaucoup, parmi leurs cadres, savent parfaitement que tout cela ne durera pas, qu'une grave crise s'annonce ; et ils se préparent d'ailleurs à s'éloigner au premier signe d'un effondrement qu'ils pensent eux-mêmes inévitable. Sans savoir d'où et quand il viendra.

L'article continue sur un ton véhément et presque prophétique : « La bulle va bientôt exploser… Dans peu de temps, tout ira mal pour les GAFA et les autres entreprises de la Silicon Valley. Et tout cela pourrait, si on n'y prenait pas garde, déclencher une crise économique mondiale d'ampleur majeure. »

Le dernier encadré porte sur Boromir Technologies et sur son patron assassiné. Une charge au vitriol, manifestement préparée bien avant la mort d'Oleg Brejanski et mise à jour dans les heures qui ont suivi son meurtre.

Le journaliste explique que Boromir Technologies est un exemple parfait de tous les errements, fausses promesses et dérives de la Silicon Valley. La firme de Sausalito, malgré les conférences spectaculaires et les présentations commerciales agressives de ses fondateurs, n'a pas tenu ses promesses ; et les clients commencent à protester contre les retards et les bugs de ses logiciels. Et la lenteur des mises à jour. De fait, la firme ment à ses investisseurs : elle annonce des commandes très éloignées des revenus réellement encaissés. De nombreux cadres, dont certains de ses meilleurs talents, sont partis, ou sur le point de partir. En particulier, le mois dernier, dix jeunes ingénieurs français ont traversé la rue pour rejoindre une autre firme, que viennent justement de créer des transfuges. Et on raconte même qu'une dispute a opposé récemment les deux principaux dirigeants, Oleg Brejanski et Vince Kasperkg. Sur un sujet qui n'a pu être connu avant la publication de l'enquête.

Et puis, le grand scoop de l'article : Boromir Technologies serait sur le point de faire connaître au marché une nouvelle machine de prédiction, dont la promesse serait très différente des autres ; une machine de prédiction non pas des embouteillages, des pannes ou des crises économiques, mais des comportements hostiles (commercial, politique, militaire, personnel). Une machine pour l'instant gardée secrète, que la firme aurait nommée, en langage codé, IS, pour « Intelligence Services ».

IS serait donc une machine d'intelligence artificielle programmée pour considérer comme « comportement hostile » tout ce qui pourrait nuire à une « cible » désignée à l'avance à la machine. IS analyserait en direct tout ce qui se dit, sur tous les réseaux, sur cette cible et en déduirait en continu quels actes hostiles pourraient être commis contre elle et quand pourrait se manifester cette hostilité. Le ministère de la Défense américain suivrait très activement ces recherches, essentielles à la sécurité nationale. Le développement, très coûteux, de ce produit expliquerait d'ailleurs largement pourquoi la firme aurait pris du retard sur le reste de ses activités et ne fournirait plus aussi vite les mises à jour de ses logiciels traditionnels. Stratégie d'autant plus absurde et suicidaire, disait un expert cité par Stylmley, que « ce nouveau produit ne peut lui-même être qu'une illusion, un fantasme : personne ne pourra jamais faire une analyse exhaustive et crédible, en direct et en permanence, de toutes les menaces pesant sur une personne ou sur une firme ; encore moins des propositions de contre-mesures adaptées ».

Boromir Technologies serait donc une preuve de plus que tout le secteur de l'intelligence artificielle n'est en fait qu'une vaste escroquerie, une fuite en avant, dans laquelle personne n'aurait jamais dû investir.

Stylmley suggère que le patron assassiné de Boromir Technologies aurait, lui, beaucoup d'ennemis : des clients rendus furieux par les retards de livraison des produits, des utilisateurs militaires déçus par la qualité médiocre de la prédiction de ses logiciels, des collaborateurs licenciés avec brutalité. Son meurtre pourrait être aussi, écrit-il, un de ces coups dont les services secrets français ont le secret, « comme l'a montré une affaire récente ayant provoqué la démission de leur président » : ils auraient pu vouloir, suggère Stylmley, faire capoter l'acquisition, par une firme américaine, d'un bijou technologique français, Zelda. Cette entreprise fabrique en effet des drones de toute nature et travaille à développer des drones autonomes, c'est-à-dire se guidant eux-mêmes, et des drones tueurs. On imagine, note le journaliste, les dégâts que de telles machines, si jamais elles pouvaient exister un jour, pourraient provoquer : des armes autonomes capables d'atteindre seules leur cible et de tirer. Non pas, comme les drones d'aujourd'hui, avec une bombe larguée en haute altitude. Mais à faible distance et avec précision. Certes, des drones explosant en même temps, des drones non réutilisables ; mais des drones incroyablement efficaces. Toutes les armées du monde en rêvent. Tous les terroristes aussi. Tous les bricoleurs du numérique y travaillent.

Mais, continue-t-il, tout le monde en rêve en vain : car ces drones autonomes tueurs sont un fantasme très loin d'être réalisable ; de très nombreuses technologies manquent pour parvenir à les fabriquer. Et Zelda, selon le journaliste, n'en dispose pas plus que les autres. Mais elle a réussi à le faire croire à quelques décideurs de marchés publics militaires français et reçoit pour cela de considérables subventions. Preuve, dit-il, qu'il n'y a pas que dans la Silicon Valley que les entrepreneurs de technologie réussissent à berner les investisseurs, privés et publics.

À moins encore que ce meurtre ne soit lié à la vie privée de Brejanski, fort trouble, mais que lui, journaliste intègre qui n'évoque jamais de sujets de ce genre, s'abstiendra de traiter. « Pourtant, il y aurait beaucoup à en dire... »

Le journaliste achève sa très longue enquête en disant qu'il a interrogé un grand nombre de personnes ; et qu'il a essayé en particulier d'interroger Oleg Brejanski juste avant son départ pour la France, mais que celui-ci n'a pas répondu.

En lisant tout cela, à son réveil, dans sa cuisine, Fatima comprend que l'affaire est beaucoup plus compliquée qu'elle ne l'aurait cru... Que d'intérêts en jeu ! Que de mobiles et de suspects possibles ! Elle envoie un SMS à Zemmour : « Convoque-moi tout de suite le patron de Zelda. Et je veux revoir Vince Kasperkg. Il m'a caché plein de trucs. Et les autres aussi, pendant qu'on y est. Qu'ils ne quittent pas Paris, surtout. »

La journée de la veille avait été occupée, après les auditions du matin, par toutes les formalités liées à l'enquête, avec les ambassades en particulier, et avec les services de l'identité judiciaire. Fatima avait tout suivi elle-même. On n'avait trouvé aucune empreinte significative, ni dans la suite ni sur les portes et les fenêtres. Les analyses avaient révélé que la mort d'Oleg avait été provoquée par une quantité minuscule d'un explosif tout à fait classique, très facile à obtenir, qu'on avait glissé dans un métal et qui, à chaud, avait pris la forme d'une balle explosive. On n'avait retrouvé aucune douille, aucun reste d'aucune sorte. Le meurtrier avait tout emporté. L'autopsie avait établi qu'Oleg était mort entre 21 heures et 22 heures, à un moment où tous les autres convives étaient encore à table. Fatima avait demandé qu'on approfondisse l'autopsie ; et celle-ci avait montré qu'Oleg était bourré de calmants et d'antidépresseurs. De cocaïne aussi. Dans des proportions considérables. Les caméras extérieures n'avaient révélé l'entrée de personne par les fenêtres de la suite ; et les services excluaient qu'on ait pu falsifier les codes d'entrée de la chambre.

Évidemment, Fatima pensa que quelqu'un avait pu télécommander un drone, qui serait entré par la fenêtre et aurait tiré, mais les services disaient qu'aucune n'arme de cette nature n'existait et n'existerait avant longtemps. De plus, même si elle existait, elle n'aurait pu passer par l'entrebâillement minuscule de la fenêtre et, même si elle était passée, les caméras extérieures l'auraient repérée. Or on ne voyait rien sur les enregistrements. Enfin, selon les experts, si un tel drone existait un jour, il exploserait en même temps que la charge, et on en aurait trouvé les débris dans la chambre. Non. Fausse piste.

Elle demanda à Zemmour et à son équipe de creuser ce qu'on pouvait savoir sur tous les membres de Boromir Technologies présents au dîner de la veille. Et sur le mari de la victime. De regarder de nouveau les caméras de surveillance de l'hôtel et d'interroger en détail tout le personnel, pour savoir ce qu'il avait entendu, à la réception, au restaurant, quand les bagages avaient été montés dans les chambres. Tout cela n'avait, pour l'instant, rien donné.

À 7 h 45, après une séance de gymnastique un peu plus longue que la veille, Fatima regarde le site de Zelda. Très bien fait. Des drones de toute taille, pour tout usage, des jeux à l'agriculture. Aux allures d'insectes. Tous noirs. Il y a même une section sur les projets futurs : des drones autonomes, c'est-à-dire, explique-t-on, capables de se guider eux-mêmes, sans être télécommandés, vers une destination : ils seront bientôt commercialisés. Mais rien sur des drones tueurs. Le journaliste américain se serait-il trompé ? Voir vite le patron de Zelda. Pendant qu'elle continue à naviguer sur ce site, cela lui rappelle que son cadet, Raphaël, aime à jouer au jeu vidéo portant ce nom. Elle déteste être ainsi séparée de ses deux garçons. Son ex-mari ne les prend avec lui que très rarement, mais c'est, à chaque fois, pour elle, une souffrance. Et là, dix jours…

À 8 heures, elle descend et passe devant la loge, d'où sortent les sons d'un opéra de Verdi, dominé par les aboiements de plusieurs chiens : sa nouvelle concierge, une vieille dame très digne à la coiffure impeccable, lui avait expliqué, dix jours plus tôt, qu'elle assurait ses fins de mois en gardant des chiens et des chats, tout en écoutant de l'opéra sur de vieux vinyles en maudissant son mari qui l'avait quittée trente ans plus tôt et qui venait de revenir, clochard mourant. Pas le temps de s'arrêter bavarder avec elle ce matin. Il faudra le faire un jour. Ne jamais négliger les histoires que les gens veulent vous raconter. Prendre le temps pour les autres. Elle ne savait pas assez le faire. Et, à trois reprises au moins dans le passé, elle avait regretté de ne pas avoir écouté quelqu'un qui disait avoir une confidence à lui faire. Et qui était mort sans avoir pu lui parler.

Ce matin, elle s'habille avec plus de soin que d'habitude : une jupe rose, une blouse grise, un collier, des talons hauts. Elle se maquille comme elle ne l'a pas fait depuis longtemps. Elle traverse Paris, écrasé par une chaleur inédite en octobre. Pour aller du quai de Valmy au Bastion, il faut remonter vers Pigalle, Montmartre, puis le 17e. Moins beau trajet que quand elle rejoignait le quai des Orfèvres.

Elle se gare au parking des directeurs, prend l'ascenseur jusqu'au 14e étage, celui de son bureau. Elle y trouve Zemmour, devant la machine à café, en grande conversation avec la nouvelle du service d'identification. Comment se nomme-t-elle, déjà ? Noora. Noora Yacoubi. Habillée d'une robe très courte, un décolleté provocant, des cuissardes. Vraiment ravissante. Et elle le sait, pense Fatima. Mais comment ose-t-elle s'habiller ainsi pour venir travailler ici ? N'a-t-elle pas eu le temps de se changer après une soirée trop longue ? Veut-elle délibérément provoquer, dans cet univers essentiellement masculin ?

Que cherche-t-elle ? Fatima s'étonne de son propre trouble.

Après avoir à peine salué la nouvelle, qui la regarde des pieds à la tête, Fatima entraîne Zemmour dans son bureau et ferme la porte :

— Pour le meurtre du Crillon, peux-tu encore vérifier si un drone aurait pu faire cela ?

— Entrer par la fenêtre et tirer sans se faire repérer ?

— Exactement.

— On a vérifié hier ! Il faudrait que quelqu'un ait attaché une arme sur un drone commandé à distance, en identifiant la cible avec une précision parfaite. Ce n'est pas possible. Et on aurait trouvé les débris du drone ou des douilles, ou des traces dans la pièce. Et puis, il aurait fallu entrer. C'est trop étroit : trois centimètres.

— C'est peut-être possible... avec des drones très spéciaux.

— Tu penses aux drones de Zelda ?

— Exactement ! Tu as lu l'article américain de ce matin ?

— Bien sûr ! Tout le monde ici ne parle que de cela. Et même moi qui ne parle pas l'anglais, j'ai eu droit à la traduction de Noora. Mais il explique que le projet de Zelda est de faire des drones tueurs qui explosent sur place. Et il dit que même cela n'est pas possible. De plus, on a regardé : les drones de Zelda sont loin d'être assez petits pour passer dans l'entrebâillement de la fenêtre. Ça fait moins de trois centimètres, je te rappelle. Et leurs plus petits drones en font dix.

— Tu as convoqué le président de Zelda, Frédéric Zimmer ?

— Il t'attend. Il est venu immédiatement. Il devait s'y attendre. J'ai convoqué ensuite Vince Kasperkg, que tu voulais revoir. Ah, les Américains ! Ils ont voulu changer d'hôtel. On les a laissés faire. Ils se sont installés au Ritz, place Vendôme.

— Et Domitian ? On peut l'interroger ?

— Oui. Je le fais venir ?

— Oui. Mais fais bien attention qu'ils ne se croisent pas entre les interrogatoires.

— D'accord !

— Et toi ? Tu fais quoi ? Tu devais enquêter sur les gens de Boromir et sur Domitian. Tu l'as fait ou tu es trop occupé ?

Zemmour ne relève pas et répond calmement, en feuilletant son carnet de notes :

— J'ai appris que la dispute, pendant le dîner, entre Oleg et Domitian a été extrêmement violente. Il y a eu des menaces de mort.

— De qui ? À qui ?

— Après le départ d'Oleg, Domitian a dit qu'il le tuerait.

— Très important ! Qui t'a dit ça ?

— Un des garçons du restaurant. Attends, et ce serveur a aussi entendu Vince affirmer que, si Domitian avait besoin de lui, il serait volontaire pour porter le coup de grâce. Mosato aurait approuvé Vince. Et tous les autres auraient ri !

— Ce ne sont pas des tendres. Et tous pouvaient avoir un mobile pour tuer Brejanski.

— Oui, tu as raison ! D'ailleurs, Noora pense que…

— Laisse tomber cette Noora ! Elle doit se concentrer sur l'identité judiciaire, pas sur l'enquête. Et ne traîne pas trop avec elle.

Zemmour écarquille les yeux. Il semble sincèrement étonné :

— Qu'est-ce que tu lui reproches ? Elle est très forte. Elle a fait des études de criminologie à Londres. Elle connaît même tous les épisodes de *Columbo* par cœur. Mieux que moi. Et elle a lu San Antonio ! Tu te rends compte ? Quel policier aujourd'hui a encore vu *Columbo* ou lu San Antonio ? Pourtant il y a tout, dans San Antonio. Bref… Elle est de passage, à l'identité judiciaire. Un stage, je crois, avant un grand poste. Elle a fait un travail fantastique hier. On a eu tous les résultats d'analyse et les résultats de l'autopsie en quelques heures. Ah, et puis elle a étudié au Canada de nouvelles techniques d'analyse des postures, qui peuvent dire beaucoup sur ce que cachent les gens ; elle te décortique quelqu'un rien qu'en le regardant. C'est fou. Elle te déshabille l'âme. Enfin, je dis ça…

Fatima pouffe :

— « Elle te déshabille l'âme. » Mais où tu vas chercher ça ?!

Zemmour éclate d'un rire troublé, mi-content de lui, mi-gêné.

— Oui, je dois dire que c'est assez joli… Elle m'inspire, sans doute…

— Écoute, Alfred, je connais ce genre de fille, elle ne t'apportera que des ennuis.

— Tu connais quoi ? Elle est arabe, comme toi, et elle vit à Sarcelles, comme moi. Pas dans les mêmes quartiers que toi !
— Oui, justement. À mon avis, elle a très envie de vivre dans les mêmes quartiers que moi. Méfie-toi, je te dis. Contente-toi de madame Zemmour.

Son adjoint la regarde, stupéfait. Un silence s'installe.
— Tu es dure avec moi. Je ne te reconnais pas.

Fatima ne peut lui répondre qu'elle ne se reconnaît pas non plus elle-même.
— Excuse-moi. Mes paroles ont dépassé ma pensée.
— Chez moi, on dit que les paroles ne dépassent jamais la pensée ; car elles ne peuvent exister sans la pensée qui les conduit vers la bouche.
— Bon, j'ai dit : « Excuse-moi. » Ça va. Envoie-moi… comment il s'appelle… Zimmer, le patron de Zelda ! Dans la salle d'interrogatoire.
— Pas dans ton bureau ?
— Non. Ça va l'impressionner davantage. Il comprendra peut-être qu'il n'a pas intérêt à me cacher quelque chose.
— Bonne idée. Alors, si tu veux bien, je vais rester de l'autre côté de la vitre.
— D'accord.
— Et avec Noora.

Fatima va pour protester, puis se retient. Zemmour la regarde fixement et continue :
— Je t'assure qu'elle est unique. Elle peut comprendre les gens, sans les mots.
— Pas besoin d'elle pour ça, mais si tu y tiens, fais comme tu veux. Et excuse-moi encore pour tout à l'heure. Je n'aurais pas dû dire ça…

Zemmour lui passe tendrement la main sur la joue et fait un geste comme s'il allait la pincer, puis se retient. Fatima lui sourit, entre dans la salle d'interrogatoire et attend.

Une salle froide, nue, une table et deux chaises métalliques de part et d'autre. Un mur occupé par une glace sans tain... Fatima attend, troublée de savoir Noora de l'autre côté de cette vitre.

Frédéric Zimmer entre et s'assied. Grand. Mince. Un visage très pâle. Des cheveux blonds, presque roux. Des yeux bleus très clairs. Exorbités. Des mains très fines. La main gauche tremble sans cesse. Habillé d'un jean noir, de baskets blanches brillantes, d'une chemise noire boutonnée qui déborde du pantalon. Et d'une parka verte, qu'il pose par terre, à côté de sa chaise. Il semble très sûr de lui.

– Bonjour, monsieur Zimmer, merci d'être venu jusqu'ici. Donc, vous produisez des drones, toutes sortes de drones, c'est bien cela ?

– En effet. Depuis dix ans. Des drones de jeu et de surveillance.

– Aussi des drones autonomes ?

– Oui.

– Des drones tueurs ?

– Pas encore. Ce qu'on appelle ainsi aujourd'hui ne sont pas de vrais drones, mais de petits avions autonomes avec des bombes. Les vrais drones capables de tirer, nous y travaillons. Mais ce n'est pas encore prêt.

– C'est ce que dit l'article américain de ce matin. Vous l'avez lu ?

– Oui. Bien sûr ! Tout le monde l'a lu !

— Selon cet article, vous prétendez être pratiquement parvenu au point de développer des drones autonomes et des drones tueurs. Et il ajoute que, en réalité, c'est totalement impossible. On ne peut pas faire de drones autonomes.

— En effet… pour l'instant. Mais ça ne sera pas toujours le cas. Nous travaillons en fait sur trois projets, très lointains. Un drone autonome, qui volerait et circulerait librement vers un but, voyant lui-même les obstacles, sans être guidé ni télécommandé par personne. Un drone tueur, qui disposerait d'une capacité de viser une cible dont on aura entré le profil et de tirer sur elle. Et enfin un drone qui serait à la fois autonome et tueur.

— Et ces trois drones ne sont pas prêts ?

— Oh, non… On en est encore très loin… Mais moins loin que les Américains et les Chinois. Je pense même que nous serons les premiers, avant dix ans, à les mettre sur le marché.

— Moins de dix ans ! Vous vous rendez compte de leur capacité meurtrière ?

— Évidemment ! Et le journaliste a raison de dire que toutes les armées du monde rêvent d'en disposer un jour.

— Et tous les terroristes !

— Ah ben, si on pensait aux terroristes, on n'inventerait plus d'armes nouvelles ! Et si nous ne le faisions pas, quelqu'un d'autre le ferait. Alors pourquoi pas nous ? De plus, ce sera une arme chirurgicale. Pas besoin de tuer des millions de gens. Juste des dirigeants. Pour une fois, les généraux ne pourront pas rester planqués, à l'abri, pendant que les soldats se feront massacrer. Et puis ça servira aussi au marché privé, pas forcément terroriste.

— Ah, vous visez le marché des armes privées aux États-Unis ?!

— Et pourquoi pas ?! Nous ne serions pas les seuls ! Tout le monde peut y acheter des drones. Et tout le monde peut y acheter des fusils. Pourquoi pas un jour acheter des drones équipés d'un fusil ? Il est vrai qu'il y aura un gigantesque marché si l'administration américaine autorise le grand public à en acheter.

— Zelda… Pourquoi avoir appelé votre firme Zelda ? À cause du jeu vidéo ?

Zimmer semble se retenir de rire et approuve d'un geste de la tête. Il répond :

— Après tout, les jeux vidéo sont comme les drones. Dans les deux cas, on agit à distance.

— C'est pour cela que vous avez choisi ce nom ?

— Cela pourrait être autre chose. Vous devriez chercher.

Fatima le regarde : pense-t-il qu'elle ne sait pas que Zelda est aussi le nom de l'épouse de l'écrivain Fitzgerald ? Elle se rappelle maintenant que son père la lui avait souvent citée comme un cas extrême de femme sacrifiant sa carrière d'écrivain pour celle de son mari. Ne pas le lui dire. Un bon policier a toujours tout intérêt à ce qu'on le prenne pour un imbécile… Elle répond :

— Pas le temps de jouer aux devinettes. Pourquoi vendre votre firme à des Américains ?

— Moi ? Vendre aux Américains ? Jamais…

— Ah, ce n'est pas ce que vous faites ?

– Mais non ! J'ai besoin de me donner les moyens de me développer. Et en France, je ne les ai pas trouvés. Or je vois venir des concurrents ; dans ce marché, si vous n'êtes pas le leader mondial, vous n'êtes rien.

– Qui sont vos actionnaires pour l'instant ?

– Moi, et surtout mon beau-père, qui a hypothéqué son domaine viticole pour mettre les quarante millions d'euros dont j'avais besoin au départ. Mais cela ne me suffit plus. Même si je suis rentable, j'ai besoin d'argent pour aller plus loin.

– Vous n'avez trouvé aucun investisseur français ? Personne ? Même pas les fonds publics ?

– Pas question d'accepter de prendre un actionnaire public. On aurait dit que j'étais nationalisé et cela aurait fait fuir tous mes clients internationaux. D'autant plus que...

– Quoi ?

– Non, rien.

– Et Boromir ? Pourquoi eux ? Comment les avez-vous rencontrés ?

Zimmer hésite. Fatima remarque que sa main gauche est de plus en plus agitée.

– J'ai eu des offres de Russes et de Chinois, visibles ou cachées. Vous auriez préféré ? Boromir Technologies est une firme sérieuse. Qui reçoit des commandes du ministère américain de la Défense. Ça me convient.

– Comment les avez-vous rencontrés ?

– Euh... Ils m'ont approché.

– Qui, exactement ?

– J'ai eu un appel de Vince Kasperkg. Il y a trois mois... Ils voulaient acheter Zelda. On a vite fait affaire.

— Donc, vous vous vendez bien aux Américains ?
— Mais non… Nous fusionnons et j'ai le pouvoir.
— … Vous fusionnez et vous organisez le montage pour être le premier actionnaire de l'ensemble ? C'est ça ?
— Exactement…
— Dans l'article de Mashable, il est dit que les logiciels de Boromir ne marchent pas. Vous le saviez ?
— Si la presse pense que Boromir est nul, ça m'arrange.
— Comment ça ?
— Le cours de Boromir va baisser, ce qui me permettra d'avoir plus de titres encore en fusionnant avec eux. Je serai bien le premier actionnaire de l'ensemble. C'est parfait…
— L'ensemble, c'est Aragorn ?
— Ah, vous savez ? C'est Vince qui vous a dit ?
— Peu importe. C'est quoi exactement, Aragorn ?
— Une coquille juridique que j'ai créée aux îles Caïmans, qui possède les brevets de Zelda et qui va fusionner avec Boromir. En fait, comme ça, c'est moi qui rachète Boromir et pas l'inverse. C'est pour cela que le gouvernement français laisse faire.
— Pourquoi racheter cette firme ? Elle est dans un domaine très différent du vôtre. Vous faites des drones et ils font des logiciels.

Zimmer se penche, prend sa parka, fouille dans une poche, puis dans une autre. Il en sort une boîte de pilules. Fatima note qu'il tremble toujours un peu en l'ouvrant. Il en prend une et répond :
— J'ai besoin de leurs technologies de prédiction pour que mes drones puissent contourner les obstacles. Un peu comme Waze, vous connaissez ?

L'autonomie de mes drones sera considérablement améliorée par les technologies de Boromir.

— Je comprends. Parlez-moi d'Aragorn. C'est bien un nom tiré d'un roman, n'est-ce pas ?

— Ben, évidemment, tout le monde sait ça !

— Je n'ai pas lu ce roman, dit Fatima.

Zimmer semble sincèrement surpris. Plein de commisération.

— Vous n'avez pas lu *Le Seigneur des anneaux* ? Vous avez vu les films, au moins ?

— Pas davantage. J'ai cru comprendre qu'il y a là-dedans une histoire d'anneau maléfique qu'il faut détruire, c'est bien ça ?

Long silence, Zimmer regarde Fatima, incrédule, puis reprend :

— Cet anneau, l'Anneau unique, est porteur du mal absolu. Le Hobbit Frodon Sacquet est chargé de le transporter au seul endroit où il peut être détruit. Pour atteindre cet endroit, il lui faut entreprendre un long voyage, pendant lequel, s'il est repris par son possesseur initial, le maître du mal, Sauron, l'Anneau annihilera l'univers.

— Alors ? Aragorn ?

— Aragorn est, avec Boromir, l'un des huit membres de la Fraternité qui ont juré de défendre Frodon. Mais plus encore : Aragorn est le chef des Dúnedain du Nord, le dernier héritier des trônes d'Arnor et de Gondor.

— Boromir meurt, si je comprends bien ?

— En effet... Vous l'avez lu, en fait, hein ? Vous me faites marcher... Peu importe... Boromir meurt ; Frodon réussit à détruire l'Anneau unique ;

et Aragorn devient souverain du royaume réunifié d'Arnor et de Gondor.

— Si on applique cela à votre société, on peut en déduire que vous voulez que votre Aragorn, c'est-à-dire Zelda, prenne le pouvoir après la mort de votre Boromir, c'est-à-dire Oleg Brejanski, c'est bien cela ?

Zimmer repose la parka et répond en souriant :

— La vie n'est pas une copie de roman. Mais ça y ressemble parfois à s'y méprendre...

— Et pour cela, vous avez créé une autre fraternité ? Pour détruire un autre anneau du mal ?

— Possible...

— Quel « anneau du mal » ?

— Il y en a tellement...

— C'est la politique, l'anneau du mal ?

— Vous devriez lire le roman, vous comprendriez peut-être.

Fatima ne peut s'empêcher de penser à Noora, derrière la vitre. Qu'aimerait-elle qu'elle pose, comme question ? Elle tente :

— Nous pensons qu'Oleg a été tué avec une arme connectée à un drone autonome. Qu'en pensez-vous ?

Long silence. Zimmer prend une autre pastille.

— C'est impossible : les projets en cours les plus avancés dans le monde des drones autonomes et tueurs sont à l'essai dans nos laboratoires. Et ils sont loin d'être prêts. Mais alors, très loin. Nous sommes au moins à dix ans. Et si d'autres en avaient fabriqué, nous le saurions. De plus, s'il existait, ce drone tueur aurait explosé avec la charge qu'il aurait lancée et vous auriez trouvé des débris. Et vous n'avez rien trouvé, n'est-ce pas ?

Fatima n'en tirera rien de plus. Même si elle a le sentiment d'avoir entendu quelque chose d'essentiel qui va rester confiné dans sa mémoire. Pour combien de temps ?

— C'est moi qui pose les questions, monsieur Zimmer. Je vous remercie. Restez disponible. Ah, encore un instant... Je vais revoir M. Kasperkg... C'est donc lui qui a pris contact avec vous pour négocier votre rapprochement, n'est-ce pas ? C'est bien ce que vous m'avez dit ?

L'homme se crispe sur sa parka.

— En effet, nous avons négocié ensemble à distance. Et nous étions arrivés à un accord. Mais nous n'avons pas de relations personnelles...

— Quand la fusion devait-elle être annoncée ?

— On n'en était pas tout à fait là. Il y avait encore des vérifications à faire... Nos équipes ne se sont pas encore rencontrées.

— Je vous remercie, monsieur Zimmer... Je vous raccompagne.

Fatima sort avec lui et le raccompagne jusqu'à l'ascenseur. L'homme semble retrouver de sa superbe. Il prend une troisième pilule dans sa boîte. Fatima lui sourit. Elle attend qu'il dise quelque chose, mais non, rien. Étonnant moment de silence, jusqu'à ce qu'il soit avalé par l'ascenseur.

Fatima revient vers son bureau. De loin, elle voit Vince Kasperkg qui l'attend. Et Zemmour et Noora, qui lui font signe qu'ils ont pris beaucoup de notes et qu'ils veulent la voir. Elle veut un peu de calme.

— Je vous verrai après Kasperkg, d'accord ? Faites entrer l'Américain dans cinq minutes.

Fatima prend le temps de regarder ses mails et ce qui se dit de l'enquête sur les réseaux sociaux : la publication de l'article du Mashable semble avoir libéré tous les médias du monde entier à l'égard des GAFA, aussi unanimes dans leurs critiques qu'ils l'étaient, la veille encore, pour la plupart, en sens inverse, dans leurs louanges.

Elle lit, sur le site du *Financial Times* et de *The Economist*, prompts à devancer la prochaine mode, que rien de tout cela n'est surprenant pour ceux qui savent, comme eux, lire les signaux faibles, qui échappent à tous les autres ; et les signaux faibles sont clairs : l'économie virtuelle ne vaut rien ; l'intelligence artificielle est un mythe, une fiction. Seul vaut ce qui est réel, solide : les mines, le foncier, l'agriculture. Par exemple, les mines de cuivre du Chili, les terres agricoles de l'Ukraine, de la Russie et du Kazakhstan, dont la productivité va augmenter massivement avec le réchauffement climatique. Et les forêts, surtout les forêts ; car, évidemment, nul ne saurait se passer de papier, malgré l'engouement actuel, provisoire, pour les médias numériques.

Sur l'enquête, rien de nouveau dans les médias. Sinon de longs portraits de la victime, sur tous les sites, qui ne lui apprennent rien et se copient les uns les autres, avec des variantes minuscules, selon l'orientation politique du journal.

Elle ferme les yeux deux minutes pour bien enregistrer tout ce qu'elle a entendu dans la conversation avec Zimmer. Technique éprouvée... Puis elle fait entrer le numéro deux de Boromir. Vince Kasperkg est habillé d'une façon très apprêtée. Un costume prince-de-Galles, une chemise bleue, avec des boutons de manchette. Et, encore, un improbable nœud papillon, cette fois blanc et rouge, assorti à une énorme pochette qui déborde de sa veste. Ses chaussures noires, brillantes, semblent être pour lui un sujet important de préoccupation. Il les regarde sans arrêt, même une fois assis devant Fatima. Il semble moins agité que la veille, comme s'il avait retrouvé ces esprits.

– Bonjour, monsieur Kasperkg. Comment allez-vous ce matin ?

La question semble le soulager.

– Le mieux possible. Nous avons tous déménagé au Ritz. C'est plus calme. On aurait dû y aller tout de suite, d'ailleurs, c'est bien mieux qu'au Crillon… Il y a plus de sécurité. Vous avez encore besoin de moi ?

– Je vous ai fait venir parce que, hier, vous avez oublié de me parler de quelque chose d'important…

Il s'agite sur sa chaise, regarde fixement sa chaussure droite, tripote son nœud papillon, puis relève la tête :

– Ah ? Quoi ?

– Vous avez lu l'article de Mashable, je suppose ?

– Ah ça…! Oui. Et alors ?

– Eh bien, il parle de vos nouveaux logiciels de prévision de comportement hostile, que vous appelleriez d'un nom de code, « Intelligence Services », c'est vrai ? Ça existe ? Vous me l'avez caché, hier !

– Mais ? Je ne vois pas pourquoi j'aurais dû vous en parler ! Ça n'a rien à voir avec votre enquête ! Il est catastrophique que la presse connaisse ce secret ! C'est notre atout maître pour l'avenir. Et ce n'est pas au point. Du tout. Nous ne voulons pas en parler trop tôt.

— Dites-m'en plus. Et laissez-moi décider si c'est utile à mon enquête.

— Il s'agit d'un logiciel de prédiction de comportements hostiles, que nous avons, en effet, nommé « Intelligence Services », IS. Je ne sais pas comment ce journaliste a pu le savoir ! Cette fuite est impardonnable ; très peu de gens étaient au courant. IS sera programmé pour considérer comme « comportement hostile » tout ce qui peut nuire à une personne ou une entité (que nous appelons « la cible ») désignée à l'avance à la machine. IS pourra le détecter et en prévenir la cible.

— La « cible » est donc votre client ?

— Oui... enfin, on verra... Ce n'est pas au point. Mais il pourrait aussi arriver, dans l'avenir, qu'un client veuille savoir ce qui menace un partenaire, ou un concurrent. Ou un autre pays, ou une autre personne. Mais en général, vous avez raison, les clients seront sûrement surtout intéressés par ce qui les menace eux-mêmes.

— Et ça marche comment ?

— Si on y arrive ! Nos machines analyseront tout ce qui est dit sur une cible, sur tous les réseaux, sur tous les sites Internet, dans tous les sites ouverts. Nous analyserons même tout ce que chacun a laissé comme trace sur le Net depuis vingt ans.

— Ces données sont disponibles ?

— Bien sûr ! Tout ce que vous avez dit, écrit, depuis vingt ans, est disponible. Tout ce qui a été écrit ou dit sur vous aussi. Vous, policiers, vous ne l'utilisez pas assez. Nous avons trouvé une façon très économique d'y avoir accès et de le synthétiser. Nos machines en déduiront les comportements prévisibles hostiles à nos clients ou aux cibles qu'ils auront désignées.

— C'est ce qu'on appelle de l'Intelligence artificielle ?

— Oui, l'IS sera une machine auto-apprenante, elle utilisera donc de l'intelligence artificielle. Mais c'est juste un usage parmi d'autres de l'intelligence artificielle.

— Vous pensez donc qu'il sera possible de prédire des actes hostiles ? Ne sont-ils pas très souvent irrationnels ?

— C'est votre point de vue de policier ? Intéressant !... Nous faisons au contraire le pari inverse : tous les actes humains, de quelque nature qu'ils soient, sont toujours, au moins statistiquement, rationnels. Ils ont tous une cause. Reste à en trouver la logique.

— Vos logiciels auraient-ils pu prédire, par exemple, qu'Oleg était menacé et comment il allait être attaqué ?

— Je vous répète que l'IS n'est malheureusement pas encore au point. Mais, dans l'avenir, nous espérons pouvoir répondre à ce genre de questions.

— Et vous en ferez quoi, de ces informations ?

— Nous les transmettrons à nos clients. C'est tout.

— Oui, mais si votre client apprend par votre logiciel qu'il est menacé, économiquement ou physiquement, vous en faites quoi ? Vous aiderez votre client à réagir, à prendre les devants ? Vous prévenez la police ?

Pourquoi Fatima a-t-elle le sentiment que Vince hésite avant de répondre ?

— Non… Boromir Technologies ne s'occupera pas de riposte. Il ne fera que prévoir l'action des adversaires de la cible. Ce sera au client de décider quoi en faire.

Fatima pense évidemment aux drones de Zelda. Est-ce pour cela qu'il veut la fusion ?

L'Américain insiste :

— Mais c'est vraiment très loin.

— Autre question. Je n'ai pas vraiment compris pourquoi vous vouliez acheter une firme de drones ? Ça n'a pas beaucoup de rapport avec votre activité.

— Les drones ont besoin, pour se déplacer, de connaître l'évolution de leur environnement. Nous pensions, nous pensons toujours, que nos logiciels peuvent servir leurs drones.

Presque la même réponse que le patron de Zelda. Une réponse plausible. Se sont-ils parlé depuis hier ? Difficile à empêcher.

— Je vous remercie, dit Fatima, convaincue qu'elle n'en tirera rien de plus pour le moment…

Kasperkg se lève et se dirige vers la porte.

— Après vous, je recevrai M. Domitian Lebost. Rien à ajouter sur cette soirée, avant que je ne le voie ?

— Ah ? Il est en état de parler ? Il est si faible, je crains qu'il ne vous dise que ce que vous avez envie d'entendre… Il vient avec un avocat, j'espère ?

— Non, il vient seul. Il n'est que témoin. Comme vous.

— C'est ça, oui, comme moi… dit-il avec un drôle de regard en sortant.

Zemmour passe la tête :

— Le mari est arrivé. Tu veux le voir ? Je peux te voir avant ?

— Oui, entre !

— C'est incroyable, ce qu'ils t'ont raconté !

— Oui. Je pense qu'ils nous cachent bien des choses. Ils feraient des coupables idéaux, tous les deux, chacun à leur manière.

— Je pense aussi, mais on n'a pas de preuves encore. Et moi, déclare Zemmour, « je veux les faire accuser de meurtre, mais pas sur la base de fausses preuves ».

— C'est quoi, ça ?

— Columbo dans *Rançon pour un homme mort*.

— Arrête avec tes citations ! Pourquoi tu me dis ça ?

— Parce que je suis sûr qu'ils sont coupables, mais il faut chercher de vraies preuves…

— Des preuves, on n'en a pas pour l'instant. Qu'as-tu pensé de l'interrogatoire ?

— J'ai pensé que leur truc, c'est génial. Tu imagines, si on pouvait un jour prévoir les comportements hostiles de tout le monde ? Ça changerait la vie : on saurait à l'avance si on est compatible ou pas avec quelqu'un.

— « Compatible avec quelqu'un »… Tu parles des criminels qu'on recherche ou de cette Noora que tu recherches ?

— Arrête avec ça ! Elle t'obsède, on dirait ! Justement, il faut que tu écoutes ce qu'elle a à te dire, là !

— Ah ? Et pourquoi ?
— Elle a étudié les attitudes de Zimmer et Kasperkg pendant tes interrogatoires. et elle pense qu'ils sont complices et qu'ils cachent quelque chose de très grave. Ils sont très angoissés.
— Ah ? Vraiment ? Tous les deux ?
— Pas angoissés de la même façon. Mais d'une façon coordonnée... Laisse-moi la faire venir. Elle te dira.
— D'accord, fais-la entrer.
À l'entrée de Noora, Fatima remarque encore sa tenue, qui ne dissimule rien de ses longues jambes et de ses épaules. Vraiment provocante... La jeune femme reste silencieuse et s'appuie sur le mur, près de la porte, Fatima va pour se lever, puis se ravise... Zemmour fait signe à Noora de parler.
— Je n'ai pas de certitude, mais pour moi c'est évident : ils cachent tous les deux quelque chose. Quelque chose de différent.
Encore sa voix rauque et cette fois presque chuchotée... Fatima fait tout pour rester indifférente :
— Ça, c'est sûr. Ils ne disent pas toute la vérité... Mais encore ?
— J'ai le sentiment qu'ils pensent tous les deux avoir commis chacun une grosse erreur, une erreur différente, mais qu'ils espèrent sans conséquence et qu'ils cachent.
— Quel genre d'erreur ? insiste Fatima.
Noora semble s'enfoncer dans le mur derrière elle.
— Kasperkg pense avoir dit quelque chose qu'il n'aurait pas dû dire. Et Zimmer pense qu'il a fait quelque chose qu'il n'aurait pas dû faire.

— Je suis bien avancée avec ça, rétorque Fatima.
En parlant plus bas encore, Noora murmure :
— Il y a un lourd secret entre eux. Ils sont comme des amoureux venant de rompre. Ils se croient capables du pire...
— Concrètement, ça veut dire quoi ?
— Je crois que chacun des deux pense que l'autre est coupable du meurtre du Crillon.
Allons bon, c'est du roman, ça, pense Fatima. Ça ne tient pas.
— Je vous remercie. Je vais y penser. Ah, Zemmour, demande au juge : je veux une perquisition dans les bureaux de Zelda, à Courbevoie. Je veux tout voir. Dès demain, si possible.
— D'accord. Je demande. Mais ça ne va pas être facile à obtenir.
— Pourquoi ?
— Parce que Zelda est couverte par le secret-défense.
— Je sais ! Il faudra passer par la commission *ad hoc*. Raison de plus pour demander vite, avant qu'ils ne planquent tout. Et envoie-moi ce... Domitian.
— Est-ce que tu as vu toutes les interviews qu'il a données depuis hier, sur son mari ?
— Non, je n'ai pas vu. Il dit quoi ?!
— C'est vrai que tu lis pas ces journaux, toi. Rien d'important. Grand amour. Homme d'exception. N'avait pas d'ennemis. Grand choc. Parle d'un attentat terroriste, comme on peut en attendre à Paris. Que les Français sont formidables et s'en occupent très bien. Que cela ne retardera pas le tournage de son prochain film, dans une semaine, à New York.

Sur les photos, il semble aussi affecté qu'hier matin. Mais très bien coiffé.

— Bon, envoie-le-moi.

Le jeune homme entre, habillé de noir des pieds à la tête. Coiffé à la perfection. Il semble avoir retrouvé son calme et sa maîtrise.

— Vous allez mieux ?

— Ça va. Je dois à mon public de ne pas montrer mon chagrin.

— Je comprends. Je comprends. Racontez-moi comment vous avez connu la victime ? *A priori*, vous n'évoluiez pas dans le même milieu.

— Oh, assez banal. En mars dernier. J'étais venu à Hollywood pour signer un contrat. Mon agent m'a emmené dîner dans un restaurant connu, face à la mer, chez GG's Waterfront, bar and grill, vous connaissez ?

— Non, pas vraiment.

— Une vue incroyable. Et des poissons... Oleg y dînait aussi avec des clients que mon agent connaissait. On nous a présentés. Et on s'est mariés deux mois après. Voilà...

— Ah ? Ça a été très rapide !

— Un coup de foudre...

— D'après ce qu'on lit dans les journaux, votre couple était très uni.

— En effet.

— Pourtant, au dîner qui a précédé sa mort, vous vous êtes sérieusement disputés. À propos de votre père.

Domitian sourit, comme s'il était devant des photographes. Il semble jouer la scène.

– Non. Enfin, oui… On s'est disputés, mais surtout à cause du violon.

– Pourquoi ?

– Parce que je lui ai demandé de le vendre, pour aider mon père, puisqu'il disait ne pas avoir assez d'argent liquide pour ça.

– De vendre son violon ? Mais il y tenait beaucoup, je crois ?

– Il n'en jouait jamais, contrairement à ce que les gens croient !

– Et qu'est-ce qu'il vous a répondu ?

– Qu'il ne voulait pas et ne pouvait pas vendre ce violon. Parce qu'il n'était pas vraiment à lui. Je ne l'ai pas cru. Le ton est monté. Il a quitté la table, très très fâché. C'est la dernière fois que je l'ai vu vivant… C'est terrible…

– Et vous ? Vous êtes monté quand ?

– Vers minuit. Quand je suis rentré dans la suite, pas de bruit. Je croyais qu'il dormait. Quand je me suis avancé dans la chambre et que je l'ai vu… horrible… j'étais paniqué. Je ne savais pas quoi faire.

– Vous avez quand même pris le violon…

– Un réflexe… J'ai appelé Vince, qui est monté et qui, quand il l'a vu mort, s'est mis à fouiller toutes les pièces.

– Ah ? Vince a fouillé la suite ? Il cherchait quoi ?

– Je le lui ai demandé. Il ne l'a pas dit… ou peut-être qu'il l'a dit et que j'ai oublié… Ah voilà, ça me revient, il m'a parlé d'un téléphone. Oui, c'est ça, il a vraiment cherché longtemps, et puis il est redescendu.

– Vous, ou lui, avez touché à la fenêtre ?

— Moi, non. Lui, je ne sais pas. Je n'étais pas vraiment lucide… Je n'ai pas fait attention.
— Il a touché au corps ?
— Non, absolument pas. Je suis resté avec Oleg tout le temps.
— Et le violon ?
— Quoi, le violon ?
— Où était-il ?
— Dans la chambre, posé sur le lit. Dans son étui.
— Vous l'avez pris avec vous…
— Oui, je ne sais pas pourquoi j'ai fait ça…
— Et Vince est redescendu avant vous ?
— Oui, il m'a dit de rester là et qu'il s'occupait de tout. Je suis resté avec Oleg jusqu'à l'arrivée de la police, une heure plus tard, je crois.
— Très bien. Je vous remercie.
— Je peux quitter Paris ?
— Vous êtes libre de partir, mais je ne vous le conseille pas : cela peut se retourner contre vous.
— Oui, je sais. Mon avocat m'a dit : « Si c'est toi qui l'as tué, tu quittes la France au plus vite. Si tu es innocent, tu restes. »
— Et vous en concluez quoi ?
— Je reste. Deux ou trois jours au moins.
Elle rappelle Zemmour et l'interroge :
— Tu as entendu ce que disait Domitian sur Vince ?
— Oui. Il l'a vu fouiller dans la suite d'Oleg ! Il prétend qu'il lui avait prêté son téléphone et qu'il voulait le récupérer… Difficile à croire.
— Comme tu dis… À vérifier…

– Dis-moi, marmonne Zemmour, tu ne trouves pas bizarre qu'on n'ait pas eu du tout d'intervention politique dans cette affaire ?
– Ah ? Il devrait y en avoir ?
– Ben, crois en ma vieille expérience. Quand un meurtre à Paris fait les titres de la presse nationale et mondiale, il y a toujours, à un moment ou à un autre, une intervention politique. Et plus l'affaire est importante, plus ça vient de haut, et plus ça descend bas. Là, normalement, tu devrais avoir déjà eu un appel du directeur de cabinet du ministre de l'Intérieur, ou du ministre lui-même. Au moins. T'as rien eu ?
– Non. Rien encore, en tout cas.

20 heures, tous les journaux télévisés ouvrent sur le meurtre, avec des reportages sur l'hôtel, les palaces parisiens, la sécurité dans les chambres et la maire de Paris qui rassure. Sur France 2, le correspondant en Californie reprend à son compte les critiques de Mashable. En y ajoutant des allusions à du harcèlement sexuel, sans citer aucun nom.

Dans la soirée, coup de fil de l'Élysée. Le vieux Zemmour avait vu juste : le président veut voir la commissaire Hadj demain à 17 h 10. Toujours maniaque de l'heure, monsieur Le Guay.

Troisième jour

Le jeudi 4 octobre, à l'aube, l'article de Walker Stylmley et les réactions qui ont suivi dans la journée de mercredi déclenchent à Tokyo, puis à Paris et Londres, puis à Wall Street, un effondrement des cours des firmes de la Silicon Valley. La confiance est rompue, d'abord pour celles qui ne font pas encore de profit ; puis pour celles, encore très rares, qui en génèrent et dont le marché doute désormais qu'elles ne tiennent leurs promesses. Un peu plus tard dans la matinée sont atteintes aussi toutes les valeurs mondiales liées au numérique et à l'intelligence artificielle. Plus tard dans l'après-midi, celles des autres entreprises, dans tous les secteurs qui promettaient à leurs actionnaires d'utiliser ces nouvelles technologies afin d'augmenter leurs profits. Certains analystes se demandent même si ce n'est pas le signe annonciateur de la nouvelle crise économique mondiale, celle que tout le monde attend depuis 2008 et dont on pensait qu'elle se déclencherait plus tard, à la suite de l'éclatement d'une des innombrables bulles de dettes en Chine ou de la faillite d'une firme classique trop endettée ; mais sûrement pas à cause de l'effondrement des cours des firmes les plus en vogue, les plus prometteuses. Une fois de plus, la crise commence là où on l'attendait le moins, et là où on est le moins préparé à s'en prémunir. Les ministres des Finances du G7, alors rassemblés à Washington pour l'assemblée annuelle du FMI, publient à la hâte un communiqué rassurant, qui ne ralentit toutefois pas la chute des cours partout dans le monde.

Ce matin-là, en arrivant au bureau, Fatima (après avoir envisagé d'aller chez le coiffeur, puis y avoir renoncé) pense encore, comme depuis hier soir, à la demande du président de la République. Que peut-il vouloir à un policier si éloigné de lui ? Bien sûr, il y a l'enquête précédente, et Léo, qui les relie. Léo qui avait tout avoué à Fatima, avant d'aller tout dire à Le Guay, déclenchant la démission de l'ancien président et la nouvelle élection présidentielle. Est-ce de Léo qu'il veut lui parler ? Léo qui n'a pas donné signe de vie depuis trois mois ? Elle écarte cela de son esprit. Oublier Léo ; se concentrer sur l'enquête.

À 9 heures, Fatima réunit dans son bureau son équipe, dont Noora, pour faire le point sur l'enquête. Noora, cette fois, est habillée d'une façon très sage, d'un chemisier blanc fermé, d'un jean anthracite, de bottes noires. Pourtant, la sensualité se dégage de chacun de ses gestes et aucun homme ne la quitte des yeux...

Fatima tente de se concentrer sur la réunion : l'autopsie du corps d'Oleg Brejanski confirme la mort par balle explosive, tirée à trois mètres de distance, d'un angle qui ne pouvait être obtenu que par une arme située à 1 m 40 de hauteur. Pourtant, les vidéos confirment, après analyse, que personne n'est entré dans la chambre après lui. Et comme les caméras ne couvrent que la porte et les fenêtres, mais pas l'intérieur de la suite, elles ne révèlent rien du déroulement du meurtre.

Alors ? Un drone ? Un drone tueur ? Sans exploser lui-même ni laisser de douille ? Capable de tirer avec précision une balle explosive ? Cela n'existe pas. Et cela n'est pas près d'exister ! Fatima n'en trouve aucune trace dans la littérature scientifique ou technique. Les experts consultés ce matin par Zemmour et ses hommes disent tous que cela sera peut-être un jour disponible, mais qu'on en est très loin. Dix ans au moins. Ils confirment ce qu'a dit le patron de Zelda, qui a reconnu qu'il y travaillait, mais s'était défendu d'y être parvenu. « On en est loin », avait-il répété. Et encore, à supposer même qu'un tel drone existe aujourd'hui, il aurait encore fallu qu'il ait pu pénétrer dans la chambre par une fenêtre à peine entrebâillée, sans se faire remarquer par les caméras vidéo, et qu'il ait pu ensuite tirer avec précision. Sans être détruit par la balle explosive qu'il aurait lancée. Pour cela, il fallait bien que quelqu'un le télécommande, quelqu'un qui aurait pu voir l'intérieur de la chambre, pour le guider. À moins qu'une caméra, placée sur le drone, ait permis à son opérateur, à distance, de le commander, de déclencher le tir, puis de repartir sans laisser la moindre trace… Un drone de moins de trois centimètres d'épaisseur pour passer par la fenêtre entrouverte. Non, tout cela est impossible. Donc, chercher autre chose...

Personne dans l'équipe ne semble avoir d'idée ; Fatima remarque que Noora la fixe sans arrêt et reste totalement silencieuse. La commissaire lance à Zemmour :

— Où on en est, de la perquisition chez Zelda ?

— Oui, je l'ai demandée, mais je ne suis pas sûr qu'on l'obtienne.

— Comment ça ? Elle est de droit !

— Oui, enfin, pas vraiment ! Ils sont couverts par le secret-défense, et il faut consulter la commission *ad hoc*. On aurait dû d'ailleurs avoir la réponse hier soir et pouvoir perquisitionner ce matin. Mais là, je sens un problème. Je les connais, les juges. D'habitude, ils adorent les perquisitions. Ça les fait kiffer, d'entrer chez les gens à l'aube, ça les sort de leur bureau et ça leur donne un sentiment de toute-puissance. Un juge d'instruction, c'est d'abord un chasseur. Il ne peut pas être bon, sans ça.

— Et alors ? Là, qu'est-ce qui te fait dire qu'on l'aura pas ?

— Je t'ai dit : même quand il y a un secret-défense à lever, on a l'autorisation en une heure. Là, ça fait vingt-quatre heures, et toujours rien.

— Très bien. J'appelle le procureur.

Fatima essaie, tombe sur son répondeur. Elle appelle le juge d'instruction. Pareil. Deux heures s'écoulent avant que le procureur ne la rappelle.

— Vous êtes au courant de ma demande de perquisition de Zelda ? demande Fatima. Pourquoi ça tarde tant à arriver ?

— Oui, j'allais vous prévenir. Il me semble que le juge d'instruction aura du mal à l'obtenir.

— Comment peut-on nous refuser une perquisition ?

— Zelda est une entreprise extrêmement sensible, couverte par l'habilitation « secret-défense », et manifestement, elle développe des projets très secrets. Personne ne veut prendre le risque d'une fuite.

— Je sais très bien ! Mais ce n'est pas une raison ! Nous avons déjà mené des perquisitions au ministère de la Défense nationale, chez le Premier ministre, et dans les lieux les plus confidentiels de la République !

— Je sais bien, mais là... Je vous promets d'insister. Le juge va saisir la commission de levée du secret-défense ! On aura la réponse dans deux jours...

— Quoi ? Ce n'est pas encore fait ?

Fatima enrage. Ils n'ont pas encore saisi la commission sur le secret-défense ?! Le juge Allard... Elle le sait aux ordres du procureur, qui n'a pas l'air pressé de faire cette perquisition... Ça doit bien l'arranger, le juge, cette histoire de secret-défense ! Pas question d'en rester là. S'il le faut, elle en parlera au président de la République cet après-midi, puisqu'il a demandé à la voir... À moins qu'il n'ait justement demandé à la voir pour lui ordonner de mettre la pédale douce sur son enquête ? Ça, pas question ! Sans cette perquisition, on ne bouclera pas cette enquête.

À midi, le procureur la rappelle. Elle décroche :

— Ah, monsieur le procureur ! Vous allez m'annoncer des bonnes nouvelles ? La perquisition a lieu demain ?

— Non, non, sûrement pas demain... Il faudra du temps pour obtenir la réponse de la commission...

De plus, je crains d'avoir à vous annoncer une autre mauvaise nouvelle : les Américains veulent partir.

— Les Américains ? *Mes* Américains ?

— Oui, tous les six. Avec le corps. Et on n'a pas beaucoup de moyens de les en empêcher.

— Y compris le corps !?

— Oui. Domitian veut partir pour l'enterrer à Oklahoma City, dans le caveau familial.

— Les autres aussi ? Tous ?

— Oui. Voyons… les noms… Messieurs Kasperkg, Mosato, Feuillette et mesdames Mickklov et Makovic.

— C'est ça, oui.

— Ils disent qu'ils ont été assez gentils de rester là deux jours ; mais que tout les attend à leur bureau. D'autant plus que les cours de Bourse… Vous avez vu ? Et s'ils restent, le marché les croira suspects.

— Mais ils le sont !

— Oui, mais voilà, « suspect », ça ne veut rien dire en droit, madame la commissaire ! On ne peut pas interdire à un témoin, ni même à un témoin assisté, de quitter le territoire national. On peut juste lui demander de répondre à toute nouvelle convocation.

— En effet.

— Alors ? Vous avez de quoi les faire placer en garde à vue ? Non. Vous ne l'avez pas fait six heures après le crime, et vous n'en avez pas davantage les moyens maintenant. J'ai l'ambassade américaine sur le dos, moi. Le Quai d'Orsay ne me lâche pas. Je ne vais pas pouvoir tenir longtemps.

Fatima hésite à lui dire qu'elle verra le président tout à l'heure. Cela pourrait pourtant l'impressionner.

Elle se sent brusquement abattue, prise d'un vertige. Ce métier n'est peut-être pas fait pour elle. Son père le lui avait dit… Sa mère le lui répète aussi souvent que possible. Elle l'adore pourtant, ce métier. Elle aime l'ordre. Elle hait le crime. Elle se sait capable d'intuition, de fulgurances, elle sait traverser un esprit pour trouver ce qui s'y cache. Elle a une exceptionnelle mémoire. Elle sait accueillir les idées venues d'ailleurs. Fatima aime aussi se laisser porter par son enquête. Elle sait que la vérité vient à elle, comme un aimant, sans aller à sa rencontre, juste en étant disponible. C'est cela, disponible. Elle avait lu quelque part que les écrivains, quand ils commencent à penser à un nouveau roman, se nourrissent de tout ce qui passe, comme si un dieu des écrivains parsemait leur route de ce dont ils ont besoin pendant qu'ils écrivent. Comme si la concentration attirait à eux en ces moments de quoi nourrir leur projet. Pour ses enquêtes, c'était la même chose : Fatima avait le sentiment d'attirer vers elle la vérité, par l'intensité de sa concentration, parce qu'elle était en éveil, aux aguets, ce qui facilitait les confessions, sans les chercher vraiment.

Mais cela ne suffit manifestement pas. Pour être un bon policier, il faut se montrer d'une rigueur implacable, ne négliger aucun détail, ne pas vaciller et tenir tête, s'il le faut, au judiciaire. Elle sait le faire, mais cela ne l'intéresse pas. Elle aurait peut-être dû faire autre chose. Peut-être un jour. Bientôt. Psychanalyste ? Ou alors libraire. Voilà. Libraire, comme son père. Pour fouiller les âmes mortes…

Et voilà qu'on lui confie coup sur coup deux enquêtes difficiles, très exposées. La précédente, elle en est consciente, elle ne l'a pas vraiment résolue elle-même, même si on lui en a attribué la gloire et que les médias ont parlé d'elle pendant des semaines. Et même si elle avait l'intuition que Léo était mêlé aux meurtres, c'est Léo qui lui a soufflé les réponses, le dernier jour, à Ors. Léo... Il ne quitte jamais son esprit... Pourquoi ne parvient-elle pas à s'en libérer ?

Penser à l'essentiel. Issa et Raphaël, ses enfants. Ils ne reviennent que dans une semaine. Ils lui manquent. C'est sans doute cela, la principale raison de sa déprime. Rien que cela.

Vers midi, elle pense à sortir, se promener, marcher un peu. Il fait beau en ce début d'octobre chaud et ensoleillé. Elle prend la grande écharpe qu'elle avait emportée le matin et quitte son bureau.

Dans le couloir qui mène à l'ascenseur, Fatima voit Noora, chuchotant au téléphone. Très concentrée, comme si elle parlait à un enfant. En voyant Fatima, elle s'interrompt et lui demande, en la transperçant de son regard :

– Vous allez déjeuner ? On déjeune ensemble ?

Fatima cherche une raison, une manière de refuser. Elle s'entend répondre :

– Avec plaisir !

– Alors attendez-moi, je vais prendre ma veste.

Elle part en continuant de parler au téléphone, puis revient avec un léger manteau rose. Très élégant. Beaucoup trop élégant pour le 36. Elles montent ensemble dans l'ascenseur. Comme au Crillon, Noora tourne le dos à la porte et se colle face au mur du fond. Une position qui surprend encore Fatima, comme tous ceux qui entrent dans l'ascenseur pendant les arrêts aux étages inférieurs ; ils paraissent se demander s'il y a quelque chose à craindre. Décidément, pense Fatima, l'inattendu fait peur…

En sortant dans le hall de l'immeuble, et alors que Fatima se dirigeait vers la cantine, Noora retient son bras :

— Chinois ou italien ?
— Italien.
— Parfait ! Je connais un endroit pas loin, suivez-moi.

Elles tournent dans quelques rues en silence. Deux minutes plus tard, sans hésiter, Noora entre dans un minuscule restaurant, à peine visible. Fatima remarque le nom sur la porte étroite : *Incontro alla Scala*. Sur la gauche, un four à pizzas. À côté, un couloir conduisant sans doute à la cuisine ; des affiches d'*Othello* et de *Lucia di Lammermoor* tapissent tous les murs. De la musique de Verdi couvre les bruits des quelques convives et des serveurs. Cinq tables occupées. Une seule est libre. Un serveur les y conduit. Comme si on les attendait. Mystère.

Le patron, un gros jeune homme presque chauve qui semble être aussi en cuisine, leur apporte la carte et la commente en italien à Noora. Elle sourit à Fatima :

— Ma mère est italienne, en fait. Et la Tunisie n'est pas loin de la Sicile… Vous me laissez commander pour vous ?

— Si vous voulez, s'entend dire Fatima qui n'avait envie que de légumes. Et qui ne dit pas qu'elle parle italien, comme neuf autres langues...

Suit une conversation animée entre Noora et le patron, interrompue de questions à Fatima : « Vous aimez bien le foie de veau ? Et la poutargue ? La seiche ? Pas d'allergie » ? La conversation se conclut par un « Perfetto » du patron, qui les quitte pour revenir presque immédiatement avec un déluge de légumes et de petits pâtés.

— Ça, c'est juste pour commencer. Les anti-antipasti, on dit chez moi !

Il revient avec une bouteille de monticello et va servir Fatima, qui refuse. Noora sourit et refuse aussi.

— Je suis heureuse, dit Noora. Je suis heureuse que vous ayez accepté mon invitation. Je pensais que vous refuseriez.

— Que je refuserais ? Pourquoi ?

— Parce que vous ne m'aimez pas !

— Qu'est-ce qui vous fait dire cela ?

— Je vois bien la façon dont vous traitez ce pauvre Alfred quand il est avec moi. Vous me considérez comme le diable, qui va le détourner du droit chemin conjugal ! C'est ça ?

— Si vous le dites.

— Si ça peut vous rassurer, il ne m'intéresse pas... Les hommes ne m'intéressent pas...

Noora a dit cela en regardant Fatima droit dans les yeux. Fatima ne cille pas. Et, de nouveau, elle pense à Léo. Elle sourit, laisse s'installer un silence et se force à changer de sujet de conversation. Elle pense à l'interroger sur sa présence dans la police, sur ses robes et ses bijoux hors de prix. Mais non, pas de questions personnelles. Elle lance :

— Alors ? Que pensez-vous de notre enquête ?

— Ah, vous voulez qu'on en parle ? Je pensais qu'on faisait une pause en déjeunant. Une pause... amicale. Mais bon, avec vous, il n'y a jamais de pause, d'après ce que j'ai compris.

Le cuisinier arrive avec cinq ou six assiettes dont il explique le contenu en détail, sans s'inquiéter d'interrompre la conversation. À peine est-il parti que Fatima reprend :

— Ça a l'air très bon, tout ça... Alors, dites-moi. Vous avez un avis sur l'enquête ?

Noora prend son temps pour répondre, en picorant dans les différents plats devant elle. Puis elle murmure :

— Vous regardez les séries télé américaines ?

— Ça m'arrive, pourquoi ?

— Parce qu'on y apprend beaucoup.

— Ah oui ! Zemmour m'a dit que vous étiez, comme lui, un fan de *Columbo*. C'est bien vieux, pourtant !

— Non, mais j'ai dit ça pour lui faire plaisir ! Je connais bien *Columbo*, mais je préfère les séries policières d'aujourd'hui ! Ça m'apprend beaucoup pour notre métier. Vous devriez les voir !

— Par exemple ?

— Il y en a tellement ! Vous avez vu *Scandals* ? *Broadchurch* ? *Sherlock* ? *Peaky Blinders* ? *True Detective* ? *Breaking Bad* ? *American Gods* ? *Elementary* ? Non ? Voyez surtout *Broadchurch*, il y a là une femme flic qui vous ressemble : subtile et entêtée ; on la croit perdue, mais elle finit toujours par résoudre l'énigme... Et puis *True Detective,* les deux flics sont géniaux... et les dialogues si intenses. Ah, bien sûr, et puis surtout *Black Mirror* ! Ça, c'est génial. C'est de la science-fiction, légèrement décalé du réel. On croit que cela n'arrivera jamais, parce que c'est vraiment fou, et puis après on se rend compte qu'on n'est pas si loin, en vrai ; et que la réalité sera peut-être bientôt pire. On comprend que le possible existe déjà quelque part et que l'impossible existera un jour. J'ai appris bien plus en regardant ces séries que dans toutes mes études de criminologie. Tiens, il y a aussi *Mindhunter* ! Vous l'avez regardée ? Non ? C'est pourtant parfait pour comprendre la mentalité d'un criminel.

À chaque titre, Fatima fait signe que non. Pas la peine de lui dire que, quand elle a du temps, elle ne regarde pas des séries. Elle lit. Pourquoi Noora lui parle-t-elle de cela ?

— Vous devriez les voir... Toutes. Les flics, dans ces séries, savent poser des questions non routinières. Ils savent penser en dehors de ce qui est prévisible. Ils savent voir l'évidence, même si tout est fait pour la cacher. Ils sont géniaux.

Fatima regarde Noora manger, avec un appétit énorme, qui tranche avec son allure si fine. Elle répond :

— Vous voulez dire que ce sont les scénaristes, qui sont géniaux.

— Oui, répond Noora, vous avez raison. Les scénaristes, surtout.

— Moi, je lis surtout des romans. Les séries...

— Je comprends, dit Noora. Des romans, j'en lis peu... Mais une série, c'est comme un roman, non ? Dans les romans, comme dans les séries, l'auteur est génial s'il se fait assez oublier pour qu'on pense que ce sont ses personnages qui le sont, non ?

Pourquoi Fatima imagine-t-elle un sous-entendu derrière chaque phrase de Noora ? Étrange sensation. Rester sur ses gardes.

— Oui, sans doute... Mais pourquoi me parlez-vous de séries américaines alors que je vous demandais votre avis sur notre enquête ? Elle vous fait penser à un épisode d'une série ?

— Non, mais parce que cela vous aiderait à comprendre que l'énigme du Crillon est extrêmement simple à déchiffrer. Et que le coupable crève les yeux.

Cette phrase est dite d'un ton calme, serein, comme si elle parlait de la qualité des pâtes qu'elles viennent de terminer. Fatima est stupéfaite. Noora semble jouir de sa surprise et picore dans les desserts. Déjeuner vraiment très rapide...

— Pour résoudre un crime, continue Noora, il faut commencer par savoir à qui le crime profite, non ? En tout cas, c'est comme ça qu'ils font, dans les séries.

— En effet ; mais ici, dans la réalité, ça n'aide pas beaucoup. Le crime profite à des tas de gens : à Vince, qui se débarrasse d'un gêneur ; aux quatre autres qui le soutiennent chacun pour ses raisons ; à Domitian qui hérite... À tous les concurrents de Boromir Technologies. Et à tant d'autres !

— … et à la France, qui est ainsi débarrassée du risque de voir une pépite partir à l'étranger. Une pépite unique, rare.

— Allons bon ! Que racontez-vous là ? Un, je ne vois pas en quoi Zelda est une pépite si rare. Et deux, je ne vois pas le nouveau président de la République agir comme son prédécesseur : faire assassiner un grand patron américain juste parce que sa mort serait dans l'intérêt national.

— Oh, détrompez-vous. D'abord Zelda est une pépite très rare. Imaginez si les ingénieurs de Zelda sont à la veille de fabriquer des drones autonomes et d'autres drones capables de tirer des balles, comme des fusils ! Ce serait une avancée militaire gigantesque et très sensible, qui ne doit pas tomber entre toutes les mains. Et si, en outre, ils sont parvenus à faire un drone autonome et tueur, là, cela devient terrifiant.

— Oui, mais, selon tous les experts, on en est très loin ! Personne ne pense même que ce soit faisable ; et Zimmer lui-même…

— Peu importe quand, ce sera un jour une arme effrayante. Le simple fait d'y travailler est terrifiant… Et les séries aident à comprendre ce qui peut se produire si le futur était juste un peu plus proche qu'on ne le croit. Oui, c'est ça, dit Noora, comme à elle-même. Les romans sont écrits par des gens nostalgiques et les séries par des gens impatients…

— Oui, et alors ? s'irrite Fatima, qui n'aime pas cette définition du romanesque. Qu'en aurait dit son père ?

— Eh bien imaginez ce qui se passerait si brusquement la réalité devenait, elle aussi, impatiente ? Si le progrès technique arrivait plus vite que prévu. Par exemple, imaginez le président de la République précédent disposant d'une telle arme ? Qu'en aurait-il fait ? Il aurait envoyé ces drones assassiner tous les gens dont il aurait fait la liste, tous les fichés S, en France, en Libye, en Irak et partout où ils se seraient réfugiés après avoir quitté Raqqa. Il aurait pu les faire disparaître sans même avoir besoin de ses douze mercenaires.

Fatima frémit. Noora sait-elle, pour Léo ? Pour Léo et elle ? Non, personne ne sait. Sauf le président Le Guay. Et puis, retrouvant son calme, elle dit :

— Oui, mais le président actuel n'est pas comme le précédent. L'autre était un monstre.

— Ça, détrompez-vous. Tout homme placé dans une circonstance particulière peut devenir un monstre, et celui-là comme les autres. D'autant plus que, maintenant, on sait de façon certaine, après l'affaire précédente, qu'il ne serait pas inquiété pour un tel meurtre s'il était justifié par une raison d'État !

— Vous pensez que l'actuel président de la République aurait pu faire tuer Oleg Brejanski ? En quoi serait-ce un crime justifié par la raison d'État ?

— Mais voyons, cela crève les yeux ! Le mobile serait : empêcher le rachat de Zelda !

— Allons donc : empêcher le rachat d'une firme française légitimerait le meurtre d'un grand patron.

— Oui. Si cela empêche une vente tout à fait contraire aux intérêts vitaux de la République !

— Je suppose que la République aurait d'autres moyens de l'empêcher que de faire tuer le patron de l'acquéreur ! Voyons ! La France s'oppose tous les jours à des rachats d'entreprises sensibles par des étrangers ; sans pour autant en passer nécessairement par l'assassinat, ou même seulement l'intimidation, des acheteurs. Et puis, il faudrait aussi être certain que la mort d'Oleg Brejanski interrompra le processus de fusion de Zelda avec Boromir, ce qui n'est pas sûr. D'autant plus que c'est peut-être une acquisition de Boromir avec Zelda ! Et ensuite, il faudrait déjà comprendre comment le meurtre aurait pu être commis. Car, ça, on n'en a encore aucune idée !

— Alors, là, aucun mystère : si ce sont les services français qui ont commis ce meurtre, ils peuvent l'avoir fait sans aucune difficulté !

— Comment ça ? Encore une histoire dans vos séries américaines ?

— Anglaises, surtout anglaises !

— Si vous voulez ! Va pour une série anglaise : laquelle ?

— *The Honourable Woman* ! Et là, c'est tout ce qu'il y a de plus réel et connu. Si simple ! Cela désigne d'ailleurs le coupable.

— Comment ça ?

— Vous savez bien, dit Noora, que les services secrets sont très liés avec tous les palaces. Ils rentrent comme ils veulent dans toutes les chambres, tous les matins, pour fouiller les bagages et en tirer des informations utiles pour la République.

— Comment savez-vous ça ?
— Mais tout le monde le sait ! Et c'est vrai depuis un siècle, sans doute, au moins ! Et pas seulement en France. On voit justement ça dans un épisode de *The Honourable Woman*, encore une série géniale sur la traque d'un trafiquant d'armes par le MI6. Géniale. Mais alors vraiment géniale !
— Donc, poursuivez ! Ils auraient fait comment, ces services secrets français ?
— Alors, ils auraient pu tout simplement demander à la direction de l'hôtel de débrancher pendant un moment le système de surveillance, sous prétexte d'aller fouiller la suite, d'y attendre Brejanski, de l'y abattre, de ressortir et de rebrancher toutes les sécurités… En toute impunité.

Fatima s'en veut de ne pas y avoir pensé. En effet, c'est parfaitement possible. Et le directeur de l'hôtel ne le lui aurait sûrement pas dit. Mais quel service, quel nouveau cabinet noir pouvait avoir décidé ça ? Il faudra qu'elle creuse cette hypothèse. Osera-t-elle en parler au président tout à l'heure ? Après tout, c'est peut-être pour lui parler de l'enquête qu'il l'a convoquée. Pour lui dire en personne de ne pas faire de zèle, pour ne pas éclabousser les services secrets…

Alors, tout recommence, comme dans l'enquête précédente ? Et c'est pour cela qu'on lui aurait confié cette affaire ? Parce qu'elle avait déjà couvert un crime d'État ? Mais oui. C'est très vraisemblable…

Rien dans la conversation et le déjeuner n'intéresse plus Fatima ; il faut absolument qu'elle en dise un mot au président, même s'il n'aborde pas la question. Ne serait-ce que pour écarter cette hypothèse.

Il est 17 heures quand elle entre dans la cour de l'Élysée, où elle a passé, moins d'un an plus tôt, quelques mois très heureux comme chef du service de protection des personnalités. Responsable entre autres de la sécurité du président. Moins d'un an plus tôt. Un siècle, en fait...

Que lui veut Martial Le Guay ? Elle l'avait rencontré quand il avait été, brièvement, ministre de l'Intérieur et qu'il avait été la chercher pour la nommer à ce poste si convoité. Il l'avait reçue après sa nomination. Pourquoi elle ? Il ne le lui avait pas dit, mais elle sentait bien qu'il avait des raisons qu'il ne lui révélerait pas, pour le moment en tout cas. Elle n'avait aucune relation dans le milieu politique. Elle venait de nulle part. Et aucun fait d'armes à son actif, sinon une excellente gestion de son premier poste, à Toulouse.

Pourquoi veut-il la voir ? Pour évoquer son enquête sur le meurtre du Crillon ? Lui avouer qu'il l'a ordonné ? Pourquoi à elle ? Il pourrait en parler au procureur... Il l'a peut-être déjà fait aussi et il veut s'assurer qu'elle ne fasse pas trop de zèle. Cette hypothèse la ramène à Noora, qui l'a évoquée. Et Noora, inexplicablement, l'amène à penser à Léo... Pourquoi ? Il faudra approfondir.

Le président veut-il lui donner des nouvelles du policier assassin, qui a travaillé avec lui ? Le Guay sait évidemment qu'elle a collaboré avec Léo sur l'enquête précédente. Léo a-t-il dit à Le Guay qu'il lui avait tout avoué ? Où est-il ? Elle a eu, pendant tout l'été, le sentiment qu'il courait un grand danger, qu'il était poursuivi. Elle en a même rêvé. Le Guay, devenu président, va-t-il lui annoncer sa mort ? Elle tremble... Oui, ce doit être cela... Oui, il doit être mort. Léo... Elle n'aura donc presque jamais rien partagé avec lui. C'était encore une passion impossible, comme toutes celles qu'elle a connues jusqu'ici. Pas seulement elle, d'ailleurs... Y a-t-il eu jamais des amours heureuses et sereines ? Peut-être même n'y a-t-il jamais, pense-t-elle, que des passions impossibles...

En franchissant les sept marches du perron de l'Élysée, elle reconnaît, dans l'entrée, reprenant leurs manteaux et se préparant à partir, le Premier ministre, le ministre de l'Intérieur et le ministre de la Défense. Tous nouvellement nommés par le président. Ils semblent préoccupés et chuchotent... Ils regardent un document et en discutent avec véhémence... Une carte ? Elle croit entendre le ministre de l'Intérieur dire à deux reprises « Marseille ».

Un huissier la fait monter par l'escalier, sur la gauche du rez-de-chaussée, puis tourner à gauche encore vers une petite porte et un couloir qui jouxte le bureau des secrétaires du président. Il est 17 h 09.

Au bout du couloir, elle aperçoit Martial Le Guay en conversation avec son assistante. De loin, il lui semble plus grand, plus mince encore que sur les très rares images de lui qu'on voit à la télévision. Il est vêtu très élégamment d'un costume gris clair, d'une chemise mauve, d'une cravate légèrement plus foncée que sa chemise. Ses cheveux, très courts, en brosse, sont plus blancs aussi. Elle remarque deux rides au coin des lèvres que les images de presse masquent bien.

Il lui sourit et lui fait signe de le précéder dans le bureau d'angle. Il traîne la jambe. Elle se souvient que cette blessure, qu'il ne peut cacher, est attribuée à une mission qu'il aurait accomplie dans sa jeunesse, quand il était devenu officier dans une unité d'élite, chargée de missions confidentielles et connue aujourd'hui sous le nom de 4e régiment d'hélicoptères des forces spéciales, avant de prendre la tête de la DGSE. Bien avant d'entrer dans les services secrets, puis en politique. Et après avoir quitté l'enseignement du latin et du grec, par lequel il avait commencé son étonnante carrière.

Le Guay avait voulu rompre avec tout l'appareil de son prédécesseur. Il avait refusé toute fête le soir de son élection, toute cérémonie particulière pour son entrée en fonction, qui s'était limitée à un échange glacial avec son adversaire du second tour, le président par intérim, Dougall, après un serment, en tout petit comité, devant le président du Conseil constitutionnel. On avait juste été surpris du symbole qu'il avait choisi pour marquer son sceau : un espadon et un aigle. La Mer et la Terre. Pour l'instant, il gouvernait avec un gouvernement de fonctionnaires, en attendant les élections législatives, qu'il n'avait pas encore provoquées, mais dont il avait promis qu'elles se tiendraient dans les douze mois suivant son élection.

Dans ce bureau dont son prédécesseur avait fait un salon d'attente, en y laissant des canapés et des fauteuils criards, Le Guay avait fait installer un bureau très simple, un fauteuil et deux chaises austères. Il désigne à Fatima l'une d'entre elles et s'assied sur l'autre, à côté d'elle. Difficilement. Il est vraiment très maigre. Émacié. Malade ? Quelques journaux en avaient émis l'hypothèse, et le président du Sénat, avec sa vulgarité sans limites, y avait même fait allusion pendant leur débat du second tour.

— Merci de vous être dérangée si vite, madame la commissaire.

Fatima note la fragilité de sa voix. Presque un chuchotement. Une vraie fatigue... Au moins.

— Vous allez bien ? demande-t-il. Puis-je prendre des nouvelles de vos enfants ?

— Je vous remercie, monsieur le président, ils vont bien...

— Je ne pense pas que vous puissiez deviner pourquoi je vous ai fait venir...

— Non, monsieur le président. Sinon peut-être l'assassinat à Paris du patron d'une grande entreprise américaine ?

— D'une certaine façon... oui, d'une certaine façon. Même si... Mais d'abord, je voulais vous parler de Léo Salz.

Elle sursaute ! Voilà, c'était bien cela. Léo est mort... Fatima tremble.

— Que lui est-il arrivé ?

— Il va bien. Il est à l'abri. Enfin, pour le moment... Mais j'ai besoin de lui pour une mission de très haute importance, et très urgente.

— Ah... Je vois... Et pourquoi m'en parlez-vous ?

— Parce que cette mission, il souhaite la faire avec vous.

Le cœur de Fatima bat si fort qu'elle craint que le président ne l'entende.

— Léo souhaite faire une mission avec moi ?!

— Oui. À la fois parce qu'il a besoin, pour cette mission, d'être accompagné d'une femme, d'une policière de haut niveau, et surtout parce qu'il nous semble, à lui et à moi, que cette mission pourrait être liée au meurtre sur lequel vous enquêtez.

— Comment ça ?! De quoi s'agit-il ?

— Il s'agit d'aller obtenir la coopération de quelqu'un que Léo connaît très bien, pour empêcher la réalisation d'une chose terrible dont nous pensons qu'elle se prépare. Quelqu'un qu'il a connu quand il était sous mes ordres au service Action. À la DGSE.

Ah oui ! Fatima avait oublié que c'était là que Salz et Le Guay s'étaient rencontrés. Le Guay y avait été très respecté et on avait dit qu'il y avait imposé des règles d'engagement d'une grande éthique. Avec un grand souci de la vie de ses hommes... Mille questions se pressent dans l'esprit de Fatima. Que veut-il d'elle exactement ? Elle s'entend dire :

— Donc, je dois rejoindre Léo...

— Oui, au Brésil.

— Au Brésil ? Au Brésil ! Pourquoi ?

— C'est une longue histoire, et nous n'avons pas beaucoup de temps. Disons que c'est parce que c'est là que vit, depuis trois ans, celui que vous devez rencontrer. Il s'y cache comme guide touristique.

— Qui est-ce ?

— George Simmel, un grand chef terroriste apparemment repenti.

— Je crois me souvenir de ce nom, dit Fatima. C'est un Libanais qui dirigeait il y a dix ans un mouvement syrien hostile à la fois au régime et aux fondamentalistes, c'est ça ?

— Exactement. Il semble que ce Simmel soit seul capable d'empêcher un attentat d'une ampleur inédite.

— Comment ça ?

— C'est une longue histoire. Et je n'ai vraiment pas le temps de vous donner les détails. Il vous faudra me croire sur parole.

— Bien, monsieur le président, je vous écoute.

— Le général Douan, le chef des services secrets syriens, qui travaille pour nous, nous a parlé d'une opération terroriste « d'une ampleur jamais atteinte et qui toucherait l'Occident au cœur », dit-il. Il se préparerait en Méditerranée, sans doute contre des intérêts français. Presque certainement à Marseille. Ces terroristes sont dirigés par un homme qui se fait appeler « le Tigre » et dont nous ne savons rien, sinon qu'il se prépare à utiliser les techniques les plus sophistiquées, dont celles des drones et de l'intelligence artificielle. Plus précisément, Douan nous parle de drones équipés de missiles qui seraient lâchés en masse sur la ville, faisant des centaines de milliers de victimes.

— C'est fou.

— Nous avons pris toutes les précautions, très discrètement, sans affoler personne. Nous avons mis tous les moyens pour brouiller les ondes de télécommandes de ces drones éventuels. Des missiles anti-missiles ont même été déployés très discrètement à Salon-de-Provence et sur d'autres aéroports militaires de la région. Mais nous voudrions tenter d'arrêter l'opération avant même qu'elle ne se déclenche.

— Quel rapport avec George Simmel ?

— Le Tigre, selon certaines écoutes, travaillerait à la construction d'un nouvel État laïque et autocrate, après l'effondrement de Daech, et compte en donner la présidence à George Simmel… !

— Le Tigre est lié à Simmel ?

— On n'arrive pas à l'identifier, mais il semble que ce soit un de ses anciens lieutenants. Mais, selon d'autres écoutes, le Tigre n'est qu'un mercenaire travaillant pour celui qui paie le mieux.

— Que peut Léo face à cela ?

— Si le Tigre travaille pour Simmel, il faut convaincre Simmel d'interrompre ces préparatifs. Or Léo a sauvé la vie de ce George Simmel. C'était en Syrie, il l'a fait sortir d'une ville assiégée, où un groupe syrien d'obédience religieuse voulait sa peau. Simmel sait que Léo, qui commandait à l'époque nos forces spéciales dans la région, a organisé son sauvetage, sans jamais l'avoir rencontré.

— Je comprends.

— Léo va donc aller le voir et tenter d'obtenir qu'il donne l'ordre d'interrompre l'action de ceux qui prétendent agir en son nom.

— Et il a besoin de moi pour cela ?

— Parce que, pour approcher Simmel sans le faire fuir, il faut être très prudent et très malin. Nous pensons que si Léo arrive seul, les gardes du corps du Libanais le tueront avant même qu'il n'approche de lui. S'il arrive avec vous, comme un couple de touristes voulant faire un trek, cela peut marcher. C'est la région, là-bas, et de très nombreux touristes français y passent du temps.

— Là-bas où ?

— Dans la forêt, au nord de San Salvador de Bahia. Léo… Elle va le revoir. Son cœur bat plus fort que jamais. Peu importe où…

— Monsieur le président, je comprends bien. Et j'adorerais me rendre utile. Mais j'ai une enquête en cours très importante. Je ne peux pas partir. J'attends une autorisation de perquisitionner pour demain matin. Je dois mettre en garde à vue des suspects pour les entendre et peut-être les mettre en examen.

— Je sais. Je sais tout cela. Mais vous ne partirez que trois jours. Demain, c'est vendredi. Vous serez revenue lundi matin.

— Je serai revenue lundi matin ? Du Brésil ? Mais il faut déjà une journée pour y aller !

— Pas tout à fait. Et puis…

— Et puis ?

— Nos services ont entendu distinctement à plusieurs reprises sur des écoutes du Tigre et de ses lieutenants, quand il était question de Simmel — entre autres noms, dont celui d'un certain Whitman et celui de Zelda.

— Zelda ? C'est absurde, quel rapport ?

— Zelda produit des drones. Et on craint un nouvel attentat avec des drones. Comme à La Haye en juillet dernier. Et puis cela pourrait aussi avoir un lien avec l'assassinat de l'Américain.

— Comment cela ?

— Ce Brejanski a été tué à Paris il y a trois jours en essayant de racheter une firme de drones dont il est question en ce moment dans des écoutes de terroristes... Vous croyez aux coïncidences, vous ?

— Non. En tout cas, mieux vaut agir comme si elles n'existaient pas.

— Exactement, dans la vie professionnelle comme dans la vie privée, dit lentement le président en la regardant fixement et en prenant sa main.

— Pourquoi dites-vous cela ? demande Fatima, troublée.

Il lui sourit :

— Si vous ne le savez pas, cela n'a aucune importance...

Un silence s'installe. Le président reprend :

— Vous irez ? Vous savez à qui confier vos enfants pour trois jours ?

— Évidemment. Ils sont d'ailleurs chez leur père pour une semaine encore.

— Vous pouvez refuser. Vos enfants sont très jeunes.

— Je risque ma vie ?

— Je ne pense pas. Simmel n'a jamais tué ni fait tuer une femme.

— Comment retrouverai-je Léo ?

Le président sourit et se détend. Il se lève et cherche quelque chose sur son bureau.

— Vous partez demain matin. Il n'y a plus d'avion ce soir. Quand vous atterrirez à São Paulo, prenez l'avion pour San Salvador, puis prenez un bus jusqu'à Lençóis, une petite bourgade de l'État de Bahia ; il part une heure et demie après votre atterrissage. Trois heures de route. En arrivant à Lençóis, un guide viendra à vous ; il se fera connaître d'une façon que vous seule pourrez identifier. C'est un Français qui gère, avec sa femme, un petit hôtel. Vous y retrouverez Léo. Le Français vous conduira tous les deux chez Simmel, qui tient une maison d'hôtes dans la forêt, pas loin du village de... Vila de Guiné. Attention, c'est encore à deux ou trois heures de marche – je dis bien de marche – dans la forêt. Sans doute sous la pluie. Prenez ce qu'il faut comme chaussures et comme vêtements et très peu de bagages. Ah, j'ai trouvé ! Voilà.

Il lui tend un passeport. Elle y trouve sa photo.

— Vous êtes, pour trois jours, Cécile Chaminade.

— Je vois. Pourquoi ce nom ?

— Parce que c'est un compositeur du XIXe siècle, que j'aime beaucoup et que personne ne connaît plus... Léo, lui, sera Olivier Chaminade... Allez vous reposer. Ça sera donc une longue journée, demain. Une très longue journée. Tentez de dormir dans l'avion.

— Notre mission, c'est donc de convaincre Simmel de revenir avec nous. C'est bien cela ?

— C'est d'abord d'arriver jusqu'à lui sans vous faire tuer, puis de lui parler sans qu'il fuie. Enfin, de le convaincre de demander à ceux qui agissent en son nom de renoncer à leur projet de bombardement massif de Marseille par des drones... Ou tout autre projet, si on a mal compris...

— Et s'il refuse ?

— Léo fera ce qu'il doit faire...

— Et s'il accepte ?

— Vous repartirez immédiatement pour Paris. Chemin inverse, à pied et en voiture vers l'aéroport. Vous serez de retour, dans tous les cas, lundi matin.

Voyage très bref... très fatigant, je le reconnais. Il y a déjà neuf heures d'avion pour São Paulo. Mais faisable. Vous êtes en forme physique ?

— Ça va.

Le président prend encore sur son bureau deux cartes d'embarquement.

— Le vol de demain matin pour São Paolo. Puis le vol pour Salvador de Bahia. Rappelez-vous ce que je viens de vous dire : en arrivant à São Paulo, méfiez-vous de tout ; vérifiez que vous n'êtes pas suivie... Et retrouver le Français à Lençóis.

— Comment le reconnaîtrai-je ?

— Ce sera évident.

— Ah, un dernier point. Ne dites rien à vos collaborateurs. Ni à personne. Juste que vous avez besoin de deux ou trois jours de... de vacances.

— Difficilement crédible en pleine enquête, mais bon... Pourquoi ces précautions ?

— Il nous arrive de penser que des gens très intimes nous trahissent.

— Ah, vraiment ?? Je réponds de mon équipe.

— Et moi, je ne réponds de personne... À propos, comment va votre enquête ?

— Mon enquête ? Elle n'avance pas, monsieur le président... J'ai justement l'impression que l'État tout entier se ligue contre moi.

— Comment ça ?

— Je suis convaincue que les six Américains qui sont venus à Paris avec la victime sont pour quelque chose dans sa mort. Et je ne peux pas les empêcher de repartir en Amérique.

— Pourquoi ?

— Parce que seule une garde à vue suivie d'une mise en examen le permettrait et je ne l'obtiens pas des juges. Comme s'ils obéissaient à un pouvoir politique particulièrement bien disposé à l'égard de ces Américains.

— Non, ce n'est pas le cas. Les juges obéissent à leur peur ; comme trop souvent. La loi permettrait de les retenir quelques jours sans les arrêter ?

— Oui, on peut les mettre en garde à vue pendant deux jours (plus deux, s'il est établi que c'est lié à un acte de terrorisme), puis les présenter devant un juge d'instruction pour une mise en examen ; un juge des libertés et de la détention pourrait alors décider de les placer sous contrôle judiciaire ou en détention provisoire.

— Et vous avez besoin qu'ils soient en détention, pour ne pas se concerter ?

— Non. Je pourrais me contenter d'un contrôle judiciaire avec interdiction de quitter le territoire français pendant toute une durée déterminée par le juge.

— Parfait. J'ai entendu.

— Et, puisque vous me parlez de mon enquête, ce n'est pas le seul bâton dans les roues que me met l'administration !

— Quoi d'autre ?

— Je suis convaincue que le patron de Zelda ne me dit pas toute la vérité sur ce qu'il fabrique, ni sur l'avancée de ses prototypes, qui pourrait expliquer le meurtre de son acquéreur. Et on me refuse une perquisition.

– Pourquoi ?

– Parce que les activités de Zelda sont couvertes par le secret-défense.

– Ah, ça, c'est plus compliqué ; c'est une bonne raison, en effet.

– Monsieur le président, si cette affaire est liée à l'attentat que vous craignez, il faut laisser mes équipes avancer. Si les Américains partent et si Zelda n'est pas perquisitionnée, on ne saura pas ce qu'ils trafiquent. Et je ne comprendrai pas le mobile de ce meurtre. Par contre, si on les bloque et si on perquisitionne, on pourrait comprendre pourquoi Zelda intéresse tellement une boîte d'intelligence artificielle californienne et découvrir si Zelda fabrique assez de drones pour bombarder Marseille ; et savoir à qui elle en vend !

Silence. Le Guay la regarde, puis s'approche de Fatima, avec difficulté, en s'appuyant d'une main sur son bureau et en lui tendant l'autre.

– J'ai bien entendu. À part ça ? Tout est clair ? Pas d'autre question ?

Un temps d'hésitation, puis Fatima plonge :

– Juste une : vous me jurez que les services secrets français n'ont pas assassiné Oleg Brejanski ?

Le Guay devient très sérieux et réfléchit longuement.

– Pas à ma connaissance, en tout cas. Pourquoi l'auraient-ils fait ?

– Pour empêcher la vente de Zelda aux Américains. Une telle vente pourrait être tragique pour la sécurité du pays. Mais les services pourraient ne l'avoir fait que sur votre ordre.

Le Guay serre très fort la main de Fatima. Comme s'il voulait l'écraser. Il murmure, d'une voix blanche :

— Et vous m'en croyez capable ?

— Oui, comme tout président. Et vous pourriez même être capable, comme tout président, de m'envoyer au Brésil pour m'y faire disparaître sans laisser de trace. Si vous pensez que c'est l'intérêt supérieur de la nation.

Le président lui prend les deux mains et les serre très fort :

— Commissaire Hadj, je n'ai pas fait assassiner Oleg Brejanski. Et je ne vous envoie pas au Brésil pour vous faire disparaître. Je vous ai dit la vérité. Partez au Brésil pour retrouver M. Salz et tenter avec lui d'empêcher un épouvantable attentat qui pourrait faire des dizaines, des centaines de milliers de morts. Allez-y et je vous aiderai à résoudre l'énigme du meurtre dont vous êtes chargée.

— Bien, monsieur le président. J'irai.

Quatrième jour

Le vendredi 5 octobre à 11 h 10 du matin, Fatima Hadj, ou plutôt Cécile Chaminade, embarque dans l'avion d'Air France pour São Paulo. En business class. Voyage payé par la présidence de la République, a-t-elle compris en regardant la trace, sur la carte d'embarquement, de l'acheteur du billet : le service des voyages officiels, avec qui elle a tant travaillé lorsque, il n'y a pas si longtemps encore, elle dirigeait le service de protection des hautes personnalités de la République.

La veille au soir, elle avait longuement parlé sur FaceTime à ses deux garçons, pour cinq jours encore chez leur père ; elle leur avait expliqué qu'elle partait pour trois jours en mission et qu'ils ne devaient pas s'inquiéter si elle ne les appelait pas. L'aîné, Issa, du haut de ses 10 ans, avait promis de prendre soin de Raphaël, de deux ans son cadet. Puis elle avait expliqué par téléphone à Zemmour qu'elle partait « à l'étranger » pour le week-end, parce qu'elle avait un point lié à l'affaire à vérifier ; qu'elle serait toujours joignable par téléphone ou WhatsApp si nécessaire. Il n'avait pas insisté pour en savoir plus. Il avait grommelé : « J'espère seulement que tu sais ce que tu fais. Sinon, ils ne te rateront pas ; et moi avec... » Elle avait essayé d'expliquer. Il l'avait interrompue. « N'en dis pas plus. Chez nous, on dit : "Un bon menteur ne donne jamais de détails." »

Elle avait ensuite appelé sa mère, qui n'avait pas demandé non plus d'explication. Samira n'en demandait jamais, d'ailleurs, quand Fatima partait en voyage ; espérant toujours que sa fille partait avec un amoureux. La « sculpteure », comme elle se nommait elle-même, ne comprenait rien au métier de sa fille et ne cherchait pas à en savoir plus. Pour elle, le monde se limitait à son atelier parisien, sa maison de Vézelay, les carrières italiennes où elle allait chercher ses pierres, ses collectionneurs, ses galeries et ses amants. Elle y acceptait parfois, avec bienveillance, sa fille et ses petits-enfants, à condition qu'ils ne l'encombrent pas trop. Elle avait passé tout le dernier été en Californie pour avancer sur ce qu'elle appelait son « grand projet » et elle venait d'en revenir, après avoir installé deux de ses statues monumentales dans le parc d'une héritière d'un des studios de Hollywood. Fatima aimait sa mère. Elle admirait son travail, tout de force et passion, si loin de sa personnalité, fragile et maniérée.

Juste après avoir parlé à Samira, Fatima avait regardé un reportage de « Cash Investigation », qui fit scandale en demandant si on pouvait faire aux entreprises françaises de technologie les mêmes critiques qu'aux américaines. S'il faisait l'éloge de quelques-unes de ces firmes, installées en province, l'enquête montrait que plusieurs d'entre elles, surtout les parisiennes, étaient prises violemment à partie. Dépenses somptuaires des patrons (avions privés, villas aux Caraïbes), alors que les employés avaient la même vie précaire, voire plus encore, que ceux des secteurs traditionnels. En particulier était épinglé un patron emblématique, connu pour avoir démarré en jouant dans des films érotiques et être devenu ensuite particulièrement respectable en alignant succès sur succès et en s'offrant, il y a six mois, une des dernières entreprises du luxe français encore indépendantes, un grand maroquinier. L'enquête de « Cash Investigation » montrait que les investissements de ce patron dans quelques start-up à vocation sociale n'étaient que des prétextes pour lever des fonds, qu'il réinvestissait dans de l'immobilier et la délocalisation en Roumanie de ses ateliers de luxe.

Puis elle avait préparé sa valise. Le moins de choses possible. Mais élégant, pour Léo… Une arme ? Oui… La confier au commandant de bord ? Finalement non…

En bouclant sa ceinture, Fatima pense à son père… La dernière fois qu'elle avait pris l'avion, c'était en août dernier pour ramener son corps à Oujda… Oh, comme il lui manque ! Depuis sa mort, pas un jour sans qu'elle pense à lui. Elle s'était même beaucoup rapprochée d'Élise, la compagne de son père, et l'avait invitée plusieurs fois à Paris, pour parler de lui. Élise avait repris la librairie de Dunkerque et continuait de sourire et de rire, comme si Fouad était encore là.

Fatima enviait son père d'avoir été tant aimé. Elle enviait Élise, aussi, d'avoir aimé et d'avoir été aimée.

C'est cela qui lui manque. Jamais rien d'aussi intense n'avait traversé sa vie. Jusqu'à ce qu'elle croise Léo. Était-il celui qu'elle attendait depuis son enfance, ou juste un fantasme ? Ne se condamnait-elle pas à souffrir ? Elle aurait dû tenter de l'oublier. Oui, l'oublier. Rien ne vaut la sérénité. Tout, plutôt que de souffrir. Elle avait commencé à l'oublier. Et voilà que le président...

Les portes de l'avion se ferment. Fatima tente d'oublier sa peur des vols, jamais maîtrisée malgré tous ses voyages. Depuis que sa mère, un des rares jours où elles avaient voyagé ensemble – elle devait avoir 6 ou 7 ans –, lui avait raconté, juste avant que l'avion ne commence à rouler sur la piste, qu'un vol sur deux se terminait par un accident. La fillette avait hurlé. Elle avait voulu descendre. Samira l'avait calmée en riant et lui avait avoué qu'elle n'avait dit cela que pour la faire réfléchir ; parce qu'il fallait prendre le risque de mourir à chaque minute, pour la vivre comme si on n'avait qu'une chance sur deux de vivre la suivante.

Toute sa mère était dans cette folie. Fatima lui en avait d'abord beaucoup voulu. Et puis, en la voyant vivre elle-même dans une telle urgence, dans une telle passion de l'instant, elle avait compris que cela donnait vraiment du sens à tout ; et que la perspective de la mort imminente ouvrait comme un accès secret à une sérénité particulière. Elle avait essayé d'en faire aussi sa philosophie. En vain. Elle était toujours en attente du lendemain, qui la décevait ;

toujours à construire des projets qui s'effondraient les uns après les autres. Sauf dans son travail. Où tout s'ouvrait si facilement pour elle. Elle était décidément moins douée pour le bonheur que sa mère.

Décollage. Fatima ne peut s'empêcher de s'agripper au fauteuil et de fermer les yeux... Trembler. Serrer les mâchoires...

Le vol s'installe. Tranquille. Neuf heures. Le petit déjeuner est servi. Elle ne peut rien avaler... Le président lui avait conseillé de dormir. Impossible. Lire ? Elle a emporté *Le Seigneur des anneaux*. Mais l'avion n'est pas propice à sa concentration... Non, elle ne pourra pas lire...

Regarder un film ? Elle parcourt la liste... Que des films d'aventures, prétendument policières. Elle déteste ça. Ces films ne disent rien de ce qu'elle aime dans son métier : réfléchir, déduire, comprendre, se mettre à la place des coupables possibles. Se concentrer pour attirer les indices. Et non pas courir sur les toits des immeubles. Ni s'enfoncer dans la jungle à la poursuite de gangsters. Enfin... jusqu'à aujourd'hui. Parce que, là, c'est exactement ce qu'elle s'apprête à faire : s'enfoncer dans la jungle du Brésil à la poursuite d'un terroriste. Pour empêcher un terrible attentat, « le pire de tous les temps », avait dit le président. Que pourrait Léo, et seulement Léo, pour convaincre ce Simmel d'intervenir ? Et comment ce terroriste repenti, qui s'est fait oublier depuis trois ans au Brésil, pourrait-il convaincre des jeunes gens déterminés de renoncer à leurs projets ? Et puis, pourquoi elle ? Pourquoi Léo Salz a-t-il besoin d'elle ? N'importe quelle policière, commissaire ou pas, aurait pu se faire passer pour sa compagne de voyage, s'il lui en fallait une ! Est-il vraiment question de Zelda dans les écoutes de ce Simmel, ou bien n'est-ce qu'une ruse pour l'écarter de l'enquête ? Mais pourquoi ? Elle serre dans sa main le petit morceau d'ivoire que Léo avait laissé sur le sol en quittant le canal à Ors... La moitié de la tête qui servait de pommeau à sa canne.

Elle ressent le besoin de lui. Plus intense que jamais. Son corps le réclame. Elle n'oubliera jamais leur nuit inachevée... Surtout ne pas paraître amoureuse. En face de lui, garder ses distances. Ne pas montrer son trouble.

Elle pense à la femme dont Léo lui avait dit qu'elle était morte dans un incendie avec leur fille... Jalouse... On ne peut pas se battre contre un amour interrompu. On est si facilement jaloux de ceux qu'on ne rencontrera jamais. Léo ne sera jamais rien pour elle. Il faut qu'elle s'y prépare. Elle n'aura jamais rien de lui. Pourquoi tous les hommes qui ont traversé sa vie n'ont-ils pas compris son besoin d'absolu, d'extrême ? À moins que cela ne soit, justement, parce qu'ils ont compris cela qu'ils l'ont fuie ?

Depuis sa rencontre avec Léo, il y a trois mois, c'est bien cela qu'elle a continué de vivre : des amours impossibles. D'abord, à la mi-août, il y avait eu son ex-mari, maître Jean-Marie Bezard, qui avait semblé lui trouver un charme nouveau. Parce qu'elle l'avait oublié ? Parce qu'elle en aimait un autre ? Parce qu'elle ne semblait plus lui trouver le moindre charme ? Parce que l'enquête sur les meurtres aux abribus avait fait d'elle une vedette ? Parce qu'il avait été abandonné par une énième maîtresse ? Tout cela à la fois ? Ah, les hommes qui aiment être aimés sans jamais aimer eux-mêmes...

Et puis, fin août, il y avait eu cet inconnu, rencontré sur un réseau au hasard et avec qui elle avait accepté de dîner, avant d'annuler. Pas elle. Pas ça.

Et il y avait eu, lundi dernier, le passage à Paris, pour un séminaire, de son premier amour, Luc de Vries, devenu professeur dans une université californienne ; professeur d'archéologie culinaire. Cela ne s'invente pas. Il faut être une université américaine pour avoir une chaire d'archéologie culinaire ! Il l'avait invitée à dîner, intarissable sur le basculement des goûts américains dans les années trente. Elle avait cru y puiser un réconfort ; elle avait espéré pouvoir lui parler de tout, comme à un ami ; et même, lui parler de Léo. Elle avait même accepté de boire un verre chez lui. À l'heure du meurtre du patron de Boromir... Mais elle avait trouvé un homme émerveillé par lui-même, convaincu qu'il allait passer la nuit avec elle avant de repartir à San Francisco rejoindre sa femme et leurs deux enfants. Elle avait fui. Depuis, rien.

Sinon l'invitation à dîner, hier soir, de Noora. Elle avait hésité et puis elle avait refusé... Par sagesse ou par peur ? Elle n'osait se l'avouer.

Finalement – pense-t-elle alors que l'avion semble pris dans une légère turbulence –, elle n'a jamais eu le choix, comme tant de femmes et d'hommes d'aujourd'hui, qu'entre des aventures d'un soir et des amours impossibles.

Les hôtesses servent le déjeuner. Fatima le refuse, de même que l'alcool et tente encore de dormir. En vain. Après six heures de vol, les turbulences s'accroissent. Beaucoup. On entend l'annonce automatique : « Attachez vos ceintures. » Les hôtesses desservent rapidement le déjeuner. L'avion continue d'être ballotté dans les airs, de plus en plus fort. Aucune annonce du pilote aux passagers. Sinon l'ordre bref aux hôtesses et stewards de s'asseoir.

L'avion est de plus en plus secoué. Dans la cabine, tout le monde se tait. Cette fois, c'est sérieux. Vraiment. Comme beaucoup de monde à bord, sans doute, elle pense au vol d'Air France qui, il y a quelques années, avait disparu dans une tempête, à peu près au même endroit au-dessus l'océan… Elle se rassure : c'était un vol de nuit, et de retour vers Paris. Elle avait rencontré un jour le frère d'un des passagers de ce vol. Il avait abandonné son travail, persuadé que son frère était encore en vie, que c'était une ruse des services secrets français pour camoufler un détournement de l'avion, pour des raisons militaires. Depuis, il était, disait-on, devenu un clochard.

Elle tente un exercice de respiration. En vain. Elle regarde sa montre… Les passagers sont rivés à leurs fauteuils. Étrange, de partager la peur, et peut-être la mort, de centaines d'inconnus. Que de vies brisées dans dix minutes si… Ses enfants. Trop jeunes pour la perdre. Qui s'occupera d'eux ? Elle refuse d'y penser. Non, pas de raison d'avoir si peur. C'est sa panique ancienne qui revient. Mais non…

Et puis, brusquement, elle pense qu'elle est inscrite sur ce vol sous un faux nom. On ne saura même pas qu'elle y était ! C'est Cécile Chaminade qui mourra. Affreux. Non. Le président, lui, le sait, il fera le nécessaire. Oui, bien sûr. Il ne laissera pas sa famille dans l'incertitude...

Se calmer. Elle essaie de penser à l'enquête. Pour elle, les services français peuvent être coupables, mais il n'y a pas la moindre preuve. Et on ne voit pas comment ils auraient pu opérer. Se concentrer. Et puis, brusquement, l'évidence, là où elle n'avait pas encore vraiment cherché, même si l'idée l'avait effleurée : et si la fusion de Boromir et de Zelda n'était pas que commerciale ? Si, tout simplement, il s'agissait de fournir aux futurs clients de Boromir les moyens de se débarrasser des ennemis que leur nouveau logiciel, l'Intelligence Services, allait un jour savoir détecter ? Un jour évidemment très lointain. Évidemment illégal – mais quand même plausible ! Il faudra creuser. Cela forme une logique parfaite, la seule qui explique l'acquisition. Cela rend plus nécessaire encore la perquisition chez Zelda et la mise en examen des Américains. Elle le dira à Zemmour en atterrissant. S'ils atterrissent...

Elle pense à la mission qui l'amène là. Hier soir, en rentrant chez elle, après son rendez-vous avec le président, elle a cherché ce qu'on pouvait savoir sur ce Simmel. Elle a trouvé la photo d'un homme élégant, en tenue de soirée, avec de grands yeux clairs, au casino de Baalbek. Lui ? Un terroriste international ? C'est pourtant la seule photo dont on dispose, du temps où il était professeur d'économie à l'université de Beyrouth. Avant qu'il ne bascule dans la clandestinité et ne devienne le théoricien du terrorisme le plus dur. Le plus exigeant. Le plus brutal. Chef d'un mouvement hostile au régime d'Assad comme aux fondamentalismes religieux. Jusqu'à ce qu'il disparaisse, sans qu'on sache vraiment pourquoi ni où…

La tempête se calme. Le pilote libère les hôtesses, qui servent une brève collation. Le vol se prolonge. Combien de temps doit-il durer ? Encore trois heures. Elle lit enfin. Le début du *Seigneur des anneaux*. Les passagers s'ébrouent et se sourient. Descente. Atterrissage à l'aéroport international de São Paulo-Guarulhos – Governador André Franco Montoro. Les passagers applaudissent. Il est 16 heures ici, quatre heures de moins qu'à Paris. Pas le temps de se réjouir. Pas de réseau encore pendant que l'avion roule. Elle sort au plus vite pour ne pas manquer la correspondance pour Salvador. Les réseaux reviennent. Appeler Zemmour. Pas de réponse. Pas le temps de consulter les réseaux sociaux.

Elle sort, vers un autre terminal. Faut-il sortir du terminal pour prendre le vol intérieur ? Des hôtesses se disputent sur la réponse. La chaleur l'enveloppe dès sa sortie de la douane. Elle se faufile dans une foule compacte vers le terminal des vols intérieurs. Un sentiment d'absurdité l'étreint. Que fait-elle là ?! Repartir par le prochain vol pour Paris. Mais non. Impossible de ne pas le revoir. Quels que soient les risques… Lui…

Elle fonce ; heureusement qu'elle n'a pas enregistré de bagages. Et Zemmour qui la laisse sans nouvelles… Ont-ils enfin mis en examen les Américains ? Ont-ils obtenu la perquisition chez Zelda ?

Son adjoint lui aurait écrit, s'il l'avait obtenue. Elle doit lui dire sa nouvelle hypothèse. Elle rappelle. Pas de réponse.

Elle entre dans le terminal des vols domestiques, trouve la porte vers Salvador, fonce dans l'avion... Le vol est calme. Court et calme.

18 h 15 ici. Juste à temps. La journée va encore être très longue. Elle sort de l'avion avec l'impression fugitive d'être observée, suivie. Par qui ? Léo ? Des agents français ? Des gens qui protègent Léo ? Ou qui veulent se servir d'elle pour le retrouver ? Elle pense à ses enfants ; s'ils savaient ! Ils seraient sûrement furieux qu'elle ait accepté de prendre tant de risques, de les laisser orphelins... Ne pas y penser. La mise en garde du président l'obsède.

Léo va-t-il apparaître ? Elle est déçue de ne pas l'avoir vu à l'arrivée à São Paulo ou à San Salvador. Elle se rend compte qu'elle espérait même qu'il soit dans le même avion qu'elle.

Elle sent qu'il n'est pas loin. Elle transpire dans la chaleur moite, prend trois taxis, donne quatre adresses différentes, puis, convaincue que personne ne la suit, va à la gare routière et monte dans un bus, direction Lençóis. Il démarre à l'heure prévue. 20 heures. L'air froid de la climatisation la saisit alors qu'elle s'installe du mieux qu'elle peut dans un coin à peu près vide à l'arrière du bus qui traverse la ville sans se presser. Trois heures de route. Elle arrivera vers minuit, si elle arrive...

Elle rappelle encore Zemmour. Il est minuit à Paris. Il ne répond toujours pas. Mais que fait-il ? Il devrait être tout le temps joignable, pour elle ! Elle regarde les nouvelles sur Twitter. Rien de particulier, sinon que les Bourses ne se redressent pas. Certains commentateurs, dont un journaliste du Slate américain, expliquent que le « meurtre du Crillon » pourrait être le signal faible qu'on attendait comme déclencheur de la prochaine crise économique mondiale.

Continuer à lire *Le Seigneur des anneaux* ? Non, trop chahutée pour lire… Frigorifiée, elle se recroqueville dans une couverture de fortune et rappelle Zemmour. Enfin, il décroche. De peur d'être coupée, elle lui épargne ses reproches et va à l'essentiel :

— Dis-moi, je me suis demandé si la raison de la fusion de Zelda et de Boromir ne serait pas simplement la complémentarité.

— Tu veux dire quoi ?

— L'un, Boromir, repère les ennemis, et l'autre, Zelda, les tue.

— En effet, ce n'est pas idiot, mais c'est évidemment illégal.

— Sauf si les clients sont des armées. Et sauf aux États-Unis, où les armes sont en vente libre.

— Les armes sont en vente libre, mais les meurtres restent illégaux !

— Oui, mais on peut, aux États-Unis, vouloir se défendre contre ceux qui pourraient vouloir vous tuer. Et se donner les moyens de tirer en légitime défense. Ils font tous ça avec des fusils, pourquoi pas avec des drones, un jour ?

— Tu penses que Zelda pourrait un jour vendre aux particuliers américains des drones tueurs comme on vend des fusils de chasse ?

— Je pense, oui. Et c'est sûrement la vraie raison du transfert des brevets aux Caïmans ! Conquérir le marché privé américain.

— Ça se tient… Bravo. Encore faudrait-il être sûr qu'une telle arme existe, ou soit sur le point d'exister. Un drone tueur individuel. Brrr…

— Je suis convaincue qu'elle existe déjà. Je suis convaincue que c'est cette arme qui a tué Brejanski.

— Allons ! Tout le monde nous dit que c'est impossible, dit Zemmour.

— Sauf que personne n'a intérêt à faire connaître cette arme avant qu'elle ne soit homologuée.

— Oui, mais en commettant un meurtre pareil, l'assassin rend plus difficile la légalisation de son usage.

— Tu as raison, Alfred ! Ça prouve donc que ce n'est sans doute pas l'un des Américains, ni Zimmer, qui l'a assassiné. Aucun d'eux n'avait intérêt à faire connaître trop tôt cette nouvelle arme, si elle existe.

— Reste Domitian…

— Tu l'imagines capable de trouver et de manipuler un drone tueur pour se débarrasser de son mari ? C'est plutôt du genre bon vieux poison ! Non ?

— Oui… On tourne en rond, en fait. Tous ont un mobile. Tous ont un alibi. Et personne n'a pu le faire.

— Il n'empêche. Tu en es où avec la perquisition ? Et la garde à vue ?

— Toujours rien.

— Il faut tous les mettre en garde à vue ! Au moins Vince, Mosato et Zimmer. Dis-le au juge !

— D'accord. Je vais insister… Je t'entends mal. Tu es loin ? Il faut que je te parle du violon.

— Bon, je te laisse, je te rappelle demain.

Fatima raccroche, tétanisée : pendant qu'elle parlait avec Zemmour, elle a remarqué, posé sur le fauteuil du bus, tout à côté d'elle, un petit morceau d'ivoire : la deuxième partie de la tête qui servait à Léo de pommeau de canne ! Celle qu'il avait gardée ! Comment est-ce possible ? Elle n'a vu personne l'approcher ! Léo serait-il dans le bus ? Elle laisse son regard courir d'un passager à l'autre, devant elle, derrière elle. Qui ? Surtout des femmes et des enfants, des valises. Il fait nuit. Le bus est faiblement éclairé. Tout le monde dort.

Et puis, sur la droite, tout à fait à l'avant du bus, sur un des fauteuils, une silhouette noire, enveloppée d'un anorak avec capuche. Juste une silhouette. C'est lui. Elle en est certaine. Léo est dans le bus. Elle n'ose aller vers lui.

Oh, elle a tant attendu ce moment... Tant. Exactement deux mois... Elle voudrait le rejoindre, qu'il lui parle, qu'il lui raconte tout. Elle le fixe. Va-t-il se retourner ? Il ne se retourne pas. Ce n'est pas lui. Il faut qu'elle se reprenne.

Brusquement, à un arrêt du bus, alors que des passagers descendent dans la nuit, l'inconnu se retourne dans la lueur qui éclaire le chauffeur : c'est bien lui... Il porte la barbe, pour la première fois. Ses yeux sont creusés.

Un arrêt de bus... Comme le lieu où il déposait ses victimes... Elle chasse cette pensée de son esprit. Il est là. Elle se lève pour le rejoindre. Avec le livre qu'il tient à la main, il lui fait signe de ne pas bouger. Dans la pénombre, elle devine qu'il lui sourit, qu'il se rassied et lui tourne le dos. Il semble se replonger dans sa lecture. Brusquement, toute la fatigue de Fatima, toute son inquiétude, disparaît. Léo est là… Elle est rassurée… Elle serre très fort la petite tête d'ivoire qu'elle a reconstituée.

Le voyage se poursuit, pendant une heure encore, dans une campagne poussiéreuse parsemée de villages, à peine éclairés, sur une route mal tracée, presque aussi chahutée que dans l'avion. Bientôt, elle va le prendre dans ses bras.

Un peu avant minuit, le bus s'engage dans les faubourgs d'une petite ville. Elle lit sur un panneau : « Lençóis ». Lençóis, avait-elle lu la veille, est une bourgade de dix mille habitants, à l'entrée de la Chapada Diamantina, au cœur de la Dry Sertão, cette immense zone du Nordeste brésilien.

À la fin du XIXe siècle, on avait découvert dans la région un filon de diamants ; les chercheurs, les *garimpeiros*, étaient venus par milliers. Quand les diamants s'étaient faits plus rares, ils avaient fini par les extraire à coups d'explosifs. Et quand, il y a vingt ans, cette méthode avait été interdite, la région n'avait plus attiré que des amateurs de randonnées venus du monde entier ; car il y avait des merveilles : les plus hautes chutes d'eau d'Amérique latine ! Et les chercheurs de diamants, les *garimpeiros*, s'étaient reconvertis en guides touristiques.

Le bus traverse la ville. Fatima voit les échoppes illuminées, les terrasses remplies. Les habitations colorées, vestiges d'une époque où les riches négociants en diamants en avaient fait une place forte, sont animées d'une vie intérieure, secrète et douce. Léo se lève et va dire un mot au chauffeur, qui arrête le bus. Il va descendre ?... Doit-elle le suivre ? Elle se lève. Il lui fait signe de rester. Il descend et disparaît dans la nuit. La voilà seule de nouveau. Pourquoi ? Le reverra-t-elle ? Le Guay lui avait dit qu'un Français se ferait connaître d'une façon qu'elle ne pourrait le manquer.

Le bus roule encore quelques minutes, puis se gare près d'une grande place, au centre de la ville : en cette fin de la saison des pluies, il y a peu de touristes. Et encore beaucoup de guides malgré l'heure tardive.

D'un coup d'œil par la fenêtre, elle le voit : très petit, trapu, chauve ; des yeux très clairs, sans cesse en mouvement ; habillé d'une parka qui semble avoir mille ans, d'un vieux jean et de grosses chaussures de marche. Il porte d'une main une grande pancarte sur laquelle sont dessinés, maladroitement, un aigle et un espadon : le double symbole choisi par le président Le Guay pour son mandat. L'autre main est bizarrement tordue, sans doute paralysée.

Elle descend du bus. Elle va vers lui. Sans un mot, il s'avance et lui prend son bagage. Il marche très vite. Elle lui dit, en portugais, qu'elle est une touriste. Et qu'elle vient pour quelque chose de particulier. Il sourit : il n'avait rien demandé. Il a mission de l'accompagner. Rien de plus. Il ne pose pas de questions. Il est juste un envoyé... Son nom ? Pas nécessaire, mais si elle veut, elle peut l'appeler João, ajoute-t-il en français. Pourquoi ce prénom brésilien alors qu'il est français ? Il ne répond pas. Elle n'ose demander s'il a des nouvelles de Léo. Elle devine qu'il n'est pas loin.

Ils entrent dans un petit restaurant, surmonté d'une pancarte où elle lit *Casa de Seu Didi*, rue Das Pedras, au rez-de-chaussée d'un hôtel qui semble décent. João la confie à une femme, qui l'accompagne jusqu'à sa chambre, juste au-dessus du restaurant, lui tend la clé et lui dit, en français : « Prenez votre temps. »

Fatima sourit. Elle sait. Elle entre. Il est là. La barbe lui va si bien. Il a perdu du poids. Il semble plus fort. Comme si, depuis deux mois, il n'avait fait que du sport. Elle remarque qu'il n'a plus de canne. Où était-il ? Il met la main sur sa bouche, tendrement. Très tendrement. Et l'embrasse. Elle a tant attendu ce moment. Elle aurait tant de questions à lui poser. Elle fait tout pour garder le contrôle d'elle-même. Ils restent ainsi un moment. Elle lui murmure :

– Je suis dans un état épouvantable. Tu permets que je prenne une douche ? Tu peux rester.

– J'y compte bien. Je t'attends.

Elle se précipite dans la salle de bains. Sommaire. Quand elle sort, nue, il est là. Elle hésite. Lui aussi. Il dit :

– Nous avons tout le temps. Je descends. Rejoins-moi.

Elle sourit, s'habille du pantalon et du chemisier de soie qu'elle avait longuement choisis pour lui. Elle descend.

Ils s'assoient pour dîner, à une petite table, au fond du restaurant vide. Léo fait face à la porte. Une improbable pizza carottes-basilic comme plat ; et une autre (banane, mozza, cannelle, noix de cajou et miel épicé) comme dessert. João les rejoint. Pour rompre leur silence, il leur raconte que, un siècle plus tôt, quand la recherche de diamants était légale dans la Chapada Diamantina, de nombreux Européens s'étaient précipités à Lençóis, qui était devenue une ville opulente ; des consulats français, italien, allemand, anglais, russe, y avaient ouvert ; on y croisait, lui avait-on raconté, des hommes en habit et chapeau haut de forme et de belles Européennes, d'abord en crinoline, puis en robe longue, puis courte selon les modes arrivant d'Europe par les derniers bateaux. À partir des années quarante, quand les diamants se sont faits plus rares, la ville s'était enlisée. Mais on en trouvait encore ! En tout cas, on en cherchait encore. Maintenant, avec l'interdiction de la fouille, la crise, la corruption et tout ça, il n'en reste rien. Seuls quelques touristes animent la ville. Et les prochaines élections, prévues dans deux mois, ne vont rien arranger.

Fatima piaffe, mais elle n'ose demander au guide qu'il la laisse seule avec Léo... Elle l'interroge :

– Et vous ? Vous êtes là depuis longtemps ?

– Trois ans...

– Pourquoi êtes-vous là ?

– Disons que j'ai dû me mettre à l'abri...

Lisant ses pensées, il ajoute :

– Non, je ne suis pas un criminel en fuite... Disons que j'ai travaillé à des missions particulières.

– Des missions particulières ? Dans quel service ?

– Le mien, interrompt sobrement Léo, qui regarde l'heure et ajoute : Il est un peu plus d'une heure du matin. On peut repartir maintenant ?

Elle repense au sentiment d'urgence, d'inquiétude, de panique même, du président Le Guay. João secoue la tête.

— Pas question, pas de nuit. Nous partirons demain matin. Pour Vila de Guiné.

C'est bien le nom du village qu'avait donné le président. Elle avait espéré qu'il lui épargne cette route et cette marche, si difficile, selon ce qu'elle avait pu en lire... João continue :

— Une heure de voiture et deux de marche. On partira tôt. Si vous voulez bien.

João les laisse. Ils remontent dans la chambre... Sans un mot, ils font l'amour. Ou plutôt, il lui fait l'amour, sans qu'il prenne son plaisir. Elle insiste. Il refuse. Pourquoi ? Silence. Elle n'insiste pas et se blottit dans ses bras. Elle n'a pas sommeil, malgré l'heure presque matinale à Paris... Dans l'obscurité qui s'installe, c'est lui qui rompt le silence :

— Tu vas bien ?

— Maintenant, oui, très bien.

— Tu n'es pas inquiète, pour demain ?

— Pour tout à l'heure, tu veux dire. Non. Je devrais ?

— Je ne pense pas. Tout ira bien.

— Tu crois à cette menace d'attentat ?

— Je crois toujours ce que me dit Le Guay.

— Vraiment ?

— C'est un homme très sérieux. Le seul patron respectable que j'aie jamais eu.

— Alors, ça vaut la peine d'être là.

— En effet. Parle-moi de ton enquête !

— Tu es au courant ?

— Oui, bien sûr. En détail même.

— Là où tu étais, tu suivais ce qui se passait dans le monde ?

— J'étais beaucoup moins loin que tu ne peux le penser. Je te dirais peut-être un jour. Je te dirai tout... J'espère... Alors, ton enquête ?

— Je n'arrive à rien. Aucune hypothèse ne tient. Aucun coupable possible. Ou tant. Que ferais-tu, à ma place ?

— Je chercherais pourquoi les terroristes que nous sommes venus combattre ici ont parlé de Zelda... Là est sûrement la clé de l'énigme.

— Tu penses que ce sont des drones de Zelda qui vont venir bombarder Marseille ? Et que ce sont aussi des drones de Zelda qui ont tué Brejanski ?

— C'est tout à fait vraisemblable.

— Je ne vois pas comment. On ne sait pas construire des drones tueurs qu'on pourrait faire entrer dans une chambre par une ouverture de trois centimètres, y tuer quelqu'un sans laisser de trace et ressortir.

— Ça, ce n'est pas sûr. Connais-tu un certain Stuart Russell ?

— Non, pourquoi ?

— Tu devrais te renseigner. Je pense qu'il est encore à Paris.

— Qui est-ce ?

— Un professeur de Berkeley. Il dit que les drones tueurs autonomes sont pour très bientôt.

— D'accord. Je regarderai en rentrant. Parle-moi de ce que nous sommes venus faire ici.

— Le Guay t'a dit, non ? On est venus essayer de convaincre Simmel de revenir avec moi.

— En quoi as-tu besoin de moi ?
— Il ne m'a jamais vu. Il est très méfiant. Si j'y vais seul, je serais tué avant même d'approcher de sa cache. Si j'y vais avec toi, on pourra se faire passer pour des touristes. C'est son métier : il reçoit et sert de guide. Nous allons donc nous faire passer pour un couple de Français en vacances, qui cherche un guide pour visiter les plus hautes chutes d'eau d'Amérique latine. D'accord ?
— D'accord. Je veux bien être ta femme... pour un ou deux jours.

Il sourit...

— Ça me va... Il faudra être prudent. George Simmel était très dangereux. Il l'est sûrement resté.
— Pourquoi a-t-il choisi de se réfugier dans un endroit aussi improbable ?
— Parce qu'il y a beaucoup de Libanais au Brésil, et il y a des amis. Et en plus, là où il est, il n'y a pas de réseau... C'est sa meilleure protection...
— Il y a du réseau ici !
— Oui, ici, oui. Mais pas là où on va demain. Et l'absence de réseau le protège, comme il est recherché par tous les services secrets du monde et par beaucoup de ses anciens amis. Personne ne penserait à le dénicher là.
— Ça m'ennuie de rester sans réseau.
— Pas plus de quelques heures. Et un samedi... Tu devrais dormir un peu, maintenant, la journée sera longue demain.
— Oui, mais attends encore un peu... Comment vous l'avez retrouvé ? Comment savez-vous qu'il est là ?

— Il a fait une erreur : il a voulu donner de ses nouvelles à une femme que nous surveillions depuis longtemps. Il lui a téléphoné depuis Lençóis. Sans dire où il était, mais on a reconnu sa voix et l'origine de l'appel. Après, cela n'a pas été difficile, en montrant sa photo ici et là, de retrouver cet étranger venu s'installer comme guide dans le Sertão.

— Tu le connais ?

— Disons que c'est un camarade de jeu.

— Un « camarade de jeu » ?

— Je lui ai sauvé la vie en Syrie. Sans jamais l'avoir rencontré. Il le sait. Mais il ne m'a jamais vu. *A priori*, il ne sait pas à quoi je ressemble. Moi, si.

— Comment lui as-tu sauvé la vie ?

— Il était assiégé dans un village de Syrie par des mouvements islamistes et l'armée de Bachar et je l'ai fait s'évader.

— Comment tu as fait ?

— Je l'ai fait accompagner par une femme, justement celle à qui il a téléphoné.

— Je comprends. Pourquoi l'avoir sauvé ?

— Il n'était plus dangereux. Et il pouvait être utile un jour. Et ce jour, c'est maintenant.

— Tu vas lui demander quoi ?

— De convaincre ceux qui prétendent agir en son nom de renoncer à l'attentat qu'ils préparent.

— En échange de quoi ?

— L'immunité ; une nouvelle identité, la possibilité de vivre au grand jour…

— À toi aussi, le président a proposé l'immunité ?

— Dors un peu, s'il te plaît, maintenant. La journée sera très longue.

– Encore juste une question. Juste une question.
– Oui ?
– Tu lisais un livre dans le bus, n'est-ce pas ?
– Oui.
– Lequel ?
– Pourquoi ça t'intéresse ?
– C'était si étrange de te voir lire dans ce bus...
– *Madame Bovary*... Tu l'as déjà lu, je suppose ?
Elle éclate de rire !
– Évidemment ! Lire Flaubert dans un bus au fin fond du Brésil. Comme c'est étrange ! Tu ne l'avais jamais lu ?
– Non... Je rattrape mon retard. Et j'aime lire dans les moments de stress. Cela m'isole et me ressource. Quand je lis, je suis un autre. C'est parfois nécessaire, pour moi, d'échapper à ce que je suis...
– Tu aimes lire des romans parce que tu ne t'aimes pas ? Je n'avais jamais entendu donner une telle raison !
– Peut-être... Et puis, dans les romans, ce que j'aime surtout, ce sont les détails minuscules, qui nous éclairent bien mieux que de longues descriptions. Comme dans la vie, un détail cristallise tout...
– Par exemple ?
– Emma Bovary comprend qu'elle ne peut plus supporter son mari en le voyant de dos.
– Moi, je t'ai vu longuement de dos, dans le bus, et je ne t'ai pas détesté...

Il sourit. Elle se blottit dans ses bras. Elle ne veut plus repartir. Rester là. Contre lui. Toujours. Elle s'endort...

Cinquième jour

Sept heures plus tard, au matin du samedi 6 octobre, dans la minuscule chambre du petit hôtel de Lençóis où ils ont passé la nuit dans les bras l'un de l'autre, Léo réveille Fatima en lui apportant une tasse de café et une autre de thé :

— Comme je ne sais pas encore ce que tu prends au petit déjeuner, j'ai pris les deux.

Il est déjà habillé. Vêtements de marche, grosses chaussures, un blouson épais qui pourrait dissimuler une arme. Il désigne la valise de Fatima :

— Tu ne peux pas prendre tous ces bagages.
— Mais je n'ai rien apporté !
— Trois fois trop ! Laisse tout là. Tu le reprendras au retour. Il va falloir rouler une heure et marcher deux heures au moins, selon ta forme ; et sous la pluie. Et autant au retour. Ça va ? Tu te sens prête à tout ?
— Oui, mais pas à mourir ! Maintenant, moins que jamais !
— Ce n'est pas du tout prévu au programme ! Dis-moi, tu as apporté une arme ?

— Non. J'ai pensé que...
— Tu as bien fait. C'est plus sûr pour toi... Ah, à propos : hier soir, je ne t'ai pas montré mon passeport.
— Ton passeport ?

Il le lui tend. Elle l'ouvre et y lit « Olivier Chaminade ». Elle éclate de rire. Il reprend :
— Fais vite, je t'attends en bas.

À Paris, il est midi... De son lit, encore nue, elle appelle son adjoint.
— De bonnes nouvelles, dit-il. J'attendais ton appel.
— Raconte !
— D'abord, on a l'autorisation de perquisitionner chez Zelda. Ce sera fait lundi matin à la première heure.
— Très bien !
— Ensuite, on a obtenu la mise en garde à vue de tous les Américains.
— Bravo !
— Tu n'as pas rencontré quelqu'un d'important récemment ?

Fatima ne répond pas. Le président a agi. À elle de faire ce qu'il attend d'elle. Zemmour continue :
— On a maintenant la quasi-certitude qu'un drone ne peut pas faire ça. On a bien trouvé des dizaines de gens capables de fabriquer des drones pouvant envoyer une petite bombe explosive. Ce n'est pas difficile. Mais pas d'une façon aussi propre. Et pas assez petit. Et pas sans exploser avec la bombe.
— Tu veux dire que vous avez trouvé des drones tueurs sur le marché ?

— Pas sur le marché officiel, mais sur le Darknet. Mais aucun qui puisse faire quelque chose d'aussi net, chirurgical, que l'assassinat du Crillon. Et aucun assez petit pour passer par l'entrebâillement de la fenêtre.

— Donc, rien de nouveau… Et tu n'as rien sur le logiciel de comportement hostile ? Cherche pourquoi ils nous l'ont caché. Je suis convaincue que les deux sont liés.

— Comment ça ?

— Ils veulent se servir des drones pour améliorer leurs prévisions de comportements hostiles. D'une façon ou d'une autre. Ou pour organiser la riposte aux menaces… Bon… Rien d'autre ?

— Si… dit Zemmour. On a d'autres pistes, maintenant. Depuis ce matin.

— D'autres pistes ? Comment ça ?

— Son violon, tu sais, le Guarneri ? Tu avais raison d'y attacher de l'importance. On ne l'a pas retrouvé dans le Cozio, le catalogue qui les répertorie tous. C'est bizarre. Alors, on a cherché sur ses téléphones et on a découvert que le violon ne lui appartenait pas, mais qu'il l'avait « emprunté » à des Russes qui le lui réclamaient. Des Russes qui semblaient l'avoir eux-mêmes volé dans un conservatoire soviétique. Et qui exigeaient que Brejanski le leur rende. Et comme il refusait, ils le menaçaient.

— Encore une autre piste, donc… Et on les connaît, ces Russes ? On sait où les retrouver ?

— Non, pas vraiment. Ils échangeaient avec Brejanski en russe sur une messagerie ouzbek.

— Il aurait été tué pour son violon ? Je n'y crois pas.

— Pourquoi ?

— Les assassins auraient repris l'instrument, s'ils l'avaient tué pour ça !

— Sauf s'ils ont été dérangés avant.

— Tu as raison... Continuez, c'est peut-être une piste.

— Ça m'a passionné, cette histoire de violon. Merci de m'avoir mis là-dessus. Imagine-toi que ce monsieur Guarneri, dont les violons valent si cher aujourd'hui, était inconnu de son vivant. Et qu'il a fini aubergiste et dans la misère ! Tu te rends compte ? Tu rentres quand ?

— *A priori...* demain soir... Dimanche soir... Euh, je veux dire, je serai à Paris après-demain matin... Lundi matin.

— Donc, tu seras là pour les perquisitions ?

— Je ne sais pas... Je compte sur toi pendant ce week-end.

— Tu peux, tu peux. Amuse-toi bien... Ne fais pas de bêtises.

Fatima regarde l'heure. Il est à peine plus de 8 heures ici... La journée va être longue et tendue. Pas question de se priver de ses dix minutes de gym. Longue douche. Puis elle s'habille de la tenue noire qu'elle a choisie soigneusement à Paris. Elle prend quelques affaires de toilette et descend rejoindre Léo.

— Tu en mets, du temps, le matin ! dit Léo en souriant. C'est toujours comme ça ?

— Un appel de Paris, puis mes dix minutes de gym.

— Tu devrais te mettre au yoga. Pour moi, c'est nécessaire, pour éliminer de vieilles douleurs. Et cela marche très bien.

– Physiques ? C'est pour cela que tu ne boites plus ?

– Oui...

– Le yoga est bon contre les douleurs ?

– Oh oui. Le yoga nidra... On en fera un jour ensemble, si tu veux. Je te montrerai les positions. Mais toi, tu n'as pas encore de grandes douleurs.

– Qu'en sais-tu ? demande Fatima en avançant vers la sortie de l'hôtel.

– C'est vrai que je ne connais pas encore grand-chose de toi.

– C'est bien ainsi.

– Allons-y. La journée ne sera pas de tout repos...

Ils montent dans une vieille jeep japonaise. João prend le volant et fait un signe à sa femme, qui les a accompagnés jusqu'à la voiture. Sans un mot. Elle semble soucieuse. Fatima monte à l'arrière. Léo est devant, à côté de João. Pas de nouvelles de ses enfants. Elle regarde les actualités sur son téléphone.

Ce matin, les médias français ne parlent pratiquement pas du meurtre du Crillon, sinon pour dire que la police patauge. Rien non plus sur le logiciel de comportement hostile, qui avait pourtant fait les titres hier. La presse américaine continue de privilégier la piste terroriste et critique le gouvernement français, qui refuse de mettre en avant cette hypothèse « pour ne pas nuire au tourisme à Paris et à la préparation des prochains Jeux olympiques », pilonne le *New York Times*. Mais, ajoute le *Los Angeles Times*, « les Français ne feront pas croire longtemps au monde qu'un patron américain peut être assassiné dans sa suite d'un palace parisien, si ce n'est par un terroriste voulant ainsi marquer par un coup d'éclat son opposition aux États-Unis. D'autant plus que le crime a eu lieu à vingt mètres de l'ambassade américaine ». Fox News se déchaîne contre la mise en garde à vue de citoyens américains évidemment innocents, qui ne sert que de rideau de fumée pour ne pas reconnaître le caractère évidemment anti-américain de l'assassinat de M. Brejanski. « Selon nos informations, explique une dépêche de Bloomberg, le gouvernement américain a fait savoir hier sa préoccupation au gouvernement français, en demandant la remise en liberté immédiate de six citoyens américains respectables, injustement mis en garde à vue, alors qu'ils ont failli, eux aussi, être les victimes innocentes du terrorisme aveugle qui ravage l'Europe. »

D'autres événements prennent les devants dans les titres : trois coups d'État dans la nuit, aux antipodes l'un de l'autre : en Indonésie, où le président a été assassiné par un de ses gardes du corps ; en République démocratique du Congo, où un groupe de militaires annonce qu'il a placé en résidence surveillée le président, « qui aurait dû accepter, depuis plus de trois ans, de se soumettre au suffrage universel » ; et en Algérie, où le Premier ministre déclare qu'il prend tous les pouvoirs, « en raison de l'incapacité, qu'il espère provisoire, du président, d'exercer la totalité de ses fonctions ».

La crise économique, déclenchée dans le monde entier par l'article du Mashable, s'approfondit. À Bruxelles, une réunion exceptionnelle des ministres des Finances tente, en vain, de rassurer les marchés. À Seattle, le président de Microsoft fait savoir, dans un long communiqué, qu'aucun bug significatif ne touche ses produits, que toutes les promesses faites par la firme ont été tenues et que les critiques faites à d'autres ne s'appliquent pas à lui : « Nos logiciels satisfont des milliards de clients depuis des dizaines d'années. Nous n'avons pas besoin de faire de fausses promesses pour convaincre nos utilisateurs. Il ne faut pas nous confondre avec les nouveaux venus, qui, parfois, ont besoin de publicité tapageuse. »

Pendant qu'il roule, Fatima interroge João : oui, répond-il, la crise a des conséquences jusqu'au Brésil, dont l'économie s'enfonce, à quelques semaines de l'élection présidentielle, qui s'annonce chaotique. Ils parlent du Brésil pour ne pas trop penser à ce qui les attend.

Quinze kilomètres après Lençóis, ils traversent Remanso, un village peuplé, explique le Français, de descendants de « marrons », ces esclaves en fuite qui ont créé des *quilombos*, ces communautés autonomes restées longtemps secrètes, cachées, indépendantes. Après quelques kilomètres de savane, le paysage change et devient humide et touffu. Ils traversent le rio Ribeirão, puis croisent une extraordinaire chute d'eau, qui tombe sur de très hauts rochers gris étagés en plusieurs niveaux et d'où s'échappe un nuage de vapeur, dans un vacarme épouvantable. João explique : « Dans la Chapada Diamantina, il y a plus de trois cents chutes d'eau, dont la Cachoeira da Fumaça, la plus haute chute libre du Brésil, 340 mètres ! Pas loin d'ici. C'est pour voir ça que les touristes viennent du monde entier. »

Ils continuent sur une route truffée de nids-de-poule à travers cette fois une longue plaine ocre presque désertique, parsemée d'arbustes et de cactus. Ils croisent de nombreux cavaliers vêtus de jeans, de bottes et de chemises délavées ; ils ne semblent pas pressés, portant de lourds fardeaux sur leurs chevaux. João nomme au passage des colibris, des perruches, des perroquets, des capivaras, des lézards.

— Ici, les perroquets sont très importants. Les chercheurs de diamants en ont tous un qui leur porte chance et qui leur dit qui est amical ou hostile. Quand un inconnu arrive, ils se fient aux réactions de leur perroquet. Si le perroquet est agressif contre le nouveau venu, les balles peuvent partir très vite...

Ils roulent depuis presque une demi-heure quand elle remarque que la forêt s'épaissit et qu'il n'y a plus de réseau, ni téléphonique, ni Internet. Et la pluie, qui commence. Léo ne semble pas surpris. João remarque son regard vers son téléphone :

— Ah, j'ai oublié de vous dire : plus de réseau jusqu'à notre retour. Demain, j'espère ?

— Plus de réseau ! Jusqu'à demain ?

— C'est la forêt vierge, ici ! Bientôt, il n'y aura même plus de route !

Coupée du monde... Elle aurait tant aimé parler à ses enfants... Elle regarde Léo, qui semble s'amuser de son désarroi... Elle qui pestait depuis toujours contre la dépendance des autres à l'égard du téléphone, voilà que, comme tout le monde, elle se sent mutilée par l'isolement qui l'attend.

Après une demi-heure encore de route chaotique, au milieu d'une forêt toujours plus dense, le visage de Léo se fait plus dur, plus fermé. Aux aguets... Une demi-heure encore de secousses et, sous une pluie de plus en plus forte, ils atteignent une clairière et l'entrée d'un petit village, Palmeiras, dont les toits rouges s'étendent sur la colline. Sur un vieux panneau, on lit, d'une écriture à peine lisible, « Aeroporto » ; elle doute qu'il y ait jamais eu d'aéroport à cet endroit.

João gare la voiture devant une maison basse surmontée d'un autre panneau où elle déchiffre « lanchonete » : une sorte de restaurant, explique João. Pourquoi s'arrête-t-il ? Devant l'entrée, un vieil homme très ridé, coiffé d'un grand chapeau blanc, lave un tracteur avec une petite bouteille de Coca-Cola remplie d'eau et un torchon plus sale que le tracteur lui-même. Laver un tracteur sous la pluie. Absurde... Le vieil homme semble observer Fatima et Léo attentivement. Un agent brésilien ? Improbable... Un homme de João ? De Léo ? De Simmel ? Peut-être... Pourquoi a-t-elle le sentiment que le vieil homme échange un signe avec João ? Fatima entre se mettre à l'abri. Une très jeune fille lui apporte dans un verre douteux un jus de mangaba, la mangue brésilienne, au goût de poire. Elle observe, dehors, João et Léo discuter avec le vieil homme. Ils reviennent la chercher, sans un mot.

Ils reprennent la voiture, direction Vila de Guiné, là où ils doivent retrouver Simmel, lui avait dit le président. Toujours ce sentiment d'être suivie. L'averse redouble, la piste est très mauvaise. La végétation est plus clairsemée : des broussailles, quelques arbres... La voiture a du mal dans la terre boueuse. Fatima a le sentiment qu'elle est la première à l'avoir jamais empruntée.

João freine et range la jeep sous un bosquet. Du coffre, Léo sort trois gros anoraks kaki. Il va falloir marcher. Plusieurs heures...

Ils se mettent en route. En montée. Dans la boue et les ronces. Après plus d'une demi-heure très pénible, ils atteignent une sorte de grotte de pierres grises, qui abrite un lac aux eaux turquoise. La pluie cesse. Les rayons du soleil percent l'obscurité de cette cathédrale de pierre. Ils montent encore. Le chemin reste boueux et la marche très pénible.

À la fin de la première heure d'ascension, ils arrivent sur un plateau quasi désertique et passent devant une cabane de terre au toit de tuiles, à la porte entrouverte. Ils entrent. Vide. Le Français semble inquiet. Comme s'il s'attendait à y trouver quelqu'un qui n'est pas là. Léo l'interroge du regard.

— Non... Il n'est pas là. On ne sait jamais où il est...

Le Français ajoute avec un sourire :

— Dans le parc de la Chapada passent quelques aventuriers. Il faut s'en méfier.

— Beaucoup de gens vivent dans le parc ? demande Fatima.

— Seulement huit familles, répond João ; elles viennent deux fois par mois à Lençóis, à dos de mulet, pour acheter ce dont elles ont récemment appris à avoir besoin. Il vaut mieux ne pas les croiser. Huit familles... et lui...

Il ajoute dans un sourire :

— Ne vous inquiétez pas. Nous sommes protégés.

Que veut-il dire ? Mystère. Fatima sent comme une lourde présence peser autour d'eux. Comme si le vieil homme croisé dans le restaurant avait mis en place un invisible réseau autour d'eux.

Ils continuent à marcher une heure encore dans des herbes plus hautes et des arbres moins rares. Ils croisent un troupeau de mules qui semblent sauvages. João désigne du doigt des cactus qu'il nomme les « xique-xiques ». On peut en manger la peau, explique-t-il, et boire l'eau qui se trouve à l'intérieur. De plus, comme leurs fleurs poussent dans la direction du coucher du soleil, elles servent de boussole. Un peu plus loin, il leur montre une *bromelia* : une plante en forme de queue d'ananas qui conserve l'eau de la pluie pendant la saison sèche, qui peut durer, dit-il, jusqu'à trois mois, de décembre à février. À côté, il désigne un petit arbuste qui ressemble au mimosa : la *jurema* : « Elle est utile contre les brûlures. Mais, aussi, elle fait voyager. » C'est une plante utilisée pour les rites religieux des *candomblés*.

— Les *candomblés* ? demande Fatima

— Oui. C'est la grande religion du Brésil. Ils pensent que le seul dieu qui compte, c'est la nature. À ne pas confondre avec les autres religions d'ici, la macumba, l'omoloko, l'umbanda, le vaudou ou la santeria.

João poursuit en marchant sa leçon de botanique et pointe une jolie fleur fuchsia et orange, qui pend en grappes sur de longues tiges :

— L'herba de rato. Non, non, ne touchez pas : ça, c'est un poison qui étouffe un adulte en cinq minutes.

Regardez-la bien et soyez vigilants si qui que ce soit vous tend une fleur.

Ils continuent leur marche, maintenant sur les bords très glissants d'une minuscule rivière, entourée de bananiers.

Dix minutes plus tard, sur le chemin étroit qui longe la rivière, ils croisent cinq couples, pieds nus, souriants et pacifiques. L'un des hommes, d'une quarantaine d'années, très maigre, avec de longs cheveux et des yeux exorbités, n'est vêtu que d'un short et de deux grosses chaussures ; il porte un djembé et un sac, qui semble très lourd.

— Il est biologiste, chuchote João quand ils les ont dépassés ; il vit dans la Chapada depuis dix-huit ans.

« Biologiste »...

Léo sourit. Ici, pense Fatima, la police ne doit pas venir souvent ; c'est le lieu idéal pour y installer des laboratoires clandestins de drogue...

Ils traversent une nouvelle grotte de calcaire, que João désigne comme le « plateau sacré ».

— Il est habité par les fées de la Chapada. Il ne faut pas les piétiner.

On sent qu'il devient plus grave, plus sérieux. La pluie a détrempé le chemin et la marche continue d'être difficile.

Un quart d'heure plus tard, peu après midi, après plus d'une heure de route et près de trois heures de marche épuisantes, João désigne, au loin, dans une minuscule clairière, une ferme, « celle d'une des huit familles du parc », explique-t-il.

Une maison de pierre, vaste, sans étage, avec des fenêtres minuscules. Des murs blancs, un toit rouge, comme presque toutes les maisons du parc. De la fumée sort d'une cheminée. Autour, des chèvres, des poules. Six, non, sept chevaux étiques attachés à une barrière.

João chuchote :

— Ils ne sont pas là. Ils « lui » ont laissé la maison... Je vous attends par là. Je ne reste pas loin, d'accord ?

Léo sourit et acquiesce. Il lui chuchote quelque chose que Fatima n'entend pas, puis il prend la main de la jeune femme.

— Tout va bien ? Tu es prête ?

— Oui, allons-y. On est venus pour ça.

— Nous sommes les Chaminade, venus de Paris pour faire un trekking, tu te souviens ?

Elle lui serre très fort la main. Ils avancent vers la maison. Aucun bruit. Ils entrent.

Dans la pièce principale au sol de terre, six tables de bois. Sur une sorte de bar, un perroquet en liberté semble très occupé par son repas, tout en observant avec intensité les nouveaux arrivants.

Trois couples assis à des tables distantes finissent en silence ce qui semble être un déjeuner. Ils sont tous jeunes, vêtus du même survêtement noir portant l'écusson de l'équipe de football de Lençóis, d'un blouson de cuir et de chaussures de marche sales. Pas des marcheurs. Plutôt des gardes du corps.

À leur entrée, les trois couples s'interrogent ; ils les regardent, sans un mot, placides, puis ils observent le perroquet et reprennent leurs repas en silence.

Personne ne leur dit où s'asseoir. Fatima et Léo attendent, debout au milieu de la pièce.

Après une interminable minute, un homme entre, venu de nulle part. Les bras ballants, grand, maigre. Plus que maigre. De très grands yeux noirs, très vifs. Un nez busqué. Une barbe envahissante. Des cheveux longs, attachés en queue-de-cheval, sortent d'une casquette qui dissimule son regard. Il est vêtu du même survêtement noir, d'un blouson de cuir, de chaussures de marche.

Fatima ne reconnaît pas le George Simmel qu'elle a vu sur la photo de la soirée de Beyrouth. Et pourtant… un air de famille… L'homme les dévisage, sans méfiance apparente, sans intérêt particulier. Sans sourire non plus.

Que fait-elle là ? Hier matin encore, elle était à Paris, chez elle, quai de Valmy. Et là, elle va peut-être mourir au fin fond d'une forêt du Brésil, sans que, peut-être, personne ne retrouve jamais son corps… N'importe qui d'autre qu'elle aurait pu servir de couverture à Léo. Elle s'en veut et pense à ses enfants… Jamais elle n'aurait dû accepter de venir. Tant pis. Elle est là. Faire face.

Elle regarde Léo, qui reste impassible. Léger. Elle remarque qu'il porte sa main droite vers sa poche, puis la retire. Le perroquet se déplace de table en table et s'approche d'eux.

Qu'avait dit João ? Que les perroquets sont, pour les chercheurs de diamants, chargés de juger si les nouveaux venus sont amicaux ou hostiles… « Si le perroquet devient agressif contre le nouveau venu, les balles peuvent partir très vite… »

Le perroquet reste un moment immobile, puis retourne en voletant vers le bar. Sans un mot, l'homme les conduit au bout d'un couloir, dans une chambre très modeste, sans porte. Une fenêtre, qui donne sur l'enclos des chevaux. Une armoire ; une douche. Un évier. Un lit, à même le sol de terre, revêtu des couvertures usées par les nombreux aventuriers qui sont venus jusqu'ici.

L'homme les laisse, sans un mot. Au regard interrogateur de Fatima, Léo hoche la tête et pose un index sur ses lèvres. Ils s'installent. Fatima murmure :

– C'est bien lui ?

– Évidemment.

– On va passer la nuit ici ?

– Je pense, oui. Tout se joue maintenant. Tu me laisses parler, d'accord ?

Ils retournent vers la pièce principale. Les autres couples finissent leur repas en silence. Simmel revient de la cuisine et leur sert une feijoada et un poulet au four. Puis il repart. Pas un mot n'est échangé... L'ambiance est lourde. Ils mangent, en silence ; le plat est délicieux. Le perroquet est maintenant revenu sur leur table, immobile. Étonnamment immobile.

Le silence s'épaissit. Personne n'a prononcé un mot depuis qu'ils ont pénétré dans la maison. L'un après l'autre, les autres couples se lèvent et sortent, les laissant seuls, tous les deux. Ils entendent du bruit dans la cuisine. Dehors, les chevaux semblent s'agiter. Le perroquet s'envole lourdement et retourne encore vers le bar, à l'autre bout de la pièce.

Léo chuchote :

– Il va falloir faire comme si nous étions des papillons.

– Pardon ?

– Quand je suis dans une situation de stress, je pense à Tchang Tseu... Et tous mes ennuis disparaissent.

– De quoi parles-tu ?

– Je te raconterai plus tard.

L'homme revient vers eux avec deux verres pleins d'une sorte de thé brulant. Il s'assied à leur table. Face à eux. Il a un petit couteau à la main...

– Alors, comme ça, vous êtes un couple de touristes français ?

Il parle français avec un accent libanais prononcé. Il ne fait rien pour le cacher.

– Buvez, je vous en prie ; c'est très bon. C'est une herbe d'ici.

Le silence s'installe. Léo porte lentement le verre à ses lèvres, mais ne boit pas... Le perroquet semble fixer Fatima qui se demande s'il s'agit de l'herbe mortelle dont avait parlé João. Quel était son nom, déjà ? Chercher à s'en souvenir, pour garder son calme, pour tenir la peur à distance.

– C'est bizarre, poursuit l'homme à voix basse, pour un couple de Français, de venir en vacances ici, en cette saison...

– On fait comme on peut, avec nos congés, risque Fatima.

L'homme joue avec le petit couteau. Puis, brusquement, il plante le couteau dans la table et lance :

— Sauf quand on est des agents des services secrets… Car vous êtes des agents français. N'est-ce pas ? Je ne sais pas pourquoi vous êtes venus, mais je vais vous tuer. N'essayez pas de bouger. Mes hommes ont des armes braquées sur vous depuis toutes les fenêtres. Faites-vous à l'idée que vous ne sortirez pas vivants d'ici. Mais, avant, vous allez me dire pourquoi vous êtes là et comment vous m'avez trouvé !

Fatima se sent comme extérieure à la situation. Comme si tout, autour d'elle, se passait au ralenti. Elle n'a pas peur. Elle ne peut pas mourir. Pas maintenant. Pas avec Léo. Pas si jeune. Pas si loin de ses enfants.

Léo pose ses deux mains à plat sur la table. Puis il murmure :

— On n'est pas là pour vous tuer, mais pour vous proposer de vous aider.

Le silence s'épaissit. L'homme la regarde, elle, interrogateur. Fatima ajoute :

— Et si vous nous tuez, les prochains ne vous donneront même pas la chance de les voir, ils vous tueront de dos. Nous, on a besoin de vous. Et si nous avions voulu vous tuer, nous l'aurions déjà fait.

Léo la regarde en souriant et lui prend la main, avant d'enchérir :

— Elle a raison. Nous sommes venus parler. Et si vous nous tuez, vos gardes ne pourront rien pour vous, car ceux qui nous suivront seront très nombreux. On vous retrouvera. Où que vous soyez. Où que vous irez. Vous serez suivi partout. Comme nous vous suivons depuis des mois.

L'homme hésite. Sa main se crispe sur sa poche. Une arme ? Fatima s'étonne de son propre calme et reprend :

— Nous sommes en effet deux agents français. Nous avons besoin de vous. Vous avez besoin de nous. Nous savons parfaitement qui vous êtes. Au cas où vous ne le sauriez pas, lui, c'est celui qui vous a sauvé la vie, en Syrie.

L'homme hausse les épaules.

— Évidemment, je le sais. Sinon, vous seriez déjà morts depuis longtemps... C'était en novembre 2014 à Homs... Je m'en souviens parfaitement.

Long silence. Puis Simmel se lève, marche de long en large et vient se placer face à Léo :

— Que me voulez-vous ?

— Des hommes qui se revendiquent de vous vont commettre un terrible attentat en France. Nous avons besoin de vous pour les en empêcher.

Simmel reste impassible. Comme s'il savait tout cela. Et bien plus.

— « Des hommes qui se revendiquent » de moi ! Mais qui ? Vous avez un nom ?

— Il se fait appeler « le Tigre », dit Léo.

— Le chien, plutôt ! réagit Simmel.

— Savez-vous qui il est ? demande Léo

— C'était un de mes lieutenants. Intéressé que par l'argent. Avec en plus le goût de tuer. C'est à cause de gens comme lui que j'ai démantelé mon réseau et démobilisé mes hommes. J'ai trop vu de ces gens sans idéologie, qui s'accrochent à la moindre idée qui passe pour légitimer leur plaisir de dominer... Je ne vois pas comment je peux vous être utile. Je ne suis plus en contact avec personne. Je me suis coupé de tous, volontairement...

— ... pour ne pas être repéré de vos anciens amis, l'interrompt Léo, que vous craignez plus que vous nous craignez. Nous le savons. Mais nous pensons que vous êtes encore en contact avec eux. Nous pensons que vous recevez ici sans cesse des informations sur ce qui se passe au Moyen-Orient... Et que vous avez une influence sur eux.

— Vous voudriez que je fasse quoi ? Si j'acceptais...

— Que vous repreniez contact avec ceux qui prétendent agir en votre nom. D'abord, depuis les réseaux sociaux à Lençóis. Puis en allant les voir s'il le faut, là où ils sont. Et vous savez où ils sont, j'en suis certain.

— Qu'ai-je à y gagner ?

— De l'argent ? risque Léo.

L'homme semble s'énerver et joue de nouveau avec son couteau.

— De l'argent... J'en ai beaucoup plus que je ne pourrai jamais en dépenser.

— Une autre identité. L'immunité absolue. Définitive. Le pardon. Et la citoyenneté française, si vous nous aidez vraiment.

Long silence. Léo ajoute :

— Votre compagne et vos enfants pourront vous rejoindre et bénéficieront de la même protection. La même chose pour vos hommes.

Fatima regarde Léo : Simmel a une femme ? Des enfants ? Pourquoi Léo ne lui en a-t-il pas parlé ?

L'homme reste encore impassible et fait un signe vers les fenêtres, comme pour dire à ses hommes de le laisser. Il revient s'asseoir et reprend :
— Que savez-vous de ce que ces gens préparent ? demande-t-il.
Fatima répond :
— On croit savoir qu'ils travaillent à attaquer un port avec les techniques les plus sophistiquées, dont celles des drones et de l'intelligence artificielle… Il est question d'un bombardement massif d'un port par une escadrille de drones.
Simmel réagit :
— Des drones tueurs et autonomes lâchés en masse sur un port. On en parlait depuis longtemps… De mon temps, c'était impossible. Et j'ai longtemps pensé qu'on ne pourrait jamais le faire. D'ailleurs, jusqu'à présent, personne ne l'a fait…
— Les choses ont changé, manifestement…
Simmel regarde Léo longuement, puis il se décide et lâche :
— J'ai appris, il y a quelques semaines, qu'un prototype existerait et que le Tigre cherchait à se le procurer. Et qu'il préparait un attentat en France, en effet. Précisément à Marseille. Mais on ne m'a pas dit qu'il prétendait faire cela en mon nom ! Vous en êtes certains ? J'ai entendu dire qu'il travaillait pour un certain Whitman. Sans savoir qui il est.
— Nous avons entendu aussi ce nom, dit Fatima, se souvenant que le président l'avait évoqué. Il a parlé de Marseille ? Vraiment ?
— Absolument, dit Simmel.

— Ils auraient pu se procurer des drones lanceurs de missiles ? demande Léo.

— On m'a parlé aussi de machines permettant à des drones de prendre le contrôle de bateaux et d'avions. Et utilisant l'intelligence artificielle. Mais je ne l'ai pas cru. Et je ne sais pas ce que cela peut vouloir dire...

Fatima, évidemment, pense à Boromir et Zelda. Le président avait raison ! Il y a donc un lien entre la menace d'attentat et le meurtre sur lequel elle enquête. Elle reprend :

— Qui vous a dit cela ? Comment l'avez-vous appris ?

Il désigne les hommes, à sa fenêtre :

— J'ai encore des réseaux...

Elle continue :

— Comment le Tigre aurait-il pu se procurer des armes aussi sophistiquées ?

— Il est depuis longtemps en contact avec quelqu'un qui se dit émir, très compétent en informatique, et qui se fait appeler Al-Djibra... En fait, on pense que c'est un ancien dirigeant d'une firme pakistanaise de logiciels. En fait, pas plus « émir » qu'un autre. Un mercenaire en cyberterrorisme.

— Al-Djibra ? Comme « algèbre » ? demande Fatima.

— Oui, répond Simmel, pour rappeler que l'algèbre est une invention arabe.

— Plutôt perse... Cet Al-Djibra, vous l'avez déjà rencontré, n'est-ce pas, il y a quelques années ? demande Léo.

— Non. Je ne sais même pas s'il existe vraiment.

Fatima a le sentiment que Léo ne croit pas Simmel. Que cachent-ils tous les deux ?

— Il faut vite partir d'ici, reprend Léo, pour que vous fassiez savoir que vous ne couvrez pas le Tigre. Cela peut les arrêter. Vous acceptez notre offre ?

— Même si j'acceptais... je ne crois pas que cela aura le moindre impact. Ma voix ne porte plus. Et cela ne les empêchera pas d'agir. Mon retour ne servirait à rien.

— Cela vaut quand même la peine d'essayer. Revenez avec nous.

Simmel hésite. Fatima est convaincue qu'il pense à une femme... Simmel murmure :

— Si je reviens avec vous...

— Oui ?

— S'il n'est pas trop tard, et si je réussis, par chance, à les convaincre de ne pas agir...

— Eh bien... ?

— Qu'est-ce qui me prouve que vous tiendrez parole, pour moi et ma famille, et que vous ne me liquiderez pas ?

— Encore une fois, dit Léo, nous aurions pu vous tuer depuis des mois. Et nous ne l'avons pas fait. Nous avons besoin de vous vivant. Durablement. La guerre sera longue.

Simmel hoche la tête.

— Oui... La guerre sera longue.

— Alors, venez avec nous, dit Fatima. Pensez à elle. Pensez à eux...

— Vous avez ma parole de soldat, dit Léo.

Long silence.

— D'accord. Je vous accompagne. Partons demain matin au plus tôt.

— Pourquoi pas tout de suite ? demande Fatima.

— Si on partait maintenant, on serait pris par la nuit, lui répond Simmel. La forêt est trop dangereuse. Allez dormir un peu. Nous partirons à l'aube, demain. Allez dormir.

Simmel regarde Léo, puis Fatima :

— Allez-y, madame. Nous, dit-il en désignant Léo, on a peut-être encore des choses à se dire.

Sixième jour

À l'aube du dimanche 7 octobre, avant même de sortir totalement de son sommeil, en entendant les bruits de la forêt et en voyant João entrer dans sa chambre avec du café, Fatima comprend que Léo et Simmel sont partis. Sans elle… Partis ! Ils l'ont abandonnée dans la forêt brésilienne ! Sans connexion ni contact… Juste avec un guide qui a dû dormir à proximité. Elle enrage. Pourquoi est-elle venue, si c'est pour vivre cela ? Pourquoi a-t-il voulu qu'elle vienne si c'est pour l'abandonner de nouveau ?

Elle s'en doutait. À la façon dont il l'avait embrassée dans son sommeil, avant de sortir de la chambre dans la nuit… Encore une fois, il avait fui. Encore une fois, comme en août dernier, il l'avait fuie ! Encore une fois, il n'avait pas eu le courage de lui dire au revoir ! Décidément, il ne valait pas mieux que les autres. Et sa vie, à elle, n'était qu'une succession de déceptions…

Ne pas se laisser aller ; rentrer à Paris au plus vite. Retrouver ses enfants, sa vie et son enquête. Elle a fait ce qu'on attendait d'elle, en obtenant qu'un ancien chef terroriste accepte d'aller convaincre, ou combattre, ses anciens alliés pour empêcher un gigantesque attentat. Il avait confirmé l'existence du Tigre et de ses projets. Il avait parlé d'un certain Al-Djibra, que les services allaient maintenant pouvoir rechercher... Et plus encore : elle avait eu confirmation que ces gens-là avaient accès à des drones tueurs et à des machines capables de prendre le contrôle de véhicules et d'avions... Il avait aussi parlé d'intelligence artificielle. Donc que ces outils existaient vraiment. Dès maintenant. Pas seulement dans les projets de Zelda et Boromir... Zelda et Boromir, peut-être en lien avec l'attentat qui menaçait.

Enfin, elle est sortie vivante, pour l'instant au moins, de cette folle aventure...

Et puis, elle y revient : pourquoi Léo est-il parti ? Pour la fuir ? Non, sûrement pas... A-t-il préféré ne pas l'impliquer dans ce qu'il doit faire ? Elle s'en veut de lui avoir prêté des intentions mauvaises. Sans doute même ne rentre-t-il pas en France ? Où vont-ils ? À Marseille ? Au Liban ? En Syrie ? En Libye ? Un ancien terroriste et un ancien policier, deux parias partant ensemble pour empêcher un attentat majeur, sans rien en savoir. Quelle folie !

Et puis, de nouveau, elle lui en veut. Il aurait dû lui expliquer, lui faire confiance ; lui promettre de la retrouver bientôt... Elle se prépare et rejoint le guide dans la salle à manger. João la regarde, l'air désolé. Fatima se retient de lui demander si Léo a laissé un message pour elle. Ce serait trop humiliant de lui avouer qu'il ne l'avait pas prévenue de son départ. Il bredouille :

— Il m'a demandé de vous ramener jusqu'à l'aéroport de San Salvador.

Fatima boucle son anorak et grogne :

— Oui, il me l'avait dit.

João va pour répondre, puis la regarde, mi-ironique, mi-tendre. Qui est-il vraiment ? Et puis, comme s'il se décidait à faire semblant de la croire, il murmure :

— Si vous ne voulez pas rater l'avion de ce soir pour Paris, il faut qu'on parte tout de suite... Ce sera un long voyage...

Ils se mettent en route, dans une chaleur moite et des nuées de moustiques qui n'étaient pas là la veille. Il y en a pour trois heures de marche, puis quatre ou cinq heures de voiture jusqu'à Salvador de Bahia, puis deux avions, l'un de deux heures, l'autre de neuf heures. Elle n'est pas rentrée... Et toujours pas de réseau... Que se passe-t-il en France ? Et ses enfants ? Comment vont-ils ? Elle s'en veut d'avoir laissé son enquête en plan pour cette expédition insensée.

Ils retrouvent la petite cabane aperçue à l'aller. Fatima remarque les braises encore rougeoyantes d'un feu devant la maison. Léo et Simmel ?

Marcher, un pas devant l'autre, inlassablement, sur la même piste que la veille, mais cette fois sans la pluie. Et sans Léo.

Après trois heures de marche, en quittant le parc et en retrouvant leur voiture, Fatima contemple une dernière fois le soleil rouge se reflétant sur la « Pedra Branca ». Ils montent dans la jeep, qui démarre très difficilement. Ils roulent en silence. Elle guette le retour du signal sur son téléphone. Quand ils dépassent Cachoeira da Fumaça et approchent de Lençóis, il est 11 h 10 du matin au Brésil ; 15 h 10 à Paris.

Les connexions téléphonique et Internet se rétablissent brusquement. Des dizaines d'appels en absence. Cinq de l'Élysée. Quatre de Zemmour. Trois de sa mère. Quatre de son ex-mari. Et puis le directeur de la PJ et le procureur. Que se passe-t-il ?

Quelques minutes plus tard, arrivent en rafales les mails, les SMS, les messages sur WhatsApp et Telegram ; et puis les alertes des réseaux sociaux.

Et là, l'horreur.

Ce matin-là, dimanche 7 octobre 2018, à 1 heure du matin en Europe, au moment où Léo et elle affrontaient Simmel dans le sertão brésilien, un vieux cargo de 75 mètres de long, le *Ripols*, battant pavillon panaméen, ayant quitté la veille le port de Benghazi, en Libye, chargé de plus de 1 500 migrants, surtout des enfants, semble-t-il, tiré par deux remorqueurs et bourré d'explosifs, avait réussi à pénétrer dans le port de Catane, en Sicile. Pour entrer en collision, par bâbord arrière, avec un très grand bateau de croisière, le *Costa Fascinosa*, qui venait de s'amarrer là pour la nuit. Un bateau de 290 mètres de long avec 3 800 personnes à bord. 3 800… dont 2 900 touristes, de plusieurs nationalités.

Au moment où, glacée, elle lit ces messages, treize heures après l'attentat, tout est encore confus. Les témoignages sont contradictoires. Les explosifs placés sur le *Ripols* semblaient avoir été programmés pour exploser au moment de l'impact. Le chaos le plus absolu règne encore autour des deux épaves et sur le port de la petite ville de Sicile. Les deux remorqueurs sont eux aussi encastrés dans le bateau de croisière. On a repêché pour l'instant 183 survivants et 690 corps. Des dizaines, des centaines, peut-être des milliers d'autres flottent dans la mer. On n'a pas encore la liste des passagers et on sait seulement, par les proches qui s'affolent, que se trouvaient à bord beaucoup de Français, d'Anglais, d'Allemands, de Hollandais, de Russes et de Suédois. Et personne ne sait combien de personnes s'entassaient sur le cargo de migrants, ni d'où ils venaient. Il y a aussi des morts et des blessés sur le port et sur les bateaux alentour.

Est-ce la tragédie que le président français disait vouloir éviter ? Il avait pourtant parlé de Marseille et d'un bombardement par une escadrille de drones. Est-ce cette attaque que Simmel avait évoquée à mi-mot la veille et qu'il était trop tard pour empêcher ? Pourtant, il avait parlé, lui aussi, de Marseille. Et de drones. Il n'est pas question ici de drones ni d'intelligence artificielle. Ni de Marseille. Juste un attentat classique avec un véhicule-suicide ; même si cette fois, pour la première fois, c'est un bateau-suicide contre des civils. Un procédé en tout cas classique. Rien à voir avec du cyberterrorisme. Et, accessoirement, rien à voir avec les produits de Boromir et de Zelda... Un autre attentat serait donc encore à craindre à Marseille ?

Fatima lit tout cela pendant que la jeep que conduit João fonce vers l'aéroport de Salvador de Bahia. Moins de quatre heures de route, a-t-il promis. Bien plus rapide qu'avec le bus à l'aller. Elle y sera avant 15 heures. À temps pour l'avion pour São Paulo. Puis Paris.

Le Français voit bien qu'il se passe quelque chose et l'interroge du regard. Elle lui fait signe de s'arrêter sur le bord de la route et lui tend son téléphone. João lit, longuement, en silence. Puis il se prend la tête dans les mains et sanglote. Fatima croit entendre quelque chose comme : « Il l'avait dit… » Et encore : « On aurait dû rentrer plus tôt… »

Fatima lui reprend le téléphone et regarde l'heure. Il est un peu plus de 15 h 20 à Paris. Dimanche après-midi… Téléphoner. D'abord à son ex-mari :

– Allô ? Ça va ? Comment vont les enfants ? Tu peux me les passer ?

– C'est maintenant que tu t'en préoccupes ! Tu pars deux jours sans prendre de leurs nouvelles ? Ça ne te ressemble pas ! T'as un nouveau mec ? Vous vous êtes enfermés pour le week-end dans une chambre de l'Ibis de Courbevoie ?

– Arrête avec ça !

– T'es où ?

– Je suis à l'autre bout du monde, pour le travail.

– Ça n'aurait pas dû t'empêcher de téléphoner !

– Comment vont les enfants ?

– Ils vont bien. Merci. C'est gentil de t'en préoccuper ! Ils sont même ravis d'être avec moi, pour une fois ! Ils sont très perturbés par l'attentat. Tu es au courant, quand même ? J'ai essayé de tout leur cacher et Iris a joué avec eux toute la soirée d'hier.

– Passe-les-moi !

— Ils sont au parc Montsouris, en bas de la maison. Avec Iris.

— Iris ?

— Leur baby-sitter… Et ma nouvelle petite amie.

Fatima a oublié qu'il le lui avait déjà dit. Ou en tout cas qu'elle l'avait déjà compris. Une petite amie de 17 ans… Elle décide de ne pas relever. Ce n'est pas le moment.

— Tu as bien fait de leur cacher ça. Il ne faut rien leur dire, n'est-ce pas ? Pas leur montrer les images, qui doivent être horribles.

— Tu n'as pas vu les images ? Mais où es-tu ?

— Peu importe ! Fais en sorte qu'ils n'allument pas la télévision !

— Oui, mais enfin ça n'a qu'un temps. Ils auront tous les détails demain matin à l'école. Il vaut mieux au contraire les préparer. Tu rentres quand ?

— Demain matin. Et je les récupère demain soir !

— Ah non. Pas question ! On a un accord, ils sont avec moi jusqu'à mercredi soir.

Elle n'insiste pas, raccroche et appelle sa mère, qui décroche tout de suite.

— Allô ! Enfin ! Mais où es-tu ? Ça fait presque deux jours qu'on te cherche ! Tu ne peux pas nous laisser comme ça, on est morts d'inquiétude ! Où es-tu ? Tu n'es pas à Catane, au moins ?

— Ne t'inquiète pas. Je suis loin de tout ça.

— Tu ne pouvais pas téléphoner ? Tu ne pouvais pas nous rassurer ? On a craint le pire, personne ne savait où tu étais. À ton bureau aussi, ils ne répondent pas, je sais bien que c'est dimanche, mais quand même… Tant de morts. Ce n'est pas possible. Utiliser des pauvres pour tuer des riches. Des enfants pour tuer d'autres enfants... Tu te rends compte, il y avait surtout des enfants dans ce bateau de migrants, et il y en avait aussi sur le bateau des touristes !

— Je sais, maman. Je sais. Je rentre. Je serai à Paris demain matin, en principe.

— Tu as pris des nouvelles de tes enfants, au moins ? Je les ai appelés. Mais ils sont mal sans toi. Appelle-les, s'il te plaît.

— Je les ai appelés... Je rentre. Je t'aime.

Puis c'est au tour de Zemmour de l'incendier.

— Tu peux me dire où tu es ? Ce que tu fais ?

— Écoute, je n'ai pas de comptes à te rendre et on est dimanche, non ? Je peux m'isoler un dimanche !

— Ouais. Tu parles. Juste le week-end du plus grand attentat de l'Histoire, et toi, tu ne rappelles pas et tu coupes ton téléphone ! Tu me prends pour un con ou quoi ? Où es-tu ?

— Je te promets, je te dirai tout demain en arrivant à Paris. Si ça peut te donner une indication, j'ai fait un voyage aller de neuf heures d'avion, cinq heures de voiture et trois heures de marche ; et là je suis sur le chemin du retour. Ça te va ?

— T'es folle ! Tout ça en moins de trois jours ? T'es folle ! J'espère que cela en valait la peine.

Juste avant qu'elle ne lui parle de ce qu'elle a appris et qu'elle ne lui demande des nouvelles de l'enquête, un appel de l'Élysée interrompt leur conversation.

C'est le président. Il sait déjà qu'elle a rencontré Léo, qu'ils ont retrouvé Simmel et qu'ils sont repartis séparément. Ces deux-là communiquent, visiblement.

Elle n'ose lui demander : c'est bien cela qu'il craignait quand il l'a envoyée au Brésil ? Continue-t-il à y voir un lien avec son enquête ? Pourtant, pas question, à Catane, de drones ou d'intelligence artificielle ; c'est du terrorisme de quartier. À une échelle jamais connue ; mais du terrorisme de quartier. Des bateaux-suicides, pas plus compliqué que des avions ou des camions. Le Guay répond à son silence.

— Bien sûr que c'est lié à votre enquête. C'est plus que jamais lié à votre enquête. Je vous expliquerai. Simmel vous a parlé de drones, n'est-ce pas ? Et d'intelligence artificielle ? Et du Tigre ? Et d'Al-Djibra ? De Whitman ? Et de Marseille ?

— Oui, monsieur le président.

— Tout ça n'est pas un hasard ! Bien des choses sont encore à craindre. Bien pire… Je vous attends demain… Faites vite. Vous avez tout juste le temps d'arriver à São Paulo et d'attraper le vol pour Paris de ce soir.

— Puis-je vous demander ce que fait Léo ?

— Il tente d'agir, avec Simmel, pour empêcher le pire.

— Ah bon ? s'exclame Fatima. Parce que l'attentat de Catane, ce n'est pas le pire ?

— Ce n'est rien à côté de ce qu'ils préparent. Madame la commissaire, c'est sans doute juste un coup d'essai. Peut-être même un essai raté, malgré l'ampleur de la catastrophe. Bien pire menace. Bien pire… Rentrez vite, s'il vous plaît. Appelez-moi en atterrissant à Paris. Rentrez vite. Et rentrez bien.

— Merci monsieur le président, à demain.

Après un peu moins de quatre heures de route depuis leur départ, la voiture de João s'arrête devant l'entrée de l'aéroport de Bahia. Elle se rend compte qu'elle a oublié de s'arrêter à Lençóis pour reprendre son bagage à l'hôtel. Pas grave. João promet de le lui renvoyer. Mais oui, dit-il en lui ouvrant la porte, ils se reverront.

Elle a juste le temps de tendre son billet pour São Paulo, enregistré sur son téléphone. Et de constater que son vol pour Paris a déjà été confirmé. Les services fonctionnent bien, en tout cas. Le vol décolle dans trente minutes. Elle se précipite dans les couloirs de l'aéroport ; un appel de Zemmour :

— Tu m'as oublié ?

— Oui. Pardon. J'étais occupée. C'était un appel… personnel… Raconte-moi, l'enquête ?

— Tu sais, ici, les gens pensent à autre chose qu'à notre enquête !

— Je m'en doute. C'est épouvantable… Sauf que notre enquête, elle est peut-être pas si éloignée de cet attentat.

— Qu'est-ce que tu racontes ? La mort d'un patron américain au Crillon aurait un rapport avec un attentat au bateau-suicide en Italie ? N'importe quoi.

— Écoute, je n'en sais rien. Mais ce n'est pas exclu. Je t'en dirai plus demain. Alors, les Américains ? La garde à vue ?

— Comme prévu, ce matin. Un dimanche, tu te rends compte ? Une mise en garde à vue d'Américains à Paris un dimanche ! Une première ! C'était urgent, imagine-toi. Ils prenaient tous le vol de cet après-midi pour San Francisco. Avec le violon, en plus. Moi, j'y tiens, à ce violon. Je ne sais pas pourquoi, mais j'y tiens… Tu n'imagines pas la crise ! Ils ne voulaient pas venir à la convocation. Ils ont appelé leur ambassade, qui leur a conseillé d'obéir aux lois françaises tout en leur précisant qu'ils avaient le droit de se taire. Ils ont pris comme conseil des cabinets américains et les meilleurs pénalistes parisiens. Pas rechigné à la dépense.

— Les journalistes ?

— Je ne te dis pas ! Ils appellent partout. Enfin, les rares charognards qui ne s'occupent pas de traquer les familles des Français qui étaient à bord de ce bateau de croisière… Ils sauront tout par les avocats, de toute façon. Nous, on les renvoie vers le Quai d'Orsay, qui les balade gentiment : les diplomates français ont compris qu'on est couverts au plus haut niveau ; alors ça aide. De plus, les diplomates américains ne sont plus casse-pieds. L'ambassade vient juste de publier un communiqué disant qu'ils étaient « attentifs au sort de citoyens américains ». Service minimum.

À l'aéroport, Fatima passe la sécurité en déposant rapidement son téléphone, sans couper la communication. Elle le reprend et entend Zemmour qui dit :

— Allô ? Allô ? T'es là ? On entend du bruit autour de toi, c'est quoi ?

— T'inquiète. Et vous en êtes où, avec eux ?

— Les Américains ? Ben, on les interroge. En restant en communication avec le juge. Depuis ce matin.

— Et ils disent quoi ?

— Pour l'instant, rien de nouveau.

— Faites-les parler de leurs relations avec Zelda. C'est là, je crois, que se situe le problème.

— Ben, sûrement, puisqu'ils étaient là pour ça.

— Non, il y a plus que ça, murmure Fatima.

— Comment ça ?

— Je te dirai demain. Pour l'instant, concentrez-vous sur leurs alibis. Ils ont un alibi trop parfait. C'est suspect.

— « Vous avez voulu créer le parfait alibi, et c'est votre parfait alibi qui vous a trahi », déclare Zemmour.

— C'est quoi, ça ?

— Columbo, dans *Exercice fatal*.

— Ça faisait longtemps ! Et le juge d'instruction, il dit quoi ?

— Il était contre leur garde à vue. Et là, il est contre leur mise en examen. Mais maintenant qu'il a compris que le pouvoir politique te soutient, il file doux.

— Il faut qu'on sache pourquoi ils nous ont caché cette histoire de logiciel de détection de comportement hostile. Et savoir ce qu'ils veulent faire des drones...

Elle tend l'image de la carte d'embarquement sur son téléphone à une hôtesse qui lui répond de se dépêcher d'embarquer. Zemmour entend et réagit.

— Mais ? J'entends parler portugais autour de toi ! Tu es à Lisbonne ?

— Je t'expliquerai demain. Et la perquise ?

— Chez Zelda ? Demain matin, lundi, à la première heure ! Tu seras là ?

— Non, je ne pense pas. Fais sans moi.

— Je veux bien, mais on cherche quoi ?

— Cherche s'ils étaient sur le point de mettre au point des produits nouveaux, ou si des prototypes existent.

— D'accord. Des prototypes de quoi ?

— Des nouveaux drones. Pour l'armée, sans doute.

— D'accord. Mais plus précisément ?

— Je ne sais pas… Peut-être des drones tueurs…

— D'accord.

— Rien d'autre, sur l'enquête ? Tu as vérifié si personne n'a pu truquer les images des vidéos de l'hôtel ni les clés de sécurité ?

— Impossible. Tous les services le confirment. Les images de vidéos ne sont pas truquées. Personne n'a pu entrer dans la chambre pour commettre le meurtre. Ni par les portes, ni par la fenêtre… Même nos services secrets n'auraient pu entrer sans laisser une trace.

Fatima embarque dans l'avion et chuchote :

— En résumé : on a plein de suspects. Mais personne n'a pu commettre le meurtre.

— Columbo dirait que le coupable nous berne en nous envoyant sur une fausse piste.

— Ah, et ce serait quoi, la vraie piste ? dit-elle en s'asseyant entre deux autres passagers.

— Si je savais… grogne Zemmour. Peut-être l'histoire du violon.

— Tu y tiens ! Tu en es où, là-dessus ?

— On cherche, on cherche. C'est le week-end, je te rappelle ! On n'est pas en vacances, nous, mais tout est quand même fermé.

L'hôtesse lui fait signe d'éteindre son téléphone.

– D'accord, alors bonne fin de week-end, en famille, j'espère ? Et sans Noora !

– Pourquoi tu me parles d'elle ? Noora, je crois qu'elle aurait préféré passer le week-end avec toi.

– Ne dis pas de bêtises ! Je raccroche !

Fatima s'en veut d'avoir parlé de la jeune femme. Noora se serait-elle confiée à Zemmour ? Pour écarter ses avances ? Possible, mais pas élégant !

– Bon, je décolle… Je te rappelle demain matin.

– Tu seras à Paris, demain matin ?

– Évidemment ! Où veux-tu que je sois !

– Je ne sais pas, moi ; tu quittes peut-être Lisbonne pour Shanghai. Va savoir !

Avant le décollage, Fatima regarde les informations sur Twitter. C'est toujours le chaos à Catane. 598 corps ont maintenant été repêchés et placés dans une chapelle ardente sur le port. Parmi eux, 117 enfants, pour l'essentiel des migrants, dont personne ne sait encore d'où ils viennent. Au siège social de la compagnie de croisière, à Gênes, on ne sait pas fournir la liste complète des passagers et de l'équipage du *Costa Fascinosa*. Pour les migrants, c'est le grand mystère : personne à Catane ne parle la langue des survivants.

L'incendie fait toujours rage sur les deux bateaux et les deux remorqueurs. Et les pompiers ne peuvent pas encore monter à bord, contraints d'arroser les épaves depuis le quai, avec les faibles moyens disponibles dans la région. Sur les hélicoptères qui tournent autour des deux bateaux, il y a plus de caméras de télévision que de sauveteurs.

On ne comprend pas comment le choc des deux bateaux a pu produire des dégâts aussi considérables sur le *Costa Fascinosa*, que l'armateur présentait comme insubmersible et protégé, depuis sa construction par les chantiers de Fincantieri à Gênes, contre les attaques terroristes les plus massives, par mille mécanismes jalousement tenus secrets. Le siège social de la maison-mère, Carnival, à Miami, n'a pas encore réagi.

Le président du Conseil italien vient d'arriver sur les lieux. Il confirme qu'aucune revendication sérieuse n'a été envoyée pour le moment au gouvernement italien ni à la presse.

Fatima a juste le temps de lire que, en Algérie, le Premier ministre a été arrêté par l'armée, qui a pris le pouvoir « pour soutenir le président » ; des manifestations de masse commencent à se former dans les rues des principales villes pour protester contre le coup d'État militaire...

Pendant le vol, Fatima réfléchit à la situation. Demain, à Paris, après un grand bain dont elle rêve, il faudra qu'elle aille elle-même interroger les Américains ; et assister à une partie au moins de la perquisition chez Zelda. Toujours aucune piste pour le meurtre, sinon peut-être des drones tueurs, capables de tirer sans laisser de douille. Des drones dont personne ne sait s'ils existent et dont on ne voit pas comment ils auraient pu entrer et ressortir de la pièce... Et de toute façon, s'il y avait un drone, il fallait quelqu'un pour le manipuler ; et là, rien. Tous les Américains étaient attablés et, si l'un d'eux était sorti pour manipuler un drone, cela se serait vu. Retour à la case départ.

Arrivée à São Paulo. Elle y était déjà avant-hier en milieu de journée. Il y a une éternité… Depuis, Léo, João, Simmel, l'attentat de Catane. Elle se précipite hors de l'avion. Moins de quarante minutes avant le décollage du vol pour Paris. Elle court dans l'aéroport, elle connaît le chemin maintenant. Tous les écrans de télévision passent en boucle les images de l'attentat de Catane. Pas le temps de regarder. Elle monte à bord ; les portes de l'avion se ferment au moment où elle s'assied sur le siège 2D.

L'avion tarde à rouler ; que se passe-t-il ? Pour ne pas penser à ses peurs habituelles, elle reprend son souffle et lit d'autres dépêches sur son téléphone :

Le luxueux bateau de croisière et le vieux rafiot sont toujours enchevêtrés l'un dans l'autre, à quelques mètres d'un ponton. En flammes. L'incendie est gigantesque. Plusieurs pompiers sont morts en tentant de monter sur les épaves. Depuis, personne n'ose approcher des bateaux. Les survivants sont surtout parmi les passagers du navire de croisière qui ont pu se déplacer avant le choc vers le tribord avant, le plus loin de l'explosion. Et qui ont été éjectés du côté du port. L'un d'eux raconte qu'il a vu les remorqueurs et le cargo foncer vers eux, avec des enfants terrifiés à bord, dont beaucoup ont sauté à la mer juste avant la collision. Pour certains experts, ce n'est pas le choc qui aurait pu déclencher l'explosion. C'est forcément quelqu'un, à bord du bateau ou des remorqueurs, qui l'a déclenchée. C'est donc le premier attentat au bateau-suicide de l'Histoire contre un bateau de croisière ; on le redoutait depuis longtemps.

Depuis trente minutes, les pavillons des bateaux du monde entier sont en berne. Tous les marins du monde ont même décidé, par un accord unique dans l'histoire de la marine, et sans que les armateurs s'en mêlent, de mettre en panne tous les bateaux pendant une heure, où qu'ils soient, en même temps, en signe de deuil. Les médias annoncent, pour le jour même, de grandes manifestations populaires, dans tous les coins de la planète, en particulier dans les ports.

Pour ne pas être en reste, à Gênes, les armateurs du *Costa Fascinosa* font assaut de générosité pour les familles des marins, du personnel et des passagers de leur bateau, le plus beau de leur flotte. Par contre, rien, évidemment, pour les réfugiés du *Ripols*, sinon quelques ONG qui s'occupent des rares survivants ayant pu atteindre les quais du port à la nage. Tous des enfants ou de jeunes adolescents.

À lire les dépêches, le gouvernement italien est débordé. Catane est loin des principales équipes de secours, basées pour l'essentiel à Milan, à Rome et à Naples. Aucun matériel sérieux ne se trouve à portée du port ; les routes qui y mènent sont bloquées par les embouteillages monstres provoqués par les gens qui fuient et les curieux qui accourent.

Selon la BBC, qui se fonde sur les fuites des services secrets italiens, trois autres bateaux-suicides rôderaient en ce moment même en Méditerranée à la recherche d'une proie. Certains hommes politiques italiens et français demandent qu'on coule les bateaux de migrants de façon préventive à la première alerte. Personne ne proteste. Tous les bateaux de plaisance et de commerce se précipitent pour se mettre à l'abri dans les ports. Mais quels ports seraient vraiment protégés contre ce genre d'attaque ? Aucun. À moins de couler tout bateau de migrants en approche... Et les médias disent que les radars en ont en effet repéré plusieurs... La marine nationale française et la 6ᵉ flotte américaine proposent leur protection. Deux ONG italiennes reprochent au gouvernement italien de ne s'occuper que des touristes et pas des migrants.

Fatima s'inquiète : son avion est toujours à l'arrêt... Les experts se succèdent dans les médias du monde entier, et en particulier sur les chaînes d'information en continu européennes et américaines. Et chacun y va de son : « Je vous l'avais bien dit. Ah, si on m'avait écouté, on n'en serait pas là. Mais nous sommes gouvernés par des incapables, ou des fous, ou des gens infiltrés, à la solde des terroristes et des islamistes qui veulent détruire notre monde. On n'a pas compris, continuent certains, que l'islam, dans son ensemble, est notre ennemi. » Pour les plus extrêmes, il faut vraiment tirer à vue, de façon préventive, sur tout bateau non identifié. Pour d'autres, il faut raser le port de Benghazi, en Libye, d'où est parti le bateau. Pour d'autres enfin, c'est un coup de la CIA, ou du Mossad, seules organisations capables de monter une opération aussi sophistiquée, pour en faire porter la responsabilité aux Syriens et justifier une attaque massive, imminente, israélo-américaine, contre la Syrie de Bachar.

Fatima cherche sur Google si on parle d'un certain Al-Djibra. Elle ne trouve rien. Elle s'apprête à éteindre son téléphone quand elle lit qu'un site américain d'extrême droite, lié à la CIA, signale que, sur la coque d'un des deux remorqueurs, quelqu'un a pu lire, juste après l'attentat, le nom d'une ancienne gloire du terrorisme sans doute morte il y a longtemps à Damas, ce qui confirmerait le soupçon d'un terrorisme du Moyen-Orient : George Simmel. Mais, dit le site, depuis lors, l'incendie a, semble-t-il, effacé le nom.

George Simmel ! Fatima sursaute. C'est donc bien vrai ! Les auteurs de l'attentat se revendiquent de lui. Cela devrait faire tous les titres ! Pourquoi cela n'est-il pas repris ?

Et puis, brusquement, un pincement. Simmel est-il lui-même derrière l'attentat ? Peut-être ne s'était-il réfugié au Brésil que pour mieux préparer son coup ?! Cela expliquerait bien des choses... Peut-être a-t-il tué Léo pendant leur voyage de retour ? Et s'ils n'avaient même pas quitté le Brésil ? Ce serpent !

Non, Léo n'est pas mort ; le président lui a laissé entendre qu'il lui avait parlé il y a deux heures. Et puis, elle en aurait eu l'intuition. Elle et lui sont liés à jamais.

Septième jour

Le lundi 8 octobre 2018, en atterrissant à Roissy à 8 h 10 du matin, après avoir dormi profondément pendant les douze heures du vol retardé, la commissaire Fatima Hadj signale son arrivée à l'assistant du président. Celle-ci attendait son appel. Le président la rappellera dès qu'il aura fini son rendez-vous avec le Premier ministre.

En roulant vers Paris, dans une voiture de service mise à sa disposition, elle continue de penser à Léo. Où est-il ? Pourquoi court-il vers des dangers encore plus incroyables ? Et elle ? Que cherche-t-elle en lui, sinon un reflet de sa propre névrose, de ce mal du siècle : la solitude non choisie ?

Elle écarte ces pensées. Être positif. Penser à ses enfants, à son enquête. Elle n'est pas seule. Elle appelle son ex-mari pour parler à ses enfants. L'avocat ne répond pas. Il est pourtant sûrement avec eux en route vers l'école.

Elle appelle Zemmour. Il ne répond pas non plus. Ah oui, il doit être occupé par la perquisition chez Zelda. Elle se retient d'appeler Noora...

Puis, tandis qu'elle est prise dans les embouteillages, elle retrouve le fil des informations accumulées pendant la nuit.

À Catane, pas question encore de fouiller les épaves : les deux bateaux sont toujours en flammes. De temps en temps, on entend une explosion dans les entrailles de l'un ou l'autre. Les secours arrivent lentement. De peur de tuer des survivants, le ministre de l'Intérieur n'ose pas encore envoyer les canadairs, pourtant dépêchés presque immédiatement de Milan et de Nice pour inonder les bateaux.

Elle lit une description du bateau : 1 508 cabines au total, dont 103 cabines Samsara, 524 cabines avec balcon privé, 56 suites avec balcon privé également et 12 suites Samsara ; 5 restaurants, 13 bars ; un cinéma 4D, un théâtre aménagé sur trois étages, une bibliothèque, un casino, une discothèque, un simulateur automobile Grand Prix, une piscine sur le pont équipée d'une verrière amovible et d'un écran géant, une piscine pour les tout-petits, trois autres piscines dont une encore avec verrière amovible, un toboggan aquatique, cinq bains à hydromassage, 6 000 mètres carrés de spa sur deux étages avec salle de sport, espace thermal, piscine de balnéothérapie, salle de soins, sauna, hammam, solarium UVA ; un terrain de sport polyvalent, un parcours de footing en plein air ; des boutiques. Et tout cela désormais en feu.

De plus en plus de gens veulent venir au plus près des épaves : sauveteurs, médecins, pompiers, journalistes, hommes politiques. La police fait ce qu'elle peut pour donner la priorité aux médecins et aux secouristes. Des hélicoptères de presse tournent, de plus en plus nombreux, autour des épaves, malgré les interdictions de la police locale, complètement débordée. On dit même que des journalistes ont soudoyé des policiers pour monter à bord du *Costa Fascinosa*. Sur le minuscule aéroport de Catane s'organise un chaotique pont aérien, rendu peu efficace par les encombrements pour rejoindre ensuite le port, malgré les efforts des policiers pour maîtriser la circulation.

Depuis Gênes, l'armateur du *Costa Fascinosa* fournit enfin une liste à peu près complète des croisiéristes : 1 352 Allemands, 459 Français, 327 Anglais, 279 Russes ; il y a aussi des Scandinaves et quelques Chinois ; aucun Américain ; aucune célébrité. Juste des gens assez aisés pour se payer une croisière pas trop coûteuse en Méditerranée. De même, l'armateur publie la liste des membres du personnel du bateau, avec aussi d'autres nationalités : suisse, philippine, malaisienne, turque, portugaise, angolaise, australienne. Certaines sources policières disent qu'on a repéré parmi eux des gens qui pourraient venir de zones à risques, telles la Syrie ou l'Érythrée ; mais on vérifie. Pour le bateau de migrants, naturellement aucun nom. Les survivants ont presque tous apparemment moins de 15 ans et on ne comprend rien à leur langue. On fait venir des interprètes de la FAO à Rome.

Pour l'instant, aucune revendication. Depuis que Daech a pratiquement disparu, les mouvements terroristes semblent beaucoup plus prudents dans leurs signatures des attentats. Selon la presse, beaucoup d'anciens de Raqqa se sont regroupés dans d'innombrables groupes qui passent plus de temps à se combattre les uns et les autres qu'à lutter contre leurs ennemis occidentaux. Certains sont même devenus des mercenaires, au service des causes les plus diverses. Dont des écologistes extrémistes. Et Simmel ? Fatima cherche en vain : personne n'a repris la mention de ce nom depuis qu'elle l'a vu apparaître la veille, juste avant de décoller de São Paulo, sur un site américain. Fausse nouvelle ? Étrange, pourtant. Où est-il ? Où est Léo… ?

9 h 15 du matin. Encore dans les bouchons sur le périphérique nord. Si hâte d'arriver chez elle et de prendre un bain… Fatima rappelle son ex-mari ; trois fois. Il finit par décrocher, la voix pâteuse.

— Bonjour… Qu'est-ce qui se passe ?

— Comment, qu'est-ce qui se passe ? Je suis à Paris. Tu dors encore ? Comment vont les enfants ?

— Ils vont bien… Pourquoi tu dis que tu es à Paris ? Tu étais partie en voyage ?

— Toi, tu n'es pas réveillé ! Il est pourtant plus que l'heure d'accompagner les enfants. Ça t'arrive si rarement de les avoir ! Tu ne vas pas leur faire manquer l'école ?

— Non, non. Pourquoi tu appelles ?

— Parce que je veux prendre de leurs nouvelles, ce n'est pas normal ? Tu ne répondais pas, en plus, j'étais inquiète ! Où sont les enfants ?

— Euh… On a dormi tard. Et là, t'inquiète ! Ils sont à l'école.

— Mais ? Qui les a accompagnés ?!
— Ben, euh… Iris.
— Ah oui… Je vois… Bon, tu me les ramènes ce soir, s'il te plaît.
— Ah ben non ; on a dit mercredi soir, ce sera mercredi ! Et là, je dors, s'il te plaît. Je plaide cet après-midi, j'ai besoin de dormir.

Et il raccroche. Elle enrage, rappelle encore Zemmour en vain et reprend sa lecture des nouvelles.

Le Monde publie une liste des rares précédentes attaques terroristes par des embarcations-suicides, parmi lesquelles : en 2000, la frégate *USS Cole* a été attaquée par une embarcation chargée d'explosifs, qui s'est désintégrée au contact de la coque, tuant, outre les deux shahîds, dix-sept marins américains et en blessant cinquante autres. La même année, un patrouilleur israélien a été attaqué par un chalutier-suicide au large de la bande de Gaza, l'embarcation explosant prématurément. En 2002, le *Limburg*, pétrolier français qui s'apprêtait à accoster au Yémen, a fait l'objet d'une attaque-suicide revendiquée par une branche d'Al-Qaida et qui a entraîné l'abandon du navire. En 2004, des plateformes pétrolières ont été attaquées par Al-Qaida au large de l'Irak. Ou encore, en 2017, un navire de guerre saoudien a été attaqué au large des côtes yéménites.

Aucun bateau de croisière ne semble avoir jamais été, jusqu'à présent, la cible d'une attaque au bateau-suicide, même si quelques rares actions de piraterie ont déjà eu lieu. La plus célèbre en 1985, lors du détournement de *l'Achille Lauro* par des terroristes du Front de libération de la Palestine, qui tuèrent un passager, un touriste américain en fauteuil roulant ; en 2005, un projet d'attaque d'un bateau de croisière dans le port d'Antalya a été déjoué *in extremis* par la police turque ; en 2008, l'occupation du bateau de croisière français *Le Ponant* se termina par le versement d'une rançon. Enfin, le 18 mars 2015, plusieurs passagers de deux bateaux de croisière alors en escale à Tunis ont été assassinés lors d'un attentat au musée du Bardo, qu'ils visitaient. Deux bateaux : le *MSC Splendida* et déjà le *Costa Fascinosa*. C'est donc la deuxième fois que le *Costa Fascinosa* est mêlé à un attentat terroriste ! Étonnant...

On commence à mieux comprendre ce qui s'est passé à Catane. Les deux remorqueurs semblent avoir pris très tôt le contrôle du cargo et l'avoir tiré vers le port, à pleine vitesse. Il semble même que des missiles aient été tirés depuis les remorqueurs, ou depuis le bateau de migrants, juste avant l'impact, ouvrant une première voie d'eau dans la coque du *Costa Fascinosa*.

Mais rien n'est clair : quand, pourquoi et comment le bateau de migrants a-t-il été pris en remorque ? Était-il en panne ? Comment les deux remorqueurs ont-ils réussi à projeter le *Ripols* avec une telle précision sur le *Costa Fascinosa* ? Où sont passés leurs équipages, dont on ne retrouve aucune trace dans les épaves ? Combien fallait-il de tonnes d'explosifs dans le *Ripols* pour entamer la coque pourtant très protégée du bateau de croisière ? Comment ont-ils été montés à bord ? À Benghazi ? Sans que nul ne le voie ? Que sont devenus les marins du *Ripols* ?

Personne, parmi les survivants du bateau de migrants, ne s'identifie comme membre de l'équipage. C'est classique : ils auraient trop peur d'être accusés de trafic d'êtres humains. Il est trop tôt pour interroger les survivants et pour leur demander de reconnaître des marins parmi eux.

Les rumeurs les plus folles continuent de courir sur d'autres bateaux chargés d'explosifs et de migrants, qui rôderaient sur tous les océans, et en particulier en Méditerranée ; et qui seraient prêts à se fracasser sur les plus grands bateaux de croisière, les pétroliers, les porte-containers et les porte-avions.

Les gouvernements européens surenchérissent de précautions rétroactives. En Méditerranée, les croisières en cours sont interrompues ; les suivantes sont annulées ; sans doute pour très longtemps, malgré les démentis des tour-opérateurs. Les ports ne laissent plus approcher aucun navire sans envoyer un garde-côte ou un remorqueur, avec des militaires ou des gendarmes à bord, pour les fouiller au large. Cela ralentit considérablement les mouvements des porte-containers et des pétroliers venant de Suez et allant décharger leurs marchandises arrivant d'Asie dans les ports italiens, français et espagnols ou plus loin, dans les ports de l'Atlantique et de la mer du Nord.

Quelques armateurs retiennent même leurs bateaux dans les ports de Chine, les mieux abrités ; et ne veulent pas les laisser repartir sans une protection de la marine militaire chinoise, qui, pour l'instant, ne l'accorde qu'aux navires battant pavillon chinois.

Le président américain annonce, sur Twitter, qu'il a proposé au Premier ministre italien de mettre la 6ᵉ flotte à sa disposition, pour contrôler les bateaux approchant des ports italiens. Une partie du Sénat et de la presse américaine proteste : décidément, ce président n'est qu'un impulsif irresponsable ! Veut-il vraiment que les navires et les citoyens américains deviennent à leur tour des cibles pour les terroristes ? De fait, disent-ils, comme il n'y a aucun Américain parmi les victimes, il est urgent de ne rien faire.

Une réunion des ministres de la Défense de l'OTAN s'improvise. Elle aura lieu dans quatre jours, vendredi 12, à Gênes, en solidarité avec les Italiens.

Selon Breitbart News, ce site d'extrême droite américain basé à Los Angeles, l'attentat s'explique simplement : l'OTAN préparait depuis longtemps une attaque en Libye contre des dirigeants terroristes importants, prêts à commettre de nombreux attentats en Europe avec des armes nouvelles ; ce qui aurait accéléré leur action, qui devait avoir lieu un peu plus tard et ailleurs. Selon leurs sources, ces terroristes, dirigés par des Pakistanais et un Libanais qui se fait appeler « le Tigre », sont d'ailleurs pris en chasse par les meilleurs agents français. Un journaliste d'Europe 1, à Paris, toujours bien informé, prétend aussi que les services secrets français étaient au courant qu'un attentat très important se préparait ; mais ils pensaient qu'il aurait lieu à Marseille ; ou en tout cas dans un des ports du littoral méditerranéen français, où des précautions considérables avaient été prises. Et ils avaient négligé de prévenir Interpol, et encore moins leurs collègues italiens…

La presse italienne réagit avec colère à cette information et l'ambassadeur de France à Rome est convoqué à la Farnesina pour fournir des explications, qu'il n'a pas.

Toujours aucune revendication. Et pourtant, il est clair que cet attentat est très bien pensé : des migrants venant mourir en tuant des touristes. La misère défiant le luxe. Comme si les terroristes voulaient à la fois reprocher aux pauvres du Sud de quitter leurs terres et aux riches du Nord de se distraire sur les lieux de leur désespoir. Le malheur de l'un, le vide de l'autre. La mort de l'un et de l'autre. Images frappantes d'une solidarité dans la mort, de deux formes de vie contrainte, l'une par la misère, l'autre par le conformisme. *Le Monde* rappelle que plus de 30 000 migrants sont déjà morts noyés en Méditerranée.

Selon le *Financial Times*, le transport des marchandises par containers, c'est-à-dire l'essentiel du commerce mondial, va, en conséquence de tout cela, progressivement ralentir, puis s'arrêter. Déjà, par anticipation, sur les marchés boursiers les prix des marchandises transportées par bateau montent en flèche. Et cela vient aggraver la crise provoquée par l'effondrement, trois jours plus tôt, des cours des entreprises technologiques, déclenché par l'article de Mashable.

C'est la première fois qu'un journal établit ainsi un lien, même lointain, entre le meurtre du Crillon et l'attentat de Catane, pense Fatima tandis que sa voiture pénètre enfin sur le périphérique.

Devant la crainte d'une accélération de la panique boursière, les banquiers centraux des États-Unis, de l'Union européenne, du Japon, de la Grande-Bretagne, de la Russie et de la Chine annoncent qu'ils se sont réunis en secret la veille, dimanche 7 octobre, et qu'ils ont mis en place, à compter de ce lundi matin, un nouveau plan massif de fourniture de liquidités aux banques de leurs pays, à taux nul, afin de permettre à toutes les entreprises de trouver les moyens de passer cette phase difficile, qui ne peut être que provisoire. Leur communiqué égrène aussi « les raisons objectives d'avoir confiance à long terme dans l'économie de marché et la nécessité d'appuyer les gouvernements dans leurs efforts pour maintenir une libre circulation des marchandises sur toutes les mers et une confiance dans les perspectives de croissance mondiale, nourries par les progrès technologiques dont il serait absurde de douter », faisant ainsi une allusion discrète à l'article de Mashable et à sa critique ravageuse des firmes de la Silicon Valley.

C'est la première fois, note alors l'éditorial du *Monde*, qu'un communiqué diplomatique relie, même implicitement, l'attentat de Catane avec les répercussions du meurtre du Crillon. Si quelqu'un, quelque part, avait conçu l'un avec l'autre, remarque Fatima, le but serait atteint…

Elle allume la radio du véhicule. Sur France Inter, un débat entre experts du terrorisme fait rage : cet attentat n'était-il pas prévisible ? A-t-on pris toutes les précautions ? Sur les bateaux ? Dans les ports ? N'est-ce pas obscène de laisser des bateaux de croisière circuler sur une mer où meurent tous les jours tant de migrants ? Et cela va s'aggraver, avec ce qui se passe en Algérie, qui va, à n'en pas douter, provoquer une vague massive de départ vers l'Europe de la jeunesse algérienne désœuvrée.

Et puis : pourquoi ne pas avoir utilisé toutes les techniques prédictives disponibles pour anticiper cet attentat ? Oui, puisqu'on dispose à présent des moyens efficaces pour prévoir les embouteillages, les pannes des machines et les crimes, pourquoi pas les attentats ? D'ailleurs, dit un journaliste de France Inter, n'est-ce pas à cela que travaillait la firme dont le patron s'est fait assassiner à Paris... ? Encore un lien, indirect, entre Boromir et les attentats, pense Fatima... Décidément.

Tout cela fait passer au deuxième plan les autres nouvelles. Dans les trois pays où il y a eu la veille des coups d'État (RDC, Indonésie et Algérie) règne la confusion la plus totale. Sinon que, dans les trois cas, des généraux semblent prendre le dessus. En Algérie, en particulier, un général s'est installé dans le palais présidentiel, ayant fait arrêter tout le gouvernement, menaçant de faire tirer sur les foules de plus en plus compactes qui déferlent dans les rues, non pour défendre le régime balayé, mais pour réclamer davantage de liberté.

Quand elle arrive quai de Valmy vers 10 heures, au pied de son immeuble, Fatima reste encore un moment dans la voiture, pour lire, sur le site des blogs hébergés par *Le Monde*, un article sur l'attentat, publié deux heures plus tôt, évoquant très spécifiquement Boromir. L'auteur explique que des méthodes prédictives très efficaces, utilisées pour prévoir l'évolution des cours de Bourse et prédire les prochains crimes, comme celles mises au point par Boromir Technologies, auraient pu être utilisées pour prévoir cet attentat. Et qu'on a eu tort de ne pas les utiliser. Il est signé d'un nom étrange : Bilbon Sacquet. Certains commentaires en ligne protestent, disant que c'est de la science-fiction et qu'on ne peut pas faire croire ça au public.

Bilbon Sacquet. Où a-t-elle déjà entendu ce nom ? Elle cherche sur Internet. Ah oui ! C'est la traduction française du nom d'un des personnages du roman de Tolkien. Encore lui ! Bilbon Sacquet est l'oncle de Frodon Sacquet, le héros du *Seigneur des anneaux*, celui qui détruit l'Anneau unique, dont lui avait parlé... Qui déjà ? Zimmer ou Kasperkg ? Elle ne sait plus. Étrange : un article sur l'attentat de Catane le relie donc au *Seigneur des anneaux* et à Boromir ! Ça ne peut pas être non plus par hasard. Elle aurait vraiment dû lire tout le livre pendant son voyage...

Il faut tout de suite demander au *Monde* d'identifier l'auteur de ce texte. C'est le premier lien explicite entre l'attentat de Catane et l'affaire du Crillon... Et puis, il faudra comprendre s'il y a un lien, dans le roman, entre ce Bilbon Sacquet, Boromir et Aragorn. Là se trouve peut-être une clé de l'énigme.

Et Zemmour qui ne répond toujours pas ! La perquisition doit traîner en longueur.

Fatima entre dans son appartement. Elle appelle sa mère, qui ne répond pas. Monter chez elle, au dernier étage de l'immeuble ? Non... Un bain. Un très long bain, après ces trois jours si épuisants...

Dormir un peu.

À peine s'est-elle allongée sur son lit que le téléphone sonne : l'Élysée. Le président.

— Vous allez bien ?

— Oui, monsieur le président. Contente d'être de retour...

— Merci d'avoir fait ce périple. Vous devez être épuisée.

Elle n'ose demander des nouvelles de Léo. Elle tente :

— Ça va. J'imagine que je n'ai pas besoin de vous faire un compte rendu...

— En effet. On m'a déjà tout raconté. Mais votre version sera bienvenue. Je vous verrai bientôt.

Elle est soulagée. Le président continue :

— Qu'en pensez-vous ?

— De quoi ? De Simmel ? De l'attentat ?

— Du lien entre les deux.

— J'ai la certitude que Simmel savait qu'un attentat se préparait : il n'a pas été surpris quand Léo lui en a parlé. Et il pensait même qu'il était trop tard.

— Il en sait sans doute plus qu'il ne vous en a dit.

— J'en suis certaine. On a la confirmation qu'on a retrouvé son nom sur un des remorqueurs ?

— Ah, vous avez vu ? Bravo. C'est à peu près passé inaperçu, pourtant. Oui, c'est confirmé. C'était juste, d'après ce que je comprends, un mot mal peint à la hâte sur un des remorqueurs. On m'en a envoyé la photo... Il n'en reste presque rien après le choc et l'incendie.

— Cela le relie à l'attentat. Il en est peut-être le vrai commanditaire. Il était peut-être parti au Brésil pour le préparer. Et il a peut-être éliminé Léo.

— Non, ne vous inquiétez pas pour ça. Il y a dix minutes, Léo était vivant, et avec Simmel, en route pour la Libye. Ils sont persuadés que ce qui s'est passé à Catane n'est pas ce qui était prévu par les terroristes. Ils ont détourné leur plan au dernier moment et continuent de préparer quelque chose de beaucoup plus important...

— Difficile à croire, monsieur le président.

— Par ailleurs, j'ai la certitude qu'il y a un lien entre le meurtre de votre Américain et l'attentat de Catane. Et plus encore, avec cet autre attentat, beaucoup plus grave encore, à venir.

— Pourtant, il n'y a pas de drone, dans cet attentat. Ni d'intelligence artificielle détectant des ennemis.

— Simmel vous a parlé d'un certain Al-Djibra... Un ingénieur informatique pakistanais, n'est-ce pas ?

— Il l'a évoqué... Mais on ne sait même pas s'il existe.

— En effet. Par contre, le Tigre, on est certain qu'il existe, lui. On l'a encore entendu, cette nuit, dans les écoutes, parler de Zelda, en même temps que de Simmel... Cela ne peut pas être un hasard. Et aussi du nommé Whitman, mais on ne trouve rien à son propos.

Fatima pense brusquement au poète américain Walt Whitman, qu'aimait tant son père. Mais non, aucun rapport. Le président continue :

— On a aussi cru entendre le nom de Sacquet. Vous voyez de quoi il s'agit, n'est-ce pas ?

Sacquet. Le président est donc aussi au courant de cela ? Doit-elle lui répondre ? Elle s'y risque :

– Les Sacquet, c'est une famille de Hobbits du *Seigneur des anneaux*, dont on a retrouvé un membre dans la signature d'un article…

– … dans *Le Monde*, oui, l'interrompt Le Guay. Je vois que rien ne vous échappe malgré votre voyage. Un oncle et son neveu, lequel est celui que protègent, dans le roman, si je comprends bien, des compagnons, dont Boromir et Aragorn.

Fatima n'ose demander au président s'il a lu *Le Seigneur des anneaux*. Elle continue :

– Oui… Boromir, qui meurt dans le roman. En reconnaissant sur son lit de mort Aragorn comme son roi.

– Comme la société qui reprend les brevets de Zelda, poursuit le président.

– Ah, vous étiez au courant de tout cela, monsieur le président ?

– De quoi ?

– De l'autorisation donnée par la France à la vente de Zelda à Boromir.

– Oui, le Premier ministre avait donné son accord. Parce que la société d'ensemble, sous le nom d'Aragorn, reste française.

– Je comprends. Mais je ne suis pas certaine que ces écoutes dont vous parlez soient concluantes. Sacquet, ça peut s'écrire de mille façons.

– L'alcool japonais ? Saké ? J'en doute, dit le président.

– Et Zelda pourrait désigner quelque chose d'autre.

– Oui, je sais, répond le président. Continuez votre enquête, madame la commissaire. Cherchez si

Zelda et Boromir auraient pu avoir comme clients, volontaires ou involontaires, des mouvements terroristes. Autrement dit, si le Tigre aurait pu avoir accès à leurs produits. Directement ou par un revendeur, qui pourrait avoir été en contact avec cet informaticien, Al-Djibra.

Elle est épuisée. Ces trois jours irréels, dans un des derniers endroits de la planète coupés de toute modernité, pour retrouver ce matin un monde réel, plus invraisemblable encore. Qui a dit que la réalité n'est que le rêve d'un autre ? Dans quel livre a-t-elle lu cela ?

À 12 h 20, Zemmour la rappelle.

— Alors, tu es rentrée de ton petit week-end ? Ça va ? Pas trop fatiguée ? On te revoit un jour au bureau ?

Elle ne relève pas et l'interroge :

— Comment s'est passée la perquisition chez Zelda ?

— Le procureur et le juge d'instruction y étaient, avec le président de la Commission consultative du secret de la défense nationale. On a entrevu leurs prototypes de drones. C'est incroyable. C'est beaucoup plus petit que je ne croyais. Un rouge, en particulier. Minuscule.

— Ça peut passer par la fenêtre entrouverte du Crillon ?

— Non, quand même pas. À cause surtout des hélices. Et puis, il n'y a pas d'arme embarquée.

— Et dans les maquettes, les dessins ?

— Peut-être. Mais on n'a pas pu lire les documents classés secret-défense. Ils ont été placés sous scellés, et on les a remis au président de la commission, la CCSDN. On a juste aperçu les photos ! On attend sa réponse demain pour savoir si on peut y avoir accès. La seule chose que j'ai vue, c'est qu'un des dossiers, là où il y avait le petit drone rouge, portait le nom de « Balrog ».

— C'est quoi, ça ? demande Fatima, qui se souvient pourtant d'avoir entendu le nom… Mais par qui ?

— J'ai regardé. C'est encore un personnage du *Seigneur des anneaux* !

— Tiens donc !

— Oui. Attends, j'ai noté ! C'est « un esprit du feu appartenant à la race des Maiar, corrompus par le mal, capables de s'envelopper dans les flammes ou les ténèbres et les ombres, armés de fouets à plusieurs lanières et de longues épées enflammées ».

— Visiblement, pas des gens très sympathiques. Merci. Je suis là dans une heure.

— Prends ton temps, commissaire, on n'est plus à un jour près !

À 14 heures, Fatima, habillée d'un pantalon, d'une blouse échancrée et d'un gilet de cashmere mauve, arrive à son bureau et se prend à chercher Noora. Elle va dans le bureau de Zemmour, espérant la trouver. L'inspecteur se lève, elle lui fait signe de s'asseoir. Comme s'il la devinait, il murmure.

— Noora m'a paru fâchée que tu ne lui aies pas donné de nouvelles ces derniers jours. Elle n'est pas revenue après la perquisition. Elle était fatiguée de son week-end, m'a-t-elle dit.

— Bon, assez avec ça, dit Fatima, qui ferme la porte et prend une chaise en face de lui. Dis-moi, j'ai lu ce matin dans *Le Monde* un post qui regrettait qu'on n'utilise pas les techniques mathématiques de Boromir pour prévoir les attentats terroristes... Il fait sans doute allusion à l'IS, dont personne n'avait entendu parler jusqu'à l'article de Mashable.

— Oui, et alors ?

— Tu sais comment il signe ? Bilbon Sacquet. Tu sais ce que c'est ? Un personnage du *Seigneur des anneaux*.

— Ah zut ! Encore un ! Je n'avais pas vu...

— Toi, non, mais Le Guay, oui.

— Il n'a pas perdu ses réflexes, le Ridé.

— Le Ridé ?

— C'est comme ça qu'on l'appelait quand il dirigeait la DGSE.

— Demande au *Monde* ce qu'ils savent de celui qui a envoyé ce texte à leur édition en ligne. Vous avez continué les interrogatoires des gens de Boromir ?

— Oui, ils ont tous réagi différemment à leur mise en garde à vue.

— Explique, demande Fatima, en jouant avec un stylo et du papier trouvé sur le bureau de Zemmour.

— Kasperkg semble avoir peur. Depuis hier, comme s'il avait appris quelque chose qu'il refuse de nous dire. Il veut rentrer au plus vite en Amérique. Il a toujours un nœud papillon, mais, cette fois, il est noir... Suzann Makovic a les yeux rivés sur les cours de Bourse ; elle pense que la boîte est en train de se casser la figure et elle maudit son patron pour ça. Dominic Mosato, lui, est pressé qu'on le laisse finir la fusion avec Zelda, qui constitue pour lui une pépite absolue et qui va, dit-il, révolutionner le marché ; mais je ne sais pas de quel « marché » il parle. François Feuillette dit, au contraire, que Zelda ne vaut rien sans Boromir. Hélène Mickklov répète que tout cela conduit au chaos ; qu'ils ont commis une faute épouvantable en se rapprochant de Zelda et que Brejanski, lui, l'avait si bien compris qu'il en est mort. Domitian ne parle que de l'urgence de retourner à New York où il est attendu pour son tournage. Et du violon, qu'il veut absolument récupérer, pour l'emporter en Amérique. Aucun n'a un alibi, sinon qu'ils disent tous qu'ils étaient ensemble jusqu'à minuit.

— Et puis, surtout, reprend Fatima, il y a ce logiciel de détection de comportement hostile, l'IS. Il faut comprendre pourquoi ils ne nous en ont pas parlé... Je suis certaine qu'il joue un rôle important dans notre histoire. Et que ce n'est pas par hasard qu'une firme qui prépare un logiciel de détection de comportement hostile rachète une firme de drones militaires.

Zemmour se lève, marche en long et en large de son bureau et reprend :

— Écoute, ils avaient tous une raison de tuer Brejanski : Kasperkg voulait finaliser la fusion, contre Brejanski, qui n'en voulait plus. Suzann Makovic et Dominic Mosato voulaient se débarrasser de Brejanski, qui ne gérait plus la boîte. Hélène Mickklov était déçue par le comportement de Brejanski et voulait empêcher la fusion. Domitian pourrait aussi avoir voulu tuer son mari pour en hériter et fournir à son père les moyens de réussir.

— Peut-être se sont-ils involontairement ligués, comme dans *Le Meurtre de l'Orient-Express* d'Agatha Christie ? dit Fatima.

— Ou aussi, reprend Zemmour, qui est revenu s'asseoir, comme dans l'épisode où Columbo...

— Tu peux ajouter la CIA, interrompt Fatima.

— La CIA ? Comme dans un autre épisode de *Columbo* où...

— Arrête ! Je suis sérieuse ! La CIA aurait pu vouloir faire assassiner Brejanski en croyant qu'il avait l'intention de vendre à des terroristes ce logiciel commandité par l'armée américaine.

— Possible !

— Ou les services français, pour arrêter la vente de Zelda à Boromir, dit Fatima en pensant à son déjeuner avec Noora.

— Ça, c'est l'hypothèse de Noora. Elle t'en a parlé, à toi aussi ?

Elle élude et se lève, comme pour partir. Il reprend :

— Ah, et aussi... le violon ! J'ai oublié de te dire ! Le violon de Brejanski, tu t'en souviens ?

Elle revient s'asseoir :

— Le Guarneri ? Ah oui, j'avais oublié.

— Eh bien, c'est peut-être aussi le mobile du meurtre.

— Comment ça ?

— Tu m'avais demandé de me renseigner. Tu avais raison. Je viens d'avoir les réponses : imagine-toi qu'il y a moins de Guarneri del Gesù dans le monde que de Stradivarius ! Beaucoup moins. Il n'y en a que 180 ; dont 30 entre des mains privées, contre 696 Stradivarius. Et chaque Guarneri vaut entre cinq et quinze millions d'euros. Tu imagines... Ils sont tous connus et répertoriés.

— Et celui-là, on le connaît ?

— Mais non, justement, il n'est pas répertorié !

— C'est peut-être un faux. C'est tout ce que tu as ?

— Ben oui. On continue à creuser ces histoires de voleurs russes ou ouzbeks !

— Tu ne t'es pas vraiment renseigné ! Trouve un expert.

— Je vais encore demander à Noora, elle joue du violon.

— Ah ? C'est elle qui t'a raconté tout ça ? Cherche plutôt le meilleur luthier à Paris. Lui, il saura l'expertiser.

— D'accord, d'accord.

Fatima observe son adjoint avec attention. Elle reprend le papier et le stylo qu'elle avait abandonnés, y dessine un grand cœur, puis elle risque :

— Elle t'intéresse vraiment, cette Noora, n'est-ce pas ?

— Bon, écoute, non. Oui, enfin. Je regarde, sans plus. Elle me fascine, c'est vrai. Elle fascine tout le monde, ici. Elle n'est pas comme les autres...

— Elle n'est pas là, aujourd'hui ?

— Non, je t'ai dit, elle boude, à cause de toi.

— Arrête avec ça ! Allons, avoue qu'elle t'intéresse !

— Oui, et y a pas de mal à ça.

— Je n'ai pas dit ça. Mais... réfléchis. Tu te vois tromper madame Zemmour avec une fille comme ça ?

— Je ne tromperai jamais ma femme ; avec personne.

— Un jour, tu me la présenteras ?
— Qui ça ? Madame Zemmour ?... Si tu veux.

Fatima continue de dessiner des cœurs sur le papier et, sans lever la tête, elle murmure :

— Si elle existe vraiment, madame Zemmour.
— Mais bien sûr qu'elle existe ! Qu'est-ce que tu crois ?
— Tu as des photos ?
— Non, je n'ai pas de photos.

Un silence s'établit. Fatima n'ose pas regarder son adjoint, pour ne pas le confronter à ce qu'elle devine être un mensonge... Zemmour reprend :

— Tu sais pourquoi je n'ai pas de photos ?
— Non.
— Parce qu'elle refuse que j'aie des photos d'elle sur moi.
— Ah ? Et pourquoi ?
— Parce qu'on a retrouvé une photo d'elle pleine de sang dans la poche de son premier mari. Assassiné.

Fatima pose son crayon et le regarde, stupéfaite :

— Qu'est-ce que tu racontes ?! Elle était veuve ? Tu ne m'as jamais raconté ! Tu l'as connue veuve ?
— C'est plus compliqué.
— Raconte ! Comment l'as-tu connue ? Je ne te l'ai jamais demandé...
— Madame Zemmour était mariée à mon meilleur ami, un flic de la BAC, comme moi.
— Tu l'as connue avec son premier mari ?
— J'ai connu son premier mari avant elle. Et j'ai même connu ses enfants, avec son premier mari, avant de la voir, elle.

— Elle a eu des enfants avec lui avant d'en avoir avec toi ?

— C'est encore plus compliqué. Son premier mari a été tué il y a vingt ans, pendant une opération de contrôle de routine avec la BAC. Il était parti en ronde sans moi, pour la première fois depuis son arrivée. Je me suis senti responsable de sa mort. J'ai rencontré sa veuve à la morgue, quand on lui a rendu ses affaires, dont la photo tachée de sang... Je l'ai revue souvent... Et voilà... Ah, et puis, nos enfants, ce sont les siens, pas les miens.

Huitième jour

Le mardi 9 octobre à 7 h 20, beaucoup plus tard qu'à son habitude, Fatima se réveille, courbatue et encore épuisée par son voyage, bien plus qu'elle ne l'aurait pensé. Cette nuit, la première dans son lit depuis son retour, elle n'a pas trouvé le sommeil avant 2 heures du matin.

Elle avait parcouru, sur son Kindle, la fin du *Seigneur des anneaux*... Elle y avait retrouvé les personnages de son énigme, sans glaner le moindre indice qui puisse la guider. Sinon qu'elle avait maintenant compris que tous ces personnages, même les héros supposés les plus justes, étaient en fait partagés entre une fascination pour le Mal et un désir de pureté. En allait-il de même des personnages de son énigme : Kasperkg ? Makovic ? Mosato ? Feuillette ? Mickklov ? Zimmer ? Domitian ? Qui étaient-ils vraiment ? Et Brejanski ? N'était-il vraiment qu'un génie de l'informatique, en même temps qu'un virtuose du violon ? Ou bien cachait-il une faille dans son passé, qui révélerait sa nature profonde et expliquerait sa mort ? Son homosexualité, qu'il semblait cacher, jusqu'à son spectaculaire mariage avec Domitian Lebost, était-elle cette faille ?

Tous les hommes, toutes les femmes ont des fragilités, des vices cachés, des désirs inavoués qui peuvent, dans des circonstances particulières, les conduire au suicide ou au meurtre. Elle en savait quelque chose… Un jour, il faudra qu'elle l'assume, pour elle-même. Trop tôt pour y penser… Plus tard…

À l'aube, elle avait cherché ce qu'était Zelda, en dehors du prénom de la femme de Scott Fitzgerald. Elle avait joué au jeu vidéo portant le même nom, pour y puiser des idées. En vain.

Elle était hébétée de fatigue, incapable de dormir, encore moins de réfléchir. Comment avait-elle pu entreprendre un tel périple, avec tant de risques et d'émotions, en si peu de temps ? Risquer sa propre vie pour rien, sans doute… Juste au moment où le monde basculait dans l'horreur…

Ce matin, avant même d'allumer la radio, elle se lance dans ses dix minutes de gymnastique. Mais impossible de ne pas penser à tout ce qui l'attend.

L'attentat de Catane l'affecte plus qu'elle ne le pensait. Ces milliers de morts. Ces cadavres déchiquetés d'enfants qu'elle n'a pu éviter de voir. Tout ce qu'elle a connu, depuis son enfance heureuse, semble s'effondrer. Même la Méditerranée, la mer qui reliait sa patrie, la France, à celle de ses parents, le Maroc, devient un cimetière… Quel monde pour ses enfants… Ne pas perdre espoir ; se concentrer sur ce qu'elle a à faire : trouver l'assassin du patron de Boromir Technologies. C'est son enquête, elle doit la mener à bien. Si chacun faisait son travail, même modeste, le monde tiendrait droit.

Elle sort mécontente de sa séance de gymnastique, pourtant plus longue que d'habitude. Elle n'a pas réussi à faire le vide. Elle s'habille chaudement. Le froid qui vient ? La fièvre ? La fatigue ?

Avant de rejoindre son bureau, et d'y retrouver Zemmour (et Noora, se défend-elle de penser... Noora ? Pourquoi pense-t-elle à elle ? Léo ne l'a donc pas chassée de son esprit... ? Ridicule), elle consulte les réseaux. Craignant d'y apprendre qu'un agent français aurait été tué en mission en Libye.

En Italie, le chaos est à son comble ; les pompiers peuvent enfin monter à bord des épaves, pour tenter de maîtriser les incendies. On commence à comprendre ce qui s'est passé : quand les deux remorqueurs, et le cargo qu'ils tiraient, se sont approchés du bateau de croisière, le commandant du *Costa Fascinosa*, Francesco Soldi, a essayé de communiquer avec eux. Par radio, puis par signaux, puis à la voix en se mettant lui-même au plus près, ce qui explique sans doute qu'on n'ait pas encore retrouvé son corps. Après les explosions, dans le chaos total, les médecins et infirmières du bord encore indemnes ont apporté les premiers soins aux blessés. Mais l'hôpital du navire avait été touché par les incendies ; ses installations, pourtant excellentes, étaient totalement inutilisables. Les pompiers du bord avaient alors tenté d'utiliser les nombreuses pompes à incendie du bateau jusqu'à ce qu'elles explosent à leur tour, en tuant deux d'entre eux.

On désespère de trouver d'autres survivants du *Costa Fascinosa* : au total, plus de 650 ont été repêchés, dont plus d'une centaine sont encore entre la vie et la mort. Plus de cent croisiéristes sont encore manquants : ni morts, ni blessés. Disparus. De plus, certains des corps repêchés sont en morceaux, non identifiables. On ne sait même pas s'ils venaient du bateau de croisière ou du bateau de réfugiés, tous unis dans le même carnage.

On a désormais confirmation qu'il n'y avait pratiquement que des enfants et des adolescents sur le *Ripols*. Certains diplomates, en Libye, disent qu'ils ont appris que des enfants et des adolescents vendus en esclavage avaient été déplacés la nuit d'un camp à l'autre et qu'ils avaient sans doute été embarqués dans le *Ripols*, en leur faisant croire qu'on les envoyait en Europe.

L'attentat aura donc fait plus de 3 500 morts. Soit plus que les attentats du 11 septembre 2001 à New York, qui avaient fait 2 753 victimes, parmi lesquelles plus de 800 dont on n'avait pu identifier les restes. Plus aucun média sur la planète qui n'en fasse ses titres, qui n'en évoque les moindres détails. Chacun cherchant à voir en quoi son propre pays est concerné. Et comme il y a plus de quarante nationalités parmi les victimes, cela nourrit une attention planétaire... Les ambassades se pressent sur place pour se recueillir dans les chapelles ardentes improvisées à Catane et pour exiger la venue de leurs médecins et de leurs policiers, arguant de conventions internationales permettant à tout pays d'être associé à une enquête criminelle quand un de ses ressortissants est victime d'un meurtre.

On commence à connaître les histoires personnelles de quelques-unes d'entre elles. Et toutes sont évidemment poignantes. Le *Costa Fascinosa* avait quitté Gênes deux jours avant pour une croisière d'une semaine qui devait le conduire jusqu'à Antalya en Turquie. Catane était sa deuxième escale après Naples. Parmi les passagers, il y avait une famille italienne de trente personnes, venues de Padoue et de toute la Vénétie, à l'invitation des grands-parents, un couple d'industriels vénitiens qui fêtaient leurs noces d'or. Tous étaient morts, sauf trois, dont le couple organisateur du voyage. Il y avait aussi les cinquante-quatre collaborateurs d'une entreprise allemande de mécanique de précision, exportant dans le monde entier, venus là en séminaire et vacances, pour fêter leurs résultats exceptionnels. Tous morts. Il y avait aussi, parmi les victimes, plusieurs couples de jeunes mariés, et beaucoup de retraités, dont les membres d'un club de rencontres, invités par un journal français s'adressant spécialement aux seniors. Tous morts aussi. Parmi les touristes chinois, venus pour la première fois en nombre, il semble que la plupart venaient de la même ville, Chengdu, où une agence de voyages italienne avait prospecté depuis deux ans pour les attirer. Ils avaient même amené avec eux leurs interprètes, leurs cuisiniers et leurs musiciens. Tous morts, semble-t-il ; en tout cas, on n'a encore repéré aucun Asiatique parmi les survivants.

Quant aux artistes présents à bord pour donner des spectacles pendant les soirées, il y avait un magicien très célèbre, John Lox, disparu sans qu'on retrouve encore son corps. Un pianiste grec assez connu. Un grand cuisinier français, chef étoilé installé à Troyes, venu là pour faire une présentation gastronomique en première classe. Et toute une troupe de ballets russes, dont on ne retrouve pour l'instant que trois des corps.

Parmi les survivants, tous choqués, et répartis dans les hôpitaux de la région, on trouve une bonne partie de l'équipage, qui aurait plongé avant l'impact, ce qui commence à choquer les médias : comment ces gens-là ont-ils osé s'enfuir en laissant les passagers mourir dans les flammes ? N'étaient-ils pas tenus de rester à bord jusqu'au dernier moment ? De nombreux survivants, parmi les passagers, affirment que seules les hôtesses, les femmes de chambre et les cuisiniers sont venus à leur secours et qu'ils n'ont vu presque aucun marin ni officier intervenir dans le chaos provoqué par le choc et les explosions.

On entend et on voit sur toutes les chaînes un jeune couple suisse, qui devait passer à bord, et en première classe, sa lune de miel, mais qui n'avait pas embarqué au dernier moment, parce qu'ils s'étaient disputés sur le quai et séparés. L'homme explique qu'il a failli monter tout seul à bord, mais a finalement renoncé au dernier moment.

Le bruit court sur les réseaux, et en particulier en Irak et en Iran, que l'attentat de Catane est un coup de la CIA. On en veut pour preuve qu'il n'y avait pas d'Américains à bord, et que le capitaine devait être un Américain et avait été remplacé au dernier moment par un Italien, mort parmi les premiers.

En Europe, le débat politique fait rage, comme après chaque attentat : n'était-ce pas prévisible ? Avait-on pris toutes les précautions ? Il s'est écoulé plus d'une demi-heure entre le moment où les remorqueurs ont commencé à foncer sur le bateau de croisière et l'impact. N'aurait-on pu agir à temps ? Pourquoi n'y avait-il pas de bateaux de guerre dans la région ? N'est-ce pas inconscient de laisser de telles villes flottantes avec plusieurs milliers de personnes à bord sans protection ? Pourquoi n'y a-t-il pas plus de sécurité sur ces bateaux ? Pourquoi leurs coques sont-elles si vulnérables ?

Interrogée par tous les médias sur la sécurité à bord des bateaux de croisière, l'Association internationale des compagnies de croisière affirme dans un communiqué que la « priorité de toutes les compagnies est de garantir la sécurité des passagers et des membres d'équipage à tout instant ». Elle rappelle que la Convention internationale pour la sauvegarde de la vie humaine en mer, dite « Solas », dont la première version a été adoptée après le naufrage du *Titanic* en 1912, encadre la construction et la gestion des navires et de leurs opérations, pour en vérifier la sécurité. En principe, tous les paquebots de croisière disposent de systèmes de vidéosurveillance, avec reconnaissance faciale, permettant de suivre tous les déplacements d'une personne à bord. Enfin, commente un expert, « si officiellement aucun homme armé n'est à bord, il y en a probablement sur certaines compagnies américaines ou israéliennes ». Et peut-être aussi sur le *Costa Fascinosa*, qui est, indirectement, la propriété d'une compagnie américaine.

Pour ce qui est des ports, une première enquête du *Monde* révèle que, dans certains d'entre eux, des plongeurs contrôlent en permanence les quais et les coques des bateaux. Certains grands ports sont même équipés de drones sous-marins qui prennent des images tous les jours. Ce n'est pas le cas du port de Catane. Ailleurs, comme à Marseille, des pelotons de sûreté maritime et portuaire assurent la surveillance des plans d'eau ; donc si un tel attentat avait eu lieu à Marseille, ces pelotons auraient tenté d'intervenir. En vain sans doute : les autorités portuaires reconnaissent d'ailleurs qu'elles n'auraient sans doute pas pu empêcher la tragédie.

Pour Thomas Friedman, le grand éditorialiste du *New York Times*, aucune sécurité ne peut se protéger contre un fou décidé à mourir ; et la Méditerranée n'est décidément plus faite pour les touristes et les plaisanciers. Il faut y renoncer. Il y a déjà eu 30 000 migrants noyés. Que veut-on de plus ? Les bateaux de croisière doivent se replier sur les Caraïbes, hors période d'ouragan, et sur le Pacifique, où les littoraux touristiques ne manquent pas ; et où les touristes chinois trouveront mieux leur place. D'autant plus qu'à son avis la crise algérienne ne fait que commencer ; et que des millions d'Algériens vont bientôt fuir leur pays pour l'Europe. L'auteur du *Monde est plat* reprend ici sa thèse sur l'inévitable migration planétaire, qui n'en est, selon lui, qu'à ses débuts.

Le ministre français des Affaires étrangères, chargé aussi du Tourisme, affirme que tout sera fait pour garantir la sécurité des vacanciers sur les côtes françaises, et qu'il ne faut pas surestimer les capacités des Caraïbes et du Pacifique, où se multiplient les ouragans et où pullulent les pirates.

Pour *La Provence,* il ne faudrait pas interdire les baignades sur toutes les plages, même si y arrivent quelques migrants, vivants ou morts. Les hôteliers de la Côte d'Azur y jouent leur survie.

Pour beaucoup d'hommes politiques, il faut agir beaucoup plus fermement. Pour le président du Conseil italien, c'est une guerre qu'il faut lancer contre les trafiquants et tous ceux qui font de la mer un lieu de violence. Il demande à l'Europe de se doter enfin des moyens militaires nécessaires, qu'il dit réclamer depuis longtemps.

Réunis d'urgence à Bruxelles, les ministres de l'Intérieur de l'Union européenne débattent de la sécurité des ports méditerranéens, d'une augmentation massive du budget de Frontex, de la création, enfin, d'un corps de Coast Guards, comme il en existe aux États-Unis. Pour certains ministres, en particulier ceux de Pologne, de Hongrie et d'Autriche, il aurait fallu arrêter préventivement beaucoup plus de suspects, les enfermer ou les mettre hors d'état de nuire. Et si c'est en Libye, en Irak ou en Turquie que se tramait quelque chose, eh bien, il faut aller en Libye, en Irak ou en Turquie assassiner tous les suspects possibles. Il est encore temps de le faire. À la suite de ce Conseil, aucune décision concrète n'est annoncée, les ministres constatant que la plupart des décisions nécessaires sont plutôt de la compétence de l'Alliance atlantique.

Un professeur parisien, spécialiste du fondamentalisme sunnite, explique qu'on aurait pu prévoir ces attentats : en effet, pour certains des idéologues islamistes les plus extrêmes, explique-t-il, la mer est un lieu dangereux, hostile. Pour eux, on ne doit pas laisser quiconque s'y baigner, ni y naviguer, particulièrement aujourd'hui en Méditerranée, où des centaines de musulmans meurent noyés tous les jours. D'autres font remarquer qu'on n'a encore aucune revendication et que rien ne dit qu'il s'agit d'une manifestation d'un terrorisme islamiste, en général prompt à revendiquer ses actes.

Un journaliste anglais en poste à Paris rappelle qu'un roman, publié quelques mois plus tôt en France, a raconté exactement cet attentat, au même endroit, avec le nom exact des bateaux concernés et le mode opératoire. À l'époque, on n'y avait pas fait attention plus que de mesure. Mais, aujourd'hui, ce n'est plus la même chose : comment l'auteur a-t-il pu être au courant ? Est-il suspect ? Ou seulement plus imaginatif que les policiers aveuglés par leur routine ? Faut-il, comme le font les Américains avec les scénaristes de Hollywood, associer des écrivains à la prévention antiterroriste ? L'auteur, en tout cas, n'est plus à Paris ; sans doute même plus en France.

Et toujours pas de revendication. Comme si l'attentat était raté, malgré son ampleur. Beaucoup de pistes sont évoquées. On parle de pirates venus du Yémen ou de Somalie. D'autres experts affirment qu'une opération d'une telle ampleur, mobilisant des moyens si considérables, en hommes, matériel et explosifs, n'a pu être conçue que par des gens très préparés, de grands experts, disposant de compétences maritimes, informatiques, logistiques et militaires très difficiles à réunir. Or, depuis la chute de Raqqa, personne ne sait plus où se trouve le centre névralgique, s'il existe encore, des mouvements terroristes. Certains le disent en Iran, d'autres en Libye, d'autres encore, qui semblent les mieux informés, le situent au Pakistan. On parle aussi de mouvements ouïgours, venus de Chine et expatriés en Turquie, très liés aux mafias albanaises… On parle encore de terroristes écologistes. Enfin, certaines écoutes, murmure-t-on, évoquent d'anciens terroristes libanais aujourd'hui morts ou retirés.

À Paris resurgit le débat qui avait suivi, trois mois plus tôt, la démission du précédent président de la République ; bien des gens disent maintenant ouvertement que ce dernier a bien fait de faire assassiner plus d'une centaine de fichés S. Et que, si on peut lui faire un reproche, c'est de ne pas en avoir fait assassiner un plus grand nombre. En particulier tous ceux, hommes et femmes, qui ont fui Raqqa à l'automne 2017. Parmi eux se trouvent peut-être les organisateurs de ce nouvel attentat.

Toujours dans son lit, Fatima voit qu'on commence à en savoir un peu plus sur le mode opératoire des terroristes ; le 5 octobre au matin, ils ont acheté anonymement, pour quelques centaines de milliers de dollars sur le Darknet, le *Ripols*, alors qu'il venait de prendre la mer avec des enfants réfugiés sortis en toute hâte la veille d'un camp où on avait rassemblé des jeunes qu'un mystérieux commanditaire avait achetés, comme esclaves, pendant les mois précédents.

Les vendeurs du bateau, des armateurs grecs, ne s'étaient pas souciés de l'identité des acheteurs, trop contents de se débarrasser de cette épave : le cargo naviguait en effet depuis déjà 52 ans et n'avait plus, depuis longtemps, de certificat de navigabilité à jour. Les propriétaires n'avaient pas eu le choix : c'était ou le vendre à des inconnus, ou le couler. Ils l'avaient vendu. Et, dans la matinée du 6, l'équipage, prévenu par radio que personne ne paierait plus leurs salaires, avait quitté le navire en pleine mer, sur les rares canots de sauvetage.

Un commentateur allemand note que cela ressemble aussi furieusement à une partie de l'intrigue d'un roman paru un siècle plus tôt sous la signature de B. Traven, écrivain jamais vraiment identifié, sous le titre du *Vaisseau des morts*. Naturellement, il n'y était pas question d'attentats, juste d'un bateau à l'abandon.

Le *New York Times* note que ce n'est pas le premier bateau à être ainsi abandonné en mer par son propriétaire et son équipage avec des migrants à bord. En 2015, il y a eu l'*Ezadeen*, immatriculé au Sierra Leone et parti de Chypre avec 450 migrants à bord, abandonné par son équipage au large de la Calabre. Puis, la même année, un autre cargo, battant pavillon moldave, le *Blue Sky M*, transportant près de 800 migrants, a aussi été abandonné par tout son équipage en pleine mer Adriatique. Mais aucun de ces bateaux fantômes, chargé de migrants, n'a servi de bateau-suicide.

Un survivant du *Ripols* – un enfant identifié enfin comme venu d'Érythrée – explique à un interprète enfin arrivé sur place que le 6 octobre, vers midi, deux très gros remorqueurs sont venus gentiment proposer de tracter le bateau abandonné par son équipage et de l'emmener dans un port européen. Ils ont parlé de Marseille. Les naufragés ont évidemment accepté. Les remorqueurs ont d'abord lancé, à l'aide d'un fusil spécifique, une corde légère à laquelle était attachée une autre corde métallique beaucoup plus lourde qui aurait dû être hissée à bord à l'aide d'un treuil. Mais, comprenant qu'il n'y avait pas de treuil en état de marche sur le *Ripols*, les marins des deux remorqueurs se sont approchés suffisamment pour monter sur le vieux rafiot, sous les applaudissements des jeunes réfugiés. À bord, ils se sont montrés adorables et ont même apporté de la nourriture et des boissons chaudes aux enfants affamés. En quantité suffisante pour tous. Ils ont ensuite tracté les câbles et les ont fixés aux ponts, sous les applaudissements des enfants. Puis ils sont retournés sur les remorqueurs, qui ont commencé à tirer le cargo.

Les réfugiés ont compris que quelque chose n'allait pas quand, une heure plus tard, ils ont entendu des explosions dans le poste de pilotage du *Ripols*, où il n'y avait en principe personne. Puis, en fin d'après-midi de ce même jour, le 6, est arrivé un troisième remorqueur, qui a recueilli les équipages des deux autres et s'est éloigné. Le *Ripols* est resté tracté par les deux premiers, qui semblaient télécommandés et avaient, dans la soirée, amorcé un brusque virage vers l'est ; puis ils ont accéléré et foncé vers le port de Catane. Les enfants ont essayé de détacher le câble, mais ils n'y sont pas parvenus.

Les remorqueurs sont entrés dans le port vers une heure du matin, le 7, avec une grande précision, malgré la nuit, pour se précipiter vers le *Costa Fascinosa*, entraînant le *Ripols* avec eux. Des enfants ont alors plongé, pour échapper à la collision. Il y a eu ensuite, dans la panique générale, l'explosion des deux remorqueurs ; puis celle du *Ripols*.

Certains des survivants du bateau de croisière mentionnent même des explosions antérieures à la collision ; comme si des missiles avaient été tirés depuis les remorqueurs, ou le *Ripols*, sur le *Costa Fascinosa*. Cette hypothèse permet d'ailleurs de mieux comprendre comment se sont ouvertes les grandes trouées dans les flancs du gigantesque paquebot.

D'innombrables questions se posent : d'où venaient les remorqueurs ? Qui les conduisait ? Comment ont-ils pu tourner, dans l'obscurité quasi totale, pour entrer dans le port de Catane à pleine vitesse ? Avec une telle précision ? Et les explosions sur le *Costa* ? Et l'explosion de la charge sur le *Ripols* au moment de l'impact ? Qui les a déclenchées ? D'où ?

On a pu enfin fouiller ce qui reste des épaves des deux remorqueurs. Très grands. Très puissants. Très modernes. Avec ce qui devait être une remarquable installation informatique et radio. Aucune marque permettant de trouver leur origine. Aucune trace de présence humaine à bord. Pas la moindre empreinte. Rien. Seulement, à peine encore visible, la trace, sur la coque d'un des deux remorqueurs, de la peinture d'un nom qui pourrait être celui de George Simmel.

Alors quoi ? Les remorqueurs ont donc été vraisemblablement télécommandés. Des bateaux drones ?

Cela commence à exister. Des bateaux pris en commande depuis un autre bateau, ou un avion, ou un drone, après l'abandon par leur équipage ? Ça, ce serait plus nouveau, mais on savait que cela arriverait, disent des experts français et anglais en cybersécurité.

Les policiers italiens semblent désormais totalement dépassés. Les polices des pays concernés débarquent de partout, avec leurs juges, leurs sauveteurs, leurs chiens, leurs équipes de légistes, et ajoutent au désordre.

Et, selon les journalistes siciliens qui les approchent, tous ces policiers ne disent rien, sinon du mal les uns des autres ; parce qu'ils n'ont rien à dire. Interpol, la CIA et les autres services ne donnent pas non plus la moindre information ni hypothèse.

Personne ne mentionne le Tigre, ni Al-Djibra, ni Whitman. Simmel aurait-il inventé ces noms pour détourner les soupçons ? Le président semblait pourtant les connaître lui aussi.

Fatima ne trouve qu'un seul commentaire, sur un média allemand, *Die Zeit*, du nom trouvé peint à la hâte sur un des côtés d'un des remorqueurs : George Simmel. *Die Zeit* se demande pourquoi le nom d'un vieux chef terroriste libanais des années quatre-vingt (dont nul ne sait s'il est mort ou s'il se cache encore quelque part en Syrie) s'est retrouvé sur le flanc d'un des remorqueurs. Et quel rapport il aurait avec son homonyme, un philosophe allemand du xixe siècle, auteur d'une *Philosophie de l'argent*.

Où est Léo ? Fatima pense à lui sans cesse… A-t-il retrouvé les commanditaires ? Réussira-t-il à empêcher un autre attentat d'une plus grande ampleur encore, que semble craindre le président français ?

Vers 8 h 30, alors qu'elle boit son troisième café et qu'elle a du mal à s'arracher de son lit, une dépêche de Reuters précise qu'un survivant du *Ripols* prétend maintenant avoir vu un tout petit avion, très haut dans le ciel, qui semblait avoir commencé à suivre le cargo, quand les remorqueurs les ont pris en charge. Des remorqueurs télécommandés depuis un avion ? Peu vraisemblable... Un avion vole trop vite. Un drone télécommandant des bateaux, pense Fatima. De la science-fiction ! Mais pourquoi pas ?

L'évocation de Zelda dans les écoutes prendrait alors tout son sens : les terroristes auraient peut-être utilisé un drone de Zelda pour prendre le contrôle et guider les remorqueurs. Il faudra vérifier si c'est possible. La perquisition devrait pouvoir permettre d'en savoir plus.

À propos de drones, Fatima en revient à la mort de Brejanski. C'est sa mission. La seule. Trouver le meurtrier de ce patron américain. Et même si cela a un rapport avec un attentat gigantesque, ce n'est pas à elle d'y travailler. On verra bien s'il y a un lien.

La veille, le 8 octobre, l'enquête n'avait pas progressé. Les auditions des gens de Boromir Technologies n'avaient rien donné. La commission compétente n'avait toujours pas autorisé l'accès aux documents classés secret-défense de Zelda. Ni refus, ni approbation. Silence. Très long. Rien non plus sur le violon de la victime.

Noora n'était pas venue au bureau et Fatima n'avait pas voulu demander à Zemmour ce qu'elle était devenue. Malgré ses retrouvailles avec Léo, elle avait constaté que la jeune légiste lui manquait. Elle ? Attirée par une femme ? Impossible ! Sans doute son impertinence, qui en fait un interlocuteur digne d'elle. Oui, ça doit être cela.

En ce matin du 9 octobre, après s'être habillée d'une robe jaune et noire qu'elle n'avait plus mise depuis deux ans, et avant de partir pour le bureau, elle refait le point sur l'enquête :

Pour comprendre la mort de Brejanski, l'hypothèse d'un drone n'est plus à exclure : l'assassin aurait peut-être pu utiliser un minidrone, comme ceux qu'Alfred Zemmour a entrevus pendant la perquisition chez Zelda, pour pénétrer dans la chambre par la fenêtre. Encore faudrait-il qu'il soit aussi un drone tueur. Assez puissant pour envoyer une balle explosive et minuscule. Sans exploser avec le projectile. Et sans laisser de douille ni de trace... Mais existe-t-il ? Il semble que non. Et s'il existe, qui l'aurait manipulé ? Qui serait le tueur derrière le drone ? On en revient toujours là.

Elle regarde encore sur le Net et ne trouve rien de nouveau. Tous les sites répètent à l'infini ce qu'elle sait déjà : on connaît des drones bombardant des maisons ou touchant des voitures avec précision. Mais on ne connaît pas de drone capable de pénétrer dans une maison pour tuer quelqu'un avec une charge explosive ne faisant pas d'autres dégâts qu'à la victime et repartant sans laisser de trace. Est-ce possible ? Sûrement. En matière d'armement, il faut s'attendre à tout. Et à cela en particulier. Zimmer lui a dit que Zelda y travaillait, mais il a nié y être parvenu.

Qui en sait plus ? Elle cherche encore sur les réseaux. Elle a maintenant tout vu, pense-t-elle. Et Zemmour a dit avoir bien cherché aussi. Et on n'a trouvé personne parlant de tels drones.

Ah, non... Voilà qu'apparaît le nom d'un certain Stuart Russell, professeur d'intelligence artificielle à l'Université de Californie, à Berkeley, qui serait spécialiste de ces sujets. Qui lui en a parlé, déjà... ? Léo ! Bien sûr ! Comment a-t-elle pu l'oublier ? Elle aurait dû déjà chercher. Selon ce qu'elle lit de lui dans une des rares interviews qu'il a données, des drones tueurs seront bientôt faciles à produire. Et des drones tueurs minuscules, de la taille d'une balle de tennis, vont bientôt exister ! Oh, si petits ? Mais il ne dit pas quand ils existeront ni s'ils seront capables de tirer sans laisser de trace. Elle trouve aussi, bien cachée sur le Net, une brève vidéo dont il serait l'inspirateur, publiée en novembre 2017, où on voit de tels petits drones, volant en escadrille, en sortant d'un avion ou d'un camion. Terrifiant. C'est vraiment possible ? Si on en parlait déjà il y a un an, n'est-on pas aujourd'hui plus proche de leur réalisation ? S'ils existent, ce serait une partie de la réponse ! Ils auraient pu être télécommandés pour entrer et ressortir par la fenêtre entrebâillée de la suite du Crillon...

Pourquoi son équipe ne lui a-t-elle pas parlé de ce Russell ? Elle le cherche. Elle voit qu'il a passé une année sabbatique à Paris et qu'il n'en est parti que le mois dernier ! Elle qui ne croit pas aux coïncidences… Il faut absolument le trouver et l'interroger.

De toute façon, ne pas s'emballer. Si ces drones existent, ce ne serait qu'une faible partie de la résolution de l'énigme. Car, dans un crime, l'essentiel n'est pas l'arme du crime, mais celui qui la tient. Et là, on n'a personne.

9 h 10 du matin. Tard. Très tard. Elle s'arrache à son domicile. Tandis qu'elle roule vers son bureau, la radio relate, entre deux reportages sur les victimes françaises de Catane, les dernières péripéties des crises à travers le monde. La crise financière semble provisoirement sous contrôle. Le commissaire européen en charge de l'économie, Pierre Moscovici, déclare que « l'essentiel de la crise est derrière nous et les agents économiques doivent retrouver confiance dans l'avenir, qui n'avait d'ailleurs aucune raison rationnelle d'être entamée ».

En Algérie, les émeutes prennent de l'ampleur ; dans plusieurs villes, l'armée a tiré cette nuit sur des émeutiers. Des files interminables se pressent devant les consulats français pour demander un visa. En Californie, de nouveaux incendies massifs ravagent la Silicon Valley et en particulier la région de Sausalito. Tiens, pense Fatima, là où est le siège de Boromir Technologies, parmi d'autres.

Alors qu'elle atteint la place de Clichy et s'apprête à tourner vers le Bastion, un appel de Zemmour :

– Tu arrives ? T'as rarement été aussi en retard ! Tu vas bien ? Décidément, ton week-end a dû être bien fatigant.

— Je suis en route. Je suis là dans quinze minutes. Quoi de neuf ?

— Comme tu m'as demandé, j'ai trouvé le meilleur expert français…

— Ah, toi aussi, tu as pensé aux drones ? Moi, j'ai trouvé le meilleur expert mondial. Et on aurait dû le voir depuis le début ! Figure-toi qu'il a passé un an à Paris. Il y est peut-être encore !

— Non, de quoi tu parles ? Un expert de violon ! Un très grand luthier, comme tu m'avais demandé ! Pierre Jaffret, il s'appelle.

— Ah oui, le violon de Brejanski ! Je l'avais oublié, celui-là ! Et alors ?

— Et tiens-toi bien : il l'a reconnu !

— Comment ça, « reconnu » ?

— J'ai fait venir ce Jaffret et je lui ai montré le violon de Brejanski. Il l'a examiné et il s'est souvenu de la description d'un des plus célèbres de tous les Guarneri, qu'on appelait « le Strauss », parce qu'il appartenait depuis le début du xxe siècle aux Strauss, une famille d'industriels autrichiens dont un des fils était un grand violoniste et pour qui son père avait acheté cette merveille. Et c'est exactement celui-là, pense-t-il ! Il a cherché dans les archives de son maître, un luthier qui se nommait Vatelot, m'a-t-il dit, et que tout le monde considère encore comme le dieu des luthiers.

— Et alors ?

— Ce Vatelot lui avait parlé de ce « Strauss » comme du Moby Dick des violons. Le plus incroyable de tous, que tout le monde rêvait de posséder. Et qui n'est plus référencé, parce qu'il a disparu.

— Et comment il aurait pu arriver dans les mains d'un patron de la Silicon Valley, ce violon ?

— Mystère ! Passionnant mystère. On ne l'avait jamais revu depuis qu'il avait été confisqué par les nazis en 1938. On pensait qu'il avait été détruit pendant la guerre ou qu'il avait été conservé par un officier nazi amateur et sa famille, ou déposé par les Strauss dans le coffre d'une banque suisse et définitivement disparu. Comme d'ailleurs tellement d'œuvres d'art de juifs autrichiens. Tu ne peux pas savoir ce qu'il doit encore rester, dans les coffres des banques suisses ! Et chez les directeurs de ces banques !

— Bon alors, le violon ?

— La meilleure hypothèse, selon ce Jaffret, est que les nazis l'avaient laissé à Vienne et confié à l'orchestre de l'opéra ! Ils prenaient soin des violons, bien plus que des gens. Bref. Il aurait été retrouvé par un officier de l'Armée rouge à son entrée à Vienne, en avril 1945.

— Alors ? Que lui serait-il arrivé ensuite, à ce violon ?

— Les Soviétiques l'auraient emporté à Moscou. Et, d'après Jaffret, ils auraient pu le déposer au conservatoire de Kazan, où ils mettaient les choses les plus précieuses pendant la guerre, pour les éloigner du front. Cela explique ce qu'on a trouvé dans le téléphone d'Oleg.

— Et après la guerre ? La famille Strauss ne l'a pas réclamé ?

— Les Strauss ?... Non. Ils sont tous morts à Auschwitz. Ils auraient dû quitter Vienne quand il était encore temps. Ils avaient tous les moyens. Mais non, ils ont cru à l'indépendance de l'Autriche et tout ça... Ces Ashkénazes... Comment ont-ils pu être aussi optimistes ? On nous accuse, nous les Séfarades, d'être optimistes, mais eux, alors, ils n'ont rien vu venir.

— Vos histoires de famille, ce n'est pas le moment. Qu'est devenu le violon ?

— Jaffret raconte que Vatelot croyait qu'il était peut-être resté dans un conservatoire à Kazan. Il avait cherché à le voir, mais les Russes lui avaient dit qu'il n'y était pas. Vatelot ne les avait pas crus.

— Le violon serait donc resté en Russie pendant tout ce temps ?

— On n'en sait rien. Tout ça, c'est juste des hypothèses. Et ni Vatelot ni Jaffret n'ont jamais eu de preuve de son existence. On va demander à l'ambassade russe à Paris s'ils peuvent en trouver la trace. Cela confirme les échanges d'Oleg avec la mafia russe. En tout cas, le luthier est formel. C'est celui-là. Il est en excellent état, mais il n'a jamais été utilisé en concert, sinon cela aurait été su.

— Donc, interrompt Fatima, il a dû rester dans un conservatoire, avec un professeur ; puis volé par la mafia, qui l'aurait ensuite vendu à Brejanski. Bravo. Belles hypothèses. Ça colle avec Brejanski, qui avait encore des connexions avec la Russie, où était né son père. Il aurait pu l'acheter là-bas... Donc, le meurtre pourrait être une vengeance de descendants de cette famille ?

— Ou peut-être des mafieux à qui il l'a acheté, ou volé, qui sait ?

— Ça ne nous explique pas le mode opératoire, dit Fatima.

— Rien ne l'explique, fait remarquer Zemmour. Mais, pour une fois, on aurait une réponse à la question « qui ? » et pas à la question « comment ? ».

Fatima gare sa voiture devant le Bastion et continue sa conversation en entrant dans l'immeuble.

Elle prend l'ascenseur jusqu'au quatorzième étage. Le téléphone passe très bien dans l'ascenseur :

— Oui, ça nous change.

— Comme tu dis.

— Voilà donc des suspects en plus.

— Mais ceux-là ne seront pas faciles à trouver. Tandis que les autres, les Américains, on les a sous la main...

— D'ailleurs, tu as les résultats pour la perquisition chez Zelda ?

— On attend toujours l'accord du ministre pour consulter les dossiers qu'on a trouvés.

— Et il y a quoi dedans à ton avis ?

— Je n'ai pas pu voir grand-chose. Dès qu'apparaissait le tampon « secret-défense », on était bloqués, mais c'est sûrement des drones tueurs d'un genre nouveau. Je t'ai dit, j'ai juste pu voir une photo et un nom... comment déjà...

— Balrog.

— Oui ! Tu as bonne mémoire.

— Oui, encore un nom tiré du *Seigneur des anneaux*... Et où en sont les auditions ? Les Américains sont toujours en garde à vue ?

— Non...

— Comment ça, non ? Ils ne sont plus en garde à vue ?! Ils sont mis en examen ?

— Le juge Allard, tu le connais ? Plus lâche, tu meurs. Il dit qu'on n'a rien contre eux. Finalement, il a décidé de les libérer cette nuit !

— Tu aurais pu me prévenir !

— Pas grave, ils sont sous contrôle judiciaire avec interdiction de quitter le territoire et une grosse caution. Ce n'est déjà pas si mal. Le juge dit qu'il nous donne trois jours. Après, il les laisse repartir en Amérique... Eux, ils hurlent, à cause des incendies à Sausalito. Ils disent que toute leur firme est en danger, qu'ils doivent absolument partir. Le juge doit, à mon avis, avoir beaucoup de pression du Quai d'Orsay...

— Fais venir Kasperkg et Zimmer, je vais leur parler. Je dois comprendre.

— Je te dis qu'ils ne sont plus en garde à vue.

— Je sais ! Je veux les interroger quand même ! Je peux, non ?

— Oui, mais dans le cabinet du juge et...

— Et c'est par lui que devront passer mes questions, je sais... Je connais ma procédure. Dis à Allard que je veux les voir cet après-midi, s'il daigne bousculer un peu son emploi du temps.

Fatima sort de l'ascenseur et continue à parler en avançant vers le bureau de Zemmour :

— Écoute le plus important : j'ai trouvé quelqu'un qui sait tout sur les drones tueurs. Je ne comprends pas que tu ne l'aies pas vu quand je t'ai demandé d'enquêter sur les drones. Et pour lui, c'est un jeu d'enfant que d'en fabriquer ! C'est un professeur de Berkeley. Il s'appelle Stuart Russell. Et figure-toi qu'il était à Paris depuis un an ! Il y est peut-être encore.

— Ah ? Bizarre. On aurait dû le repérer !

— Je ne te le fais pas dire ! Et si ça se trouve, il connaît Zelda ! dit Fatima en ouvrant la porte du bureau de Zemmour, surprenant Noora, penchée sur le téléphone, écoutant leur échange.

Zemmour reste figé, le téléphone à la main. En le voyant, Noora, tout habillée de noir, avec un incroyable décolleté, esquisse un imperceptible sourire de défi et se rapproche encore de Zemmour.

Furieuse, Fatima ressort du bureau en claquant la porte. Comment son adjoint peut-il se conduire de façon si puérile et si peu professionnelle ! Permettre à une inconnue d'écouter leurs conversations, sans la prévenir, en plus ! Zemmour la rejoint dans le couloir. Fatima lui murmure :

— Comment tu peux la laisser écouter nos conversations ?

— Mais enfin, c'est normal ! Elle travaille avec nous à l'enquête ! Pourquoi tu t'énerves contre elle ? En réalité, tu t'en veux d'être attirée par elle !

— Qu'est-ce que tu racontes !

— Avoue que t'es devenue homo ! T'as plus de mec depuis quand ? Hein ? Ce week-end, c'était pas avec un mec ! Ça, j'ai compris ! Belle comme t'es, si t'as plus de mec, c'est que tu n'en veux pas. Il faut te l'avouer.

Fatima se retient de lui parler de Léo...

— Ce n'est pas tes affaires ! Retourne travailler et ne me fais plus ça !

— D'accord, si tu le prends comme ça.

— Je le prends comme je veux ! Préviens le juge que je veux le voir cet après-midi, avec les Américains. Je déciderai lequel j'ai besoin d'interroger.

— Bien, commissaire, dit Zemmour en mimant une révérence boudeuse.

— Ça suffit ! dit Fatima en rentrant dans son bureau. On commencera par Kasperkg. C'est le plus suspect. Son logiciel de recherche de comportement hostile, ça doit avoir un rapport avec le meurtre de son associé.

Zemmour la suit, mais reste appuyé sur le chambranle de sa porte, à moitié dedans, à moitié dehors.

— Pour moi, c'est Zimmer, le coupable.

— Pourquoi tu dis ça ?

Zemmour prend la pause et se met à déclamer :

— « Affaire toute simple, je vous le répète. Je ne suis pas plus intelligent qu'un autre, monsieur. Mais je peux dire que vous, en revanche, vous m'avez déçu, par votre amateurisme, en laissant derrière vous des indices de toutes sortes, à la pelle : le mobile, l'opportunité. Et pour un homme de votre intelligence, monsieur, vous vous êtes empêtré jusqu'au cou dans vos mensonges. Une vraie désolation ! »

— C'est quoi, ça encore ?

— Columbo, dans l'épisode *Jeu de mots*.

— Ça veut dire quoi ?

— Mobile, il en a un : Brejanski ne voulait plus racheter Zelda et lui en rêvait ; opportunité, il en a une : en télécommandant un drone tueur qu'il aurait apporté à l'hôtel.

— Oui, mais quand l'aurait-il apporté ? Non, ton hypothèse ne tient pas.

— Pas encore, je le reconnais.

Fatima se dit que Zemmour a peut-être raison. Elle cherche dans sa mémoire. Quelque chose, là, d'important y est enfoui… Mais quoi… ? Un détail de sa première conversation avec Kasperkg… Y revenir plus tard. Elle trouve facilement Russell à Berkeley, sur le site de l'université, et prend contact par mail avec lui. Il répond à 14 heures : il vient de rentrer aux États-Unis, après un an à Paris, et il est à New York. Elle lui explique qui elle est. Très aimable, dans un français parfait, en tout cas à l'écrit, Russell lui dit qu'il connaît très bien Boromir et Zelda. Non, il n'a jamais rencontré les patrons de Zelda. Difficile d'imaginer qu'il soit mêlé au meurtre : il était à New York ce jour-là. Mais là, il ne peut parler davantage, il doit commencer une journée de séminaire. Rendez-vous est pris pour parler demain à la même heure sur FaceTime. Un mois aux États-Unis… Facile à vérifier. Il ne peut être le coupable.

À 15 heures, Fatima reçoit un appel de la secrétaire du président :

— Il a reçu des nouvelles de quelqu'un qui vous est proche. Il pense que cela vous intéressera de le savoir. Je vous le passe.

Le cœur de Fatima bat plus vite. La communication met du temps à s'établir. Fatima n'aime pas la musique d'attente. Puis, la voix du président :

— Bonjour madame. Comment allez-vous ?

La voix est encore plus faible qu'hier. Il continue :

— Léo et Simmel sont arrivés en Libye. Ils ont pénétré le réseau du Tigre en lien avec leur quartier général, qui est au Pakistan.

— Au Pakistan, le pays d'où vient Al-Djibra !

— Exactement. Et c'est bien le Tigre qui est derrière l'attentat de Catane !

— Vraiment ? Ils ont les moyens de faire ça ?

— Oui, et plus encore. Selon Léo, ils devaient en réalité commettre un attentat à Marseille, qu'ils ont annulé au dernier moment en raison de la surveillance que nous y avons installée ; ils se sont réorientés vers Catane. Mais, selon eux, ce qu'ils ont fait à Catane n'est qu'une petite partie du projet initial, qui reste actif. Ils préparent un autre attentat dans un port, quelque part en Méditerranée, dans lequel le bateau-suicide n'est qu'un élément parmi d'autres, qui devra créer le chaos dans la ville avant l'attentat principal.

— Un autre attentat dans un port… ? J'ai entendu dire qu'il y aurait une réunion de ministres de la Défense de l'OTAN, à Gênes, vendredi prochain, dans trois jours. Ce serait une belle cible.

— En effet. Nous avons décidé pour le moment de la maintenir, car sinon la couverture de Léo tombe et il se ferait tuer. Ils ont donc encore trois jours pour trouver la cible et arrêter ça. On annulera la réunion au tout dernier moment s'ils n'y parviennent pas. Je vous tiens au courant. La cible peut encore être Marseille. Nous y avons réduit la surveillance, en tout cas visible ; mais les troupes sont prêtes à tout.

— Et pourquoi font-ils ça ?

— Léo ne m'a pas dit. Il pense ne pas avoir encore trouvé les vrais commanditaires. Et que le Tigre n'est qu'un mercenaire.

Fatima, sentant que le président veut conclure, glisse :

— Monsieur le président, je ne vous aurais pas dérangé pour cela, mais, puisque je vous ai au téléphone, pour les scellés de ma perquisition ? J'aurai les autorisations de les ouvrir ?

Le président a déjà raccroché.

Une heure plus tard, quand elle arrive dans le bureau du juge, il est déjà avec Kasperkg. Elle est furieuse. Qu'est-ce que ce juge a pu lui dire en son absence ?

Kasperkg a l'air nerveux, inquiet. Très différent du jour de la mort de son associé. Presque apeuré. Il porte, cette fois, un nœud papillon à damier jaune et noir. Fatima reprend à son compte l'interrogatoire.

— Parlez-nous de votre nouveau projet, ce logiciel de prédiction nommé IS, dont vous nous aviez caché l'existence. Vous cherchez quoi, exactement ?

Kasperkg hésite à répondre. Comme s'il cherchait ses mots :

— Nous cherchons à donner à une intelligence artificielle les moyens de comprendre ce que les hommes veulent, à partir de tout ce qu'ils ont dit, écrit. Nous pensons qu'on peut, en analysant tous les écrits, tous les actes de quelqu'un sur les réseaux sociaux, depuis qu'il existe ces données, qu'on peut comprendre assez de la personnalité de quelqu'un pour anticiper son comportement. Et en particulier son comportement hostile à l'égard d'une personne ou d'une institution précise. Il y a beaucoup de tentatives en ce sens. Certains cherchent à prédire les conflits armés par l'analyse sémantique de tweets géolocalisés. Mais c'est très difficile. Il faut décider quoi privilégier dans une arborescence de graphes...

— Et vous pensez que vous avez réussi ?

— Oui, nous pensons pouvoir anticiper certains comportements hostiles. Enfin, un grand nombre d'entre eux ; avec beaucoup d'avance. Tout est sous contrôle.

— C'est vertigineux, si c'est vrai, dit le juge en pianotant sur son bureau avec son crayon. C'est comme dans *Minority Report*.

— Pas exactement. Nous devinons la logique de l'avenir. Nous ne voyons pas l'avenir. Nous anticipons des structures de comportement et la probabilité de leur matérialisation. Rien de plus.

— Vraiment ? intervient Fatima. Alors pourquoi vouloir racheter Zelda, si ce n'est pas pour trouver une façon d'agir contre les ennemis ainsi détectés ?

Kasperkg semble touché. Il réagit en se levant, puis se rassied, rajustant encore son papillon.

— Ah non, pas du tout ! Notre intelligence artificielle n'est pas une arme. C'est un instrument de diagnostic. Et le rapprochement avec Zelda vise seulement à aider Zelda à améliorer ses logiciels de commande autonome des drones. C'est très logique. Nos logiciels peuvent aider à la circulation des drones dans les encombrements. Aucun rapport avec IS.

Mais alors ? L'IS peut guider un drone de Zelda ? Fatima va rétorquer, quand le juge l'interrompt :

— Madame la commissaire, laissez-moi conduire l'interrogatoire, si vous voulez bien. Monsieur Kasperkg, je vous remercie.

Kasperkg se montre surpris, puis sort, plus nerveux que jamais.

Fatima est furieuse. Elle se lève.

— Vous…

Le juge l'interrompt :

— Vous vous acharnez. Et vous n'avez rien contre eux. Si dans quarante-huit heures vous ne trouvez rien, je les laisse repartir. Je reçois dix appels par jour de leur ambassade ! Ça me suffit. Ah, à propos, la Commission de contrôle du secret-défense a transmis un avis négatif ; et le ministre a refusé de vous laisser avoir accès aux documents de Zelda. Vous n'aurez rien. Je sais, c'est triste, mais c'est comme ça. Le secret-défense, c'est notre ennemi et il gagne toujours.

Le président devait le savoir lorsqu'il l'a appelée tout à l'heure… C'est même lui qui a dû le décider. Pourquoi ? À quoi joue-t-il ?

— Et pour ce qui est de monsieur Zimmer, monsieur le juge ?

— Oui, quoi ?

— Vous voulez aussi le voir avec moi ?

— Mais non, il n'est pas mis en examen ni en garde à vue. C'est un témoin ; voyez-le seule. Et avec courtoisie, s'il vous plaît.

— Mais comme d'habitude, monsieur le juge.

Folle de rage, Fatima retourne à son bureau. Elle n'a pas pu poser à Kasperkg la seule question qui compte : est-il possible d'utiliser le logiciel IS pour donner des instructions à un drone de Zelda ? Il va falloir prévenir Zemmour. Il a demandé à partir tôt, ce soir.

À 18 heures, Zimmer arrive au Bastion. Il regarde sans cesse sa montre. Fatima note qu'il n'est pas rasé. Le patron de Zelda semble très préoccupé.

— Je ne vais pas rester très longtemps. J'ai de gros soucis. Vos perquisitions, ça me crée plein de problèmes. Mes équipes sont très désorientées et se demandent ce qu'on aurait pu faire de mal. Elles craignent la diffusion dans la presse du contenu de nos recherches et de nos brevets.

— Rassurez-les. Je n'ai pas obtenu le droit d'avoir accès aux documents et aux prototypes qu'on a saisis chez vous ; on va vous les rendre.

Le visage de Zimmer s'éclaire :

— Sans les ouvrir ? Sans les voir ? Sans les lire ?

— Malheureusement oui. Mais cela ne m'empêche pas de vous demander : à quoi travailliez-vous avec Brejanski ?

— Ce n'est pas avec lui que je travaillais ; je ne l'ai jamais vu.

— Avec qui, alors ?

— Je ne travaillais qu'avec Kasperkg.

— Ah, vous n'aviez jamais rencontré Brejanski ?

— Non, je devais voir Brejanski pour la première fois le jour de son arrivée, mais, ce jour-là, Kasperkg m'a dit que Brejanski était fatigué, alors je suis reparti de l'hôtel sans le voir.

Fatima bondit :

— Comment ça, vous êtes reparti de l'hôtel sans le voir ? Vous voulez dire que, le jour de l'arrivée des Américains à Paris, le jour du meurtre, vous étiez à l'hôtel Crillon ?

Frédéric Zimmer se lève :

— Je n'ai rien dit de tel ! Et je ne parlerai plus ; trop fatigué, avec vos histoires ! Je rentre chez moi.

Si vous avez besoin de moi, je reviendrai avec un avocat !

Fatima, alors, se souvient : Zemmour a dit avoir vu une photo d'un prototype de drone rouge sur les documents secrets de Zelda. Et Kasperkg avait, le soir du meurtre, parlé du drone rouge de Zelda. Or tous les drones commercialisés par Zelda sont noirs ou gris. Zimmer avait donc dû apporter ce soir-là un drone nouveau.

Neuvième jour

Le mercredi 10, à l'aube, Fatima se réveille avec enthousiasme. D'abord, et c'est le plus important, elle va retrouver ses deux garçons en fin d'après-midi. Après dix jours de séparation. Et quels dix jours ! Une nouvelle enquête sur un crime exceptionnel, un voyage éclair au fin fond du Brésil, les retrouvailles avec Léo, l'attentat le plus meurtrier de l'histoire, peut-être relié au meurtre qu'elle doit élucider... Elle chasse de cette liste sa rencontre avec Noora, comme si elle refusait d'accepter qu'elle puisse avoir de l'importance...

Hier soir, comme par inadvertance, Frédéric Zimmer, le patron de Zelda, a lâché qu'il était venu à l'hôtel de Crillon dans l'après-midi du 2 octobre et qu'il y avait rencontré Vince Kasperkg, quelques heures avant la mort d'Oleg Brejanski... Il avait voulu partir. Elle l'avait retenu. Elle avait continué son interrogatoire et l'avait bousculé : pourquoi cette visite ? Le Français et l'Américain s'étaient-ils déjà rencontrés avant ? Et si cette visite était sans importance, pourquoi l'avoir dissimulée ? Avait-il apporté un drone ? Un drone rouge, avait lâché Kasperkg le soir du meurtre, donc un prototype, puisque tous les drones de Zelda sont noirs... ! Zimmer avait gardé le silence. Faut-il signaler au juge que Kasperkg a menti ? Placer Zimmer en garde à vue ? Elle avait voulu en parler à Zemmour. Il était parti tôt, pour une fois. Après une heure et demie de vaines questions, elle avait laissé Zimmer s'en aller, convaincue qu'elle en apprendrait plus en le faisant revenir qu'en le gardant.

Tout à l'heure, elle va s'entretenir avec ce Stuart Russell qui a demandé à avancer leur appel à 10 heures du matin à Paris, soit 4 heures à New York, d'où il doit s'envoler à l'aube pour la Californie, où sa maison d'Oakland est menacée, écrit-il, par les incendies. Elle veut tout apprendre de lui sur les drones tueurs et sur la façon dont ils utilisent, ou utiliseront, l'intelligence artificielle. Ainsi, elle pourra mieux cerner les liens entre Boromir et Zelda, au cœur de l'énigme dont elle a la charge.

Elle prend le temps, après sa gymnastique, de choisir ses vêtements : un tailleur bordeaux, un chemisier beige, des bas, des talons, un collier. S'apprêter pour plaire à qui ? Elle écarte la question.

À 8 heures, alors qu'une voiture de service la conduit vers son bureau, en passant porte de Clichy, elle écoute les radios : les émeutes à Alger prennent de l'ampleur ; les incendies en Californie ont atteint Oakland, Tibujon et Sausalito ; et, bien sûr, les suites de l'attentat de Catane se disputent les gros titres.

Même si, après quatre jours, l'attentat n'ouvre plus seul les flashes d'information.

Dans le port, on commence à fouiller les épaves. On y trouve encore de nombreux cadavres. Noyés. Déchiquetés. Calcinés. On continue d'égrener des récits poignants de familles de disparus. Tant d'histoires tragiques, de vies interrompues. On comprend que, en plus de l'antagonisme entre riches et pauvres, l'attaque a mis en scène une opposition de générations : le bateau de croisière recrutait avant tout des passagers du troisième âge, tandis que le bateau de migrants n'abritait que des adolescents et des enfants. Tel est bien l'opposition entre l'Occident vieillissant et l'Afrique en devenir… Qui a pu concevoir aussi finement un tel attentat ? Toujours pas de revendication.

Le troisième remorqueur – comme les hommes qui se trouvaient à son bord – reste introuvable. À douter même qu'il ait jamais existé.

Les commentateurs se perdent en conjectures : il a bien fallu que des hommes montent à bord du *Ripols*, à un moment ou à un autre, pour mettre en place les câbles qui l'ont tracté. Selon trois jeunes migrants rescapés, un peu plus âgés que les autres, il n'y avait d'ailleurs jamais eu d'équipage à bord du *Ripols*. Le cargo était tracté depuis son départ du port de Benghazi par deux remorqueurs. Cela ne les avait pas choqués. Ils avaient au contraire eu le sentiment d'être entre de bonnes mains. Sauf que, très vite, ils avaient compris qu'il n'y avait plus personne non plus à bord de ces remorqueurs ou, en tout cas, que leurs équipages se cachaient bien. Ces survivants confirment que le *Ripols* était survolé en permanence par un tout petit avion, très haut dans le ciel. Ou un drone.

Après deux heures de mer, disent-ils, vers minuit, le 6 octobre, les deux remorqueurs, qui fonçaient vers le nord, auraient bifurqué vers l'est et longé la côte sicilienne ; puis ils auraient viré à bâbord, pour se rapprocher d'un port. Les passagers du *Ripols* auraient applaudi, pensant qu'on allait les débarquer en Italie et qu'ils seraient bientôt tous recueillis en Europe. Mais dès qu'ils avaient compris que les remorqueurs ne ralentissaient pas en approchant du port, et même qu'ils prenaient de plus en plus de vitesse, la plupart des enfants avaient hurlé ; certains des plus âgés avaient essayé de prendre le contrôle du bateau, mais ils n'avaient pas trouvé de moyens d'entrer dans la cabine de pilotage. Ni dans la salle des machines. Ils avaient ensuite essayé de détacher les câbles de remorquage, mais ils n'y étaient pas parvenus. C'est là que plusieurs avaient sauté à la mer, en pleine nuit, dans l'obscurité. Jusqu'au choc et à l'explosion ; ou plutôt aux explosions, car ils confirment qu'ils ont vu des éclairs de feu partir des remorqueurs vers le *Costa Fascinosa*, y exploser et y ouvrir deux voies d'eau juste avant l'impact.

Alors ? On n'exclut plus que ces remorqueurs aient été télécommandés depuis le début par un drone très puissant, qui les aurait suivis à faible altitude et que les enfants auraient pu prendre pour un avion lointain. Ce serait donc un premier cas de bateau-suicide, tracté par deux bateaux eux-mêmes télécommandés par un drone. Trois bateaux sans équipage !

Cela colle avec l'hypothèse d'un terroriste expert en informatique. Et avec la mention, dans les écoutes, de Zelda, une des plus grandes firmes mondiales de drones. Et Whitman ? Mystère...

Mais alors, pourquoi personne ne revendique rien ? Toutes les hypothèses sont avancées : le retour d'Al-Qaida ? D'ISIS ? Ou un de ces groupes fondamentalistes écologistes et antimondialistes dont on commence à parler ? Pourquoi ce silence ?

Après tout, pense-t-elle, il fait peut-être partie du plan des terroristes : une revendication aurait eu pour résultat de cristalliser les craintes, alors que l'incertitude les aggrave. S'il est volontaire, ce silence est finement calculé. Rien n'est plus déstabilisant qu'un ennemi non identifié.

Le Canard enchaîné, paru ce matin, confirme que les services secrets français étaient au courant qu'un attentat très important se tramait. Mais ils pensaient qu'il aurait lieu à Marseille, où des précautions considérables avaient été prises. Et ils avaient négligé de prévenir Interpol, et *a fortiori* leurs collègues italiens. Le gouvernement de Rome demande de nouveau des explications au gouvernement français. Qui ne répond toujours rien.

Fatima continue de parcourir tous les sites de nouvelles. Elle craint de voir apparaître les noms de Léo Salz et de George Simmel, et qu'on annonce leur mort. Mais non... Et toujours rien non plus sur le Tigre ni sur Al-Djibra.

Au moment où elle s'apprête à sortir de la voiture, devant l'immeuble de la police judiciaire, elle remarque, sur le site du *Monde*, une nouvelle publication, en ligne depuis 4 h 36, sous la signature du même Bilbon Sacquet, comme il y a deux jours ; il explique qu'un seul drone existant sur le marché pouvait commander des remorqueurs depuis une telle altitude et pendant si longtemps, et les guider aussi finement à l'intérieur d'un port : le plus puissant des drones de Zelda, en utilisant les logiciels de guidage et de prédiction de trafic de Boromir Technologies.

Voilà que le crime sur lequel elle enquête vient se placer au centre de l'événement le plus étudié sur la planète ! Ennuyeux, car cela va attirer l'attention d'un nombre considérable de médias... Il va devenir difficile de continuer sereinement son enquête...

Fatima entre dans l'immeuble, monte dans l'ascenseur, pénètre dans son bureau et appelle Zemmour, qui rentre et remarque :

— T'es très élégante, aujourd'hui ! C'est pour moi que tu t'es faite belle ?

— Arrête ! Tu as vu l'article dans *Le Monde* ?

— Bien sûr !

— Encore ce Bilbon Sacquet ! Il mêle maintenant Boromir et Zelda à l'attentat de Catane ! On va avoir tout le monde sur le dos. La presse et les politiques ! On n'avait pas besoin de ça ! Quelqu'un se moque de nous ? Comment a-t-on pu laisser *Le Monde* publier ça ? Ils auraient dû nous prévenir !

— On les a appelés. Ils disent que c'est un stagiaire, en charge du site pendant la nuit, qui a fait ça ; et après, ils n'ont pas osé l'enlever, de peur d'intriguer davantage. Mais là, j'ai insisté, ils vont l'enlever.

— Assure-toi que c'est fait ! Et on a trouvé d'où il venait, cet article ?

— Non. On cherche.

— Ça doit pas être si compliqué !

— Ben, apparemment si. Celui qui a fait ça sait très bien gérer les réseaux et organiser son anonymat. Il a envoyé l'article sur un blog du *Monde* depuis une adresse sur Telegram.

— Dis-moi, reprend Fatima, on a fait une erreur depuis le début.

— Quoi ?

— On a oublié de demander aux Américains de Boromir ce qu'ils avaient fait avant le dîner, le jour du meurtre.

— Ben non, on n'a pas oublié…

— Comment ça ?

— Je le leur avais demandé avant que tu n'arrives à l'hôtel ! Tu me prends pour un amateur ? Tu es douée, mais tu débutes ! Apprends les bases d'abord : tout savoir de l'agenda des gens ! Leur avion, privé, a atterri au Bourget à 16 h 40. Le temps d'aller à l'hôtel et de s'installer, ça nous met à 17 h 50. J'ai vérifié ça avec les taxis qui les ont pris en charge… Ils ont dîné à 18 heures À cause de la fatigue du vol et du décalage horaire. Pas le temps de faire grand-chose entre-temps.

— Très bien. T'aurais pu me le dire.

— T'aurais pu me le demander.

— Pas faux ! Tu pourrais vérifier si Kasperkg n'aurait pas vu Zimmer, juste à leur arrivée.

— Zimmer ? Le patron de Zelda aurait été au Crillon au moment du crime ?

— Exactement. Zimmer m'a avoué hier soir qu'il attendait les Américains à leur arrivée et qu'il a vu au moins Kasperkg.

— Non !

— Si ! Je me demande même si Zimmer n'avait pas apporté un de ses nouveaux drones pour faire une démonstration et voir comment réunir ses drones et le nouveau logiciel de Boromir.

— Comment ça ?

— Écoute, je ne sais pas. Je l'ai interrogé, il n'a rien dit. Mais si tu as un logiciel qui te désigne ton ennemi et une arme qui te permet de le mettre hors d'état de nuire, tu peux penser à te servir du premier pour détruire le second, non ? Voilà qui justifierait le rapprochement des deux boîtes, bien plus que les histoires de complémentarité financière ou de gestion d'embouteillages qu'ils nous servent depuis une semaine ! Vérifie donc au moins s'ils se sont vus. Quelqu'un s'en souvient peut-être au Crillon. Vas-y. Pour moi, ce Zimmer devient aussi suspect.

— Évidemment ! Plus que suspect ! Tu viens avec moi ?

— Non, vas-y avec Noora, moi j'ai un rendez-vous avec New York.

— Tu repars ?

— Un rendez-vous téléphonique. Maintenant. Avec Stuart Russell.

— Ah oui, ton nouveau gourou ! C'est pour lui que tu t'es faite toute belle, ou pour Noora ?

— C'est malin ! Tiens, justement, c'est lui qui m'appelle.

Le visage de l'Américain, mince et jovial, apparaît sur l'écran de son téléphone. Des yeux clairs, une chemise à carreaux, sans cravate, un pull en V. L'allure typique du professeur d'université américaine.

— Bonjour, dit-il en français, avec un accent plus anglais qu'américain. Comment allez-vous ?

— Bien, et vous ?

— J'irais mieux si ma maison à Oakland n'était pas entourée par les flammes. Ils disent que cela va se calmer. J'espère arriver à temps pour y récupérer des affaires avant que les pilleurs ne nous dévalisent.

— Alors, je vous remercie plus encore de trouver le temps de me répondre si tôt le matin.

— Je vous écoute.

— On peut parler en anglais, si vous préférez.

— Non, non. Je viens souvent à Paris. Je viens d'y passer un an, alors mon français reste correct. Et j'adore le parler. Allez-y.

— Comme je vous l'ai écrit hier, je suis la commissaire Fatima Hadj de la police judiciaire française et nous enquêtons sur le meurtre à Paris d'un de vos compatriotes, M. Oleg Brejanski. Vous en avez entendu parler, je suppose ?

— Ce n'est pas tout à fait mon compatriote, car je suis britannique. Mais j'en ai évidemment entendu parler. Le patron de Boromir Technologies. Sa mort fait beaucoup de bruit dans la Valley ! On dit que Paris est devenu invivable pour les Américains, ce qui est absurde. Mais en quoi puis-je vous être utile ? Je suis surtout spécialiste des drones. Pas des crimes. Et quel rapport entre Boromir et les drones ?

— Boromir cherchait à racheter une boîte française de drones, Zelda.

— Ah ? C'est confirmé ? Je pensais que c'était juste une rumeur infondée. C'est très malin !

— Pourquoi ?

— Parce que l'avenir des drones passe par l'intelligence artificielle ; donc par des logiciels du type de ceux de Boromir. Il y a d'ailleurs déjà des drones commandés par des logiciels d'intelligence artificielle qui déterminent où ils peuvent aller, en fonction du trafic aérien, de la météo, etc. Comme pour les véhicules terrestres. Il est donc normal qu'une entreprise produisant des drones s'intéresse à une entreprise d'intelligence artificielle.

— Je comprends. Mais sans doute pas seulement pour gérer des embouteillages ! Et une entreprise de drones militaires, en quoi aurait-elle spécialement besoin d'intelligence artificielle ?

— Pour beaucoup de choses : pour améliorer la pertinence de leurs rondes de surveillance, par exemple.

— Non, je parle des drones armés. En quoi se servent-ils d'intelligence artificielle ?

— Oh, de bien des façons. Laissez-moi vous expliquer. Il y a de nombreux drones tueurs terrestres, maritimes et aériens. Depuis longtemps, même. Les premiers drones tueurs aériens étaient télécommandés à la main, puis par des pilotes assis dans des cabines.

— Je sais tout cela, dit Fatima.

— Bien ! Donc vous savez que les présidents américains successifs, continue Russell, ont envoyé des milliers de drones pour tuer des terroristes ou diverses sortes d'ennemis au Moyen-Orient. Ces drones étaient, et sont toujours, pilotés depuis les États-Unis, en particulier depuis une base dans le Nevada, pas loin de Las Vegas.

— Je sais tout cela aussi. Les Français le font aussi. Et des terroristes, depuis longtemps ; d'abord en Syrie, puis en Irak, puis partout dans le monde, comme on l'a vu il y a six mois à La Haye. Comment se les procurent-ils ?

— Ils sont presque tous en vente libre. Les plus sophistiqués, on les trouve sur le Darknet. Pour l'instant, ils tirent des bombes ou des missiles. Demain, ils tireront juste de minuscules quantités d'explosif, qui pourraient même se transformer en une balle pendant le refroidissement au cours de la trajectoire.

— Donc, des balles sans douille. Tirées par un drone qui pourrait ensuite s'éclipser ?

— Pas pour l'instant. Car on ne voit pas comment un drone tirant des balles explosives pourrait ne pas être détruit aussi pendant l'explosion. Mais on y arrivera sûrement bientôt.

— Et qu'est-ce qu'ajoute, ou ajoutera, l'intelligence artificielle à ces drones ? Seulement la gestion des trajectoires ?

— Bien plus encore ! Les drones devenus intelligents peuvent repérer et sélectionner des cibles, matérielles ou humaines, d'une façon automatique, selon des critères fixés à l'avance. Et tirer. On peut ainsi imaginer de minuscules drones tueurs allant exploser au visage de quelqu'un dont le drone aurait enregistré la photographie et la localisation approximative.

— J'imagine que ce seront des armes très complexes, réservées aux plus grandes armées du monde ?

— Détrompez-vous ! Ce type d'armes sera même plus simple à développer qu'un véhicule autonome. Un amateur pourrait même en fabriquer dès aujourd'hui. Les armées et les industriels le nient, parce que c'est contraire à leur intérêt. Ils disent que c'est de la science-fiction. Mais c'est réel. Et on pourra faire bientôt beaucoup plus encore.

— Comment ça ?

— Par exemple, on pourra ordonner à une escadrille de drones largués d'un avion ou d'un camion : « Vous allez me tuer toutes les personnes qui sont de telle couleur de peau, dans tous les Starbucks de la Troisième Avenue à New York. » Ils le feront.

— C'est possible ?

— Oui, on dispose de toutes les technologies pour y parvenir : la reconnaissance faciale, la navigation et le vol autonome.

— Des firmes y travaillent ?

— Beaucoup ! Plusieurs firmes travaillent à relier des drones tueurs et des logiciels. Tenez, par exemple, Zelda, la firme française dont on parlait tout à l'heure, travaille à de minuscules giravions capables d'explorer et de manœuvrer à grande vitesse en zone urbaine et à l'intérieur de maisons. L'américain Northrop Grumman, le britannique BAE Systems, le chinois Leshan Intelligent System et l'israélien IAI ont, dans leurs cartons, des drones aériens capables d'être à la fois autonomes et tueurs. Et de naviguer dans des environnements très encombrés.

Fatima se dit que ce Russell en sait plus sur Zelda que tout ce que le secret-défense essaie de lui cacher !

— Quelle taille auront ces drones ?

— Minuscules. Moins de 10 cm de diamètre et moins de 5 d'épaisseur.

— Arme et hélices comprises ?

— Oui.

— Incroyable ! Des tueurs de la taille d'un petit oiseau.

— Oui, d'une grosse orange. On peut parfaitement imaginer qu'un jour un tel drone pénètre dans un bureau et tue une personne précise.

— Effrayant. Cela peut se glisser partout et passer par une fenêtre entrouverte ?

— En effet. Il faudrait une ouverture de dix centimètres au moins… On peut encore imaginer que des drones tueurs de ce genre débarquent un jour dans une réunion du G20 et tuent tous les dirigeants du monde. Ou qu'ils tirent sur la piscine d'une centrale nucléaire.

— Et s'en aillent, sans se faire voir ?

— Pas pour le moment, mais sûrement un jour. Le ministère de la Défense américain a fait déjà voler une escadrille entière de drones en formation serrée pour une prétendue « mission d'information ». En fait, j'imagine que c'étaient des manœuvres pour préparer un jour des bombardements massifs par drones. Vous imaginez les dégâts que peuvent causer cent drones arrivant par surprise en même temps en un même lieu ? En visant spécifiquement toutes les personnalités présentes ? Ou une usine chimique ? On peut aussi imaginer des camions remplis de milliers de tels drones tueurs, se garant en pleine ville et les lâchant. Personne n'aurait le temps de se mettre à l'abri. Et si vous voulez mon avis, Zelda est une des firmes les mieux placées au monde pour y parvenir un jour.

— C'est pire que ce que j'imaginais…

— Cela ira plus loin encore ! D'autant plus que l'obsession des armées modernes est de minimiser les pertes humaines dans leurs rangs. Ce seront donc bientôt des armées de robots apprenants qui s'opposeront, en utilisant toutes les données produites pendant la bataille, pour permettre à leurs systèmes de devenir plus intelligents au fil des jours de combat.

Et puis, une idée vint à Fatima :

— Un de ces drones tueurs pourrait-il échapper à ceux qui le commandent ?

— En principe, non, mais un drone doté d'une capacité de tuer, qui sentirait qu'une menace peut l'empêcher de réaliser sa mission, quelle qu'elle soit, pourrait décider de tuer ceux qui se mettent en travers de sa route, même si sa mission est seulement d'aller chercher un café ! À condition qu'on ne lui ait pas explicitement interdit de tuer.

— Et on saurait les arrêter ? On saurait arrêter un drone fou ?

— Ce n'est pas un drone fou ; c'est un drone qui obéit à la logique qu'on lui a donnée.

— Donc, pour vous, un robot est nécessairement logique et ne fait qu'obéir aux ordres reçus ?

— Oui. Pour atteindre les objectifs qu'on lui a fixés, il pourrait télécharger toutes les données de tous les crimes du monde, lire tous les livres de psychologie, tous les romans et commettre un meurtre sans se faire prendre. Il pourrait aussi pousser quelqu'un à se suicider, ou un humain à en tuer un autre, en lui donnant une bonne raison de le faire. Ou même déclencher une guerre mondiale, si c'est conforme aux objectifs qui lui ont été fixés.

— Une guerre mondiale ?!

— De mille façons ! Par exemple, un robot pourrait, si on lui en a donné la mission, imiter sur les réseaux la voix et l'image du président d'un pays et annoncer qu'il vient de lancer une arme nucléaire ou une cyberattaque contre un autre pays. Déclenchant ainsi automatiquement des représailles. Il serait absolument impossible de discerner, avant des heures, que l'annonce est fausse et la guerre serait immédiate.

— Brrr. On n'en est pas encore là...

— Mais dans pas longtemps. De fait, des cyberattaques entre Russes, Américains et Chinois, il y en a tous les jours. Sauf si on met en place une gouvernance qui empêche ce genre d'aventure.

— Personne n'y travaille ?

— Tout le monde y travaille, vous pensez bien. Mais avec peu de succès pour le moment. D'abord, on travaille aux logiciels qui pourraient interdire aux drones tueurs de se retourner contre ceux qui les ont envoyés. Ensuite, on travaille aux moyens d'arrêter les drones tueurs.

— Ah, oui ! Je suppose qu'il y a de nouveaux boucliers, face à ces nouvelles épées ?

— Pas encore, en fait... L'armée américaine a lancé récemment un concours, le « Hard Kill Challenge », pour trouver des moyens d'arrêter ces drones tueurs.

— Et on a trouvé ?

— Un fiasco ! Certains ont proposé d'utiliser des aigles ; d'autres des lasers ; d'autres d'installer des filets pour arrêter les drones ; d'autres encore d'utiliser des logiciels de prédiction, pour guider d'autres drones et les envoyer se fracasser sur les drones tueurs.

— Comme pour le bouclier antimissile ?

— Oui, mais là, avec les drones, c'est beaucoup plus difficile, car ils seront minuscules, en masse, et pourront changer de trajectoire en fonction de celles de leurs assaillants. Au total, pour l'instant, rien ne marche vraiment. Les drones semblent invincibles, et tout le monde panique un peu...

— Et personne ne pense tout simplement à interdire les drones tueurs ?!

— Oui... on en parle. Mais les processus diplomatiques sont beaucoup trop lents. Un collectif d'ONG a bien lancé une campagne « Stop Killer Robots » et propose une législation internationale pour imposer à tous les drones un respect de toute vie humaine. Mais cette législation n'est pas près d'exister ; parce que bien des pays sont ravis de vendre ces armes. Les entreprises comme Zelda continueront longtemps à produire en toute légalité des drones tueurs. Pour la guerre, pour la chasse, pour tout ce qu'on voudra... Tant que ce n'est pas interdit, c'est permis...

— Vous pensez donc qu'on n'est pas loin d'un drone à la fois intelligent, autonome, tueur et pervers ?

— Encore une fois, pas pervers. Juste logique, obéissant à sa mission, même s'il faut tuer pour cela... C'est une question d'années, ou moins.

« Une question d'années, ou moins », pense Fatima… Voilà qui donne du sens à la rencontre de Vince et Zimmer. Ils ont pu utiliser un nouveau drone de Zelda, pour le brancher sur une intelligence artificielle et lui donner comme objectif de remplir une mission à laquelle Brejanski se serait opposé et le drone l'aurait tué. Sans même avoir besoin de le commander en direct… ni même lui donner l'ordre de tuer…

— Dernières questions, professeur : vous avez bien sûr entendu parler de l'attentat de Catane ?

— Évidemment, comme tout le monde. Quelle horreur !

— Pensez-vous qu'un des drones de Zelda, tels qu'ils sont déjà commercialisés, pourrait avoir servi pour télécommander les deux remorqueurs ?

— Évidemment, j'y ai tout de suite pensé ! Bien des drones pourraient faire ça. Pas seulement ceux de Zelda. Il suffirait de les connecter au système de commande des bateaux.

— Et un drone de Zelda pourrait avoir tiré les missiles qui ont touché le *Costa Fascinosa* ?

— Bien sûr. Et tant d'autres drones peuvent le faire. Beaucoup pourraient l'avoir fait ! Mieux encore s'il est connecté sur une intelligence artificielle, qui l'aurait guidé avec précision vers sa cible.

— Comme celles de Boromir Technologies ?

— Oui, ou de bien d'autres fournisseurs. Je vous le dis, tout cela est disponible sur étagère !

— Je vous remercie, professeur, dit Fatima, qui écoute l'appel, voyant que Zemmour s'agite dans l'embrasure de la porte. Je reviendrai vers vous si nécessaire ; ce que vous m'avez dit est très précieux.

Alors qu'elle raccroche, Zemmour se précipite dans son bureau, son calepin jaune à la main :

— Tu avais raison ! Zimmer est bien venu au Crillon le jour du meurtre. Il est arrivé à 17 h 39. On le voit entrer et sortir de l'hôtel sur les vidéos ! Il est resté une demi-heure.

— Tu as un train de retard... Zimmer me l'a avoué. On aurait dû le voir tout de suite !

— On n'y a pas pensé... Et comme on ne savait pas à quoi il ressemblait, on n'a pas fait attention, sur les vidéos de l'entrée.

— Et on ne voit pas qui il a rencontré ? Ni s'il portait un paquet ?

— Non, aucune caméra ne le montre.

— Bon, il faut absolument que je puisse entendre à nouveau Kasperkg pour savoir pourquoi il a vu Zimmer avant le dîner. Je demande au juge une nouvelle commission rogatoire pour faits nouveaux. Il se débrouillera avec le procureur pour le réquisitoire supplétif. Tu me convoques Zimmer puis Kasperkg.

— Pour quand ?

— Aujourd'hui, 15 heures, si possible. Demande au juge s'il veut les interroger avec moi ou s'il me laisse le faire.

— Je l'appelle. Dis-moi, Noora est là. Tu veux la voir ?

— Pas spécialement, pourquoi ? Elle a quelque chose à me dire ?

— Non, enfin... Pas forcément lié à l'enquête... Bon, je lui dis que tu l'appelleras ?

— Oui, c'est ça. Je l'appellerai.

À l'heure du déjeuner, Fatima reste dans son bureau. Seule. Troublée... Elle ne demande pas à Noora de la rejoindre, tout en espérant qu'elle vienne. Absurde.

Léo accapare ses pensées. Pourquoi ne lui donne-t-il pas de nouvelles ? A-t-il découvert où doit avoir lieu le prochain attentat qu'évoquait le président ? Mettrait-il en jeu des drones comme ce que décrivait ce matin Stuart Russell ? Elle en a froid dans le dos.

Fatima prépare ses deux auditions. D'abord le patron de Zelda, puis le directeur général de Boromir. Le juge ne semble pas tenté d'y participer. Peut-être vaut-il mieux demander à Zemmour d'y assister avec elle ? Ou à Noora... ? Non, elle les entendra seuls. Comme la première fois, ses deux adjoints resteront dans la pièce voisine, de l'autre côté de la vitre teintée, pour décrypter les comportements des interrogés. Et les siens aussi...

À 15 heures, elle reçoit Frédéric Zimmer ; il est habillé de noir des pieds à la tête, sa chemise comprise. Qu'y a-t-il de changé dans son allure depuis leur dernière rencontre ? Ah oui. Il laisse pousser sa barbe. Il semble moins sûr de lui. Comme sur ses gardes... Comment lui faire avouer cette fois la raison de sa présence au Crillon ? Le laisser venir ou le prendre de front ? Elle hésite, puis elle se lance :

— Pourquoi m'avoir caché que vous étiez à l'hôtel de Crillon juste avant la mort de M. Brejanski ? Inutile de nier : vous l'avez laissé échapper hier soir et on vous voit sur les vidéos de l'hôtel.

Zimmer ne cille pas. Comme s'il s'y attendait.

— Je ne le nie pas. Mais il n'y avait rien à en dire ! Je suis juste venu les saluer à leur arrivée à Paris ; un geste de courtoisie.

— Et vous avez vu M. Brejanski ?

— Non. Seulement M. Kasperkg.

— Et vous avez fait quoi ?

— Nous avons juste parlé.

— De quoi ? De la pluie et du beau temps ? Des bons restaurants parisiens ?

— Mais non, nous avons parlé des réunions qui nous attendaient, le lendemain, avec nos avocats et nos banquiers, pour avancer dans nos accords.

— Et M. Brejanski ?

— Il était monté dans sa chambre. Alors je suis reparti. Sans avoir vu personne d'autre.

— Vous n'avez pas apporté un drone ? Un nouveau drone. Un drone rouge. Que vous auriez laissé à M. Kasperkg ?

Zimmer reste impassible, comme s'il était préparé à la question.

— Non, non. Je vous ai dit. J'étais juste venu leur souhaiter la bienvenue à Paris.

— Je vois… Autre chose… Vous connaissez le professeur Stuart Russell ?

— Oui, bien sûr. Qui ne le connaît pas ? C'est un grand expert de l'intelligence artificielle ; il est professeur à Columbia, je crois.

— Non, à Berkeley.

— Ah oui… Je connais ses thèses sur les drones tueurs. Ce qu'il annonce est en dessous de la réalité. Pourquoi me parlez-vous de lui ?

— Il pense que vos drones sont parmi les meilleurs du monde.

— Je ne peux que lui donner raison.

— Il pense aussi que si on donne une mission à un drone, il peut tuer pour la réaliser, quelle qu'elle soit.

— Oui ; si un drone a les moyens de tuer, il tuera pour accomplir ce pour quoi on l'a programmé. Sauf si on le lui interdit explicitement.

— C'est bien l'objectif de votre collaboration avec Boromir ? Vous cherchez à produire un drone tueur autonome et à le coupler à une intelligence artificielle, qui pourra identifier un ennemi, le trouver et le détruire ?

Zimmer semble hésiter et choisit ses mots soigneusement :

— Disons que c'est un projet sur lequel le ministère de la Défense français et la Darpa nous ont demandé de travailler ensemble. Mais nous ne sommes pas les seuls. Tout le monde s'y est mis.

— La Darpa ? C'est une agence du ministère de la Défense américain, n'est-ce pas ?

— Oui. C'est pour cela que nous avons créé Aragorn : en n'étant plus tout à fait une société française, nous pensions travailler plus facilement pour eux.

Il ajoute, comme pour lui-même :

— Je pense à ce projet depuis longtemps. En fait, j'y pense depuis avant même la création de Zelda.

— Avec qui, chez Boromir Technologies, travailliez-vous à ce projet ?

— Vince Kasperkg. C'est mon interlocuteur, depuis trois mois, pour organiser cette fusion.

— Seul ?

– Non. Il est toujours accompagné, dans nos réunions en téléconférence, de François Feuillette, Dominic Mosato et Suzann Makovic. Des gens très compétents.

– Et Oleg Brejanski était d'accord ?

– Vince me l'a assuré. Mais je n'en suis plus sûr.

– Pourquoi ?

– Je ne sais pas. Je ne l'ai jamais vu. Il n'est jamais venu en ligne dans les vidéoconférences. Et j'ai l'impression que Brejanski avait changé d'avis. Vince me disait à la fin que son associé était sous l'influence d'Hélène Mickklov, la directrice juridique, qui nous mettait des bâtons dans les roues.

– Pourquoi ?

– Elle disait que Boromir Technologies ne devait pas devenir un marchand d'armes.

– Cela peut se comprendre… Que pensez-vous de l'hypothèse de cet article du *Monde* selon laquelle c'est un drone de Zelda, équipé de logiciels de Boromir Technologies, qui commandait les remorqueurs de Catane ?

– Ah oui, j'ai lu cet article ! Je ne sais pas qui est ce Bilbon Sacquet, mais il fait notre pub !

– Alors, qu'en pensez-vous ?

– Oui, c'est possible.

– L'attentat de Catane aurait pu être téléguidé par un de vos drones ? Avec un logiciel de Boromir ?

– Ah, mais vous n'allez pas me mettre cela sur le dos ! Beaucoup de nos concurrents savent faire ça ! Des Américains, des Chinois, des Israéliens. Et puis, nous avons des revendeurs, et ce n'est pas du matériel militaire… Un terroriste aurait pu les acheter à peu près n'importe où ! Vous savez, ce qu'on lit dans les journaux, ce qu'on voit dans les films ou les séries, ça donne plein d'idées aux terroristes.

— Tout cela me fait penser à votre jeu.

— Mon jeu ? Quel jeu ?

— Zelda.

— Ah ? Zelda ? Ce n'est pas mon jeu !

— Je veux dire le jeu vidéo qui porte le même nom que votre firme.

— Oui ? Pourquoi ?

— Dans cette enquête, c'est comme dans ce jeu : plus le joueur avance, plus grand est le nombre de zones qui lui sont accessibles. Plus j'avance, et plus je me rends compte que vous pouvez être associé à des choses terribles…

— Peut-être… Mais qui vous dit que j'ai choisi le nom de Zelda à cause de ça ?

— Cela pourrait être quoi d'autre ? L'épouse de Scott Fitzgerald ?

— Bravo ! Vous avez lu ses livres ?

— Évidemment. Ceux de Scott et celui de Zelda… Vous pensez que, parce que je suis flic, je suis ignare ?

— Vous devriez les relire, alors. Cela vous donnerait peut-être des idées pour l'enquête…

— Je vais y penser… Vous voulez m'envoyer sur des fausses pistes ? C'est cela ? Après vous, je vais recevoir M. Kasperkg. On va voir s'il a la même version de votre rencontre. Et si on vous met en examen tous les deux. Rien à ajouter ?

— Non, madame, j'ai l'esprit tranquille.

À peine Zimmer est-il sorti de la pièce que Noora passe la tête dans l'entrebâillement de la porte. Fatima ne l'a pas vue depuis le matin et elle remarque le somptueux tailleur noir qu'elle porte. Comment une jeune flic pourrait-elle se payer ce genre de tenue… Noora reste près de la porte et se colle au mur, pour que Fatima la voie bien, tout entière.

– Bonjour, dit la jeune femme, on dirait que vous me fuyez en ce moment ?

– Non, pourquoi ? Euh… Qu'avez-vous pensé de cette audition ?

– Je suis convaincue (comme vous, j'imagine) que Zimmer ne dit pas toute la vérité. Cela se voyait dans ses gestes, et dans la façon qu'il avait de fuir votre regard à chaque fois que vous lui parliez de Brejanski. On quitte toujours le regard de quelqu'un quand on veut cacher son trouble. N'est-ce pas ?

L'attaque est tellement directe que Fatima est un instant désarçonnée. D'autant plus qu'elle devine que Zemmour les épie, de l'autre côté de la vitre teintée. Elle se lève et avance vers la porte.

Noora continue :

– Vous devriez le faire mettre en garde à vue.

– J'y pense, en effet, dit Fatima… Kasperkg est là ?

– Oui. Il est méconnaissable. Comme s'il n'avait pas dormi depuis trois jours. Depuis son arrivée, il répète en boucle à voix basse : « Tout est sous contrôle. » J'ai vraiment l'impression au contraire qu'il ne contrôle plus rien. Et puis, signe révélateur : il ne porte pas de nœud papillon !

— Ah, ça, évidemment, sourit Fatima en s'approchant encore de la porte, donc de Noora.

Noora la regarde des pieds à la tête et murmure :
— La façon dont les gens s'habillent dit beaucoup de leur état d'esprit.

Fatima s'éloigne, brusquement :
— Bon, faites-le entrer.

Aussitôt, Kasperkg ferme soigneusement la porte derrière lui et semble fouiller la pièce du regard. Comme rassuré, il s'assied, puis regarde sous la table. Longuement. Fatima, intriguée, demande :
— Vous allez bien, M. Kasperkg ?
— Oui, oui, tout va bien, tout est sous contrôle... Merci. Juste un peu de... stress ; avec tout ça.
— Bien sûr... je comprends. M. Kasperkg, nous savons que vous avez rencontré M. Zimmer à l'hôtel de Crillon, juste avant le meurtre, le jour de votre arrivée. Il vient de le confirmer. Qu'en pensez-vous ?

Long silence.
— Je ne le nie pas.

Elle tente :
— Et il vous a apporté un de ses drones, n'est-ce pas ? Un tout nouveau modèle, de couleur rouge... Ne mentez pas, il me l'a dit.

Kasperkg tremble, puis murmure, très bas :
— Oui, en effet. Je n'ai pas de raison de le cacher. Il m'a apporté un de ses drones les plus récents. Un drone tueur minuscule. Une merveille... un drone tueur réutilisable.

Enfin ! Elle a tenté un coup de bluff et ça a marché ! Elle devine que Zemmour et Noora jubilent de l'autre côté de la vitre. Pourquoi ces aveux si soudains ?

— Pourquoi ne m'en avez-vous pas parlé jusqu'ici ?

— Écoutez, un drone sans télécommande, c'est un objet inerte, sans importance.

— Vous auriez dû m'en parler.

— Eh ! C'est à vous de m'interroger. Et cela n'a aucun rapport avec le meurtre !

— Ah, c'est à vous d'en décider. D'autant plus que cela vous fournit une arme pour tuer votre associé.

— Comment ça ? C'est absurde ! Je ne l'ai pas gardé, ce drone ! Je l'ai monté à Oleg, dans sa chambre. Pour qu'il voie ce bijou. Et je le lui ai laissé.

Quel aveu ! Le ferait-il s'il avait tué ? Sans doute pas. Donc, pense Fatima, cela résout le problème de la façon dont l'arme est entrée dans la pièce ! L'assassin n'avait pas eu besoin de faire entrer un drone tueur dans la pièce. Il y était déjà ! Mais toujours pas de coupable…

— Et il a dit quoi, votre associé, quand vous lui avez montré ce « bijou » ?

— Il m'a dit de le laisser là et qu'il allait le descendre au dîner. Mais il est redescendu sans le drone. J'ai pensé qu'il l'avait laissé dans sa chambre.

— Seulement voilà, on ne l'a pas retrouvé, dans sa chambre. C'est bien ce que vous cherchiez, quand Domitian vous a appelé, après avoir constaté le meurtre, n'est-ce pas ?

— Oui.

— À votre avis, ce drone aurait pu tuer votre associé ?

— Je ne sais pas. Peut-être.
— Vous lui aviez demandé de le tuer parce qu'il ne voulait plus conclure l'affaire, n'est-ce pas ?
— Allons, fantasme ! Tout le monde m'a vu en bas. Je ne suis pas monté. Et je n'avais pas de télécommande de drone. Tout le monde en témoignera !

Fatima ose l'hypothèse soufflée par Russell :
— Vous auriez pu dicter un comportement au drone ?
— Comment ça ?
— Vous avez pu donner à ce drone un ordre quelconque, et il aurait tué M. Brejanski parce que celui-ci s'opposait à la réalisation de cet ordre. Sans même lui donner l'ordre de tuer. Un meurtre sans meurtrier et sans mobile.
— Vous avez raison, c'est possible en théorie, dit Kasperkg. Mais je ne l'ai pas fait. Et je ne sais pas donner ce genre d'ordre à un drone... Je n'ai aucune compétence dans ce genre d'affaire. Je n'y suis pour rien. Je le sais, moi, que je n'y suis pour rien.

Le téléphone de Fatima sonne. Elle va pour le bloquer, quand elle voit que c'est un appel de l'Élysée. La ligne directe du président. Elle sort pour prendre l'appel.
— Oui, monsieur le président ?
— Je sais où vous en êtes. On me tient au courant de votre interrogatoire.

Le président suit en direct son enquête ? Est-elle si importante ? « On » le tient au courant ? Qui ? Zemmour ? Non, elle le saurait ! Noora ? Noora serait envoyée par le président pour la surveiller ?

Cela expliquerait bien des choses... Le président continue :

— Dites-moi, j'aimerais que vous lui posiez une question, à votre homme.

Le président de la République intervient en direct dans un interrogatoire de police... ? La légende courait que cela se pratiquait depuis longtemps, mais le vivre elle-même...

— Oui, monsieur le président. Quelle question ?

— Si je comprends bien, son nouveau logiciel, qu'il appelle IS...

— Oui ?

— ... il peut prédire ce que vont faire des gens hostiles ?

— En effet. C'est en tout cas ce qu'il prétend, mais certains doutent qu'il en soit vraiment capable.

— Alors demandez-lui si son logiciel peut anticiper ce que prépareraient maintenant les terroristes qui ont agi à Catane. On n'a rien à perdre. Pour l'instant, on n'a aucune piste et Léo ne trouve rien. On n'est même pas sûr que ce soient des fondamentalistes...

— Je veux bien le lui demander. Mais qu'est-ce qu'il y gagnerait ?

— Dites-lui que, s'il prédit juste et nous permet d'éviter un attentat majeur, on lui évitera d'être poursuivi, quoi qu'il ait fait. Et pour qu'il soit efficace, on lui fournira toutes les informations dont nous disposons sur l'attentat et les menaces dont nous avons connaissance.

— « Lui éviter d'être poursuivi » ? s'étonne Fatima. Même pour le meurtre de son associé, s'il l'avoue ? Vous pouvez lui garantir ça ?

Fatima pense : c'est sans doute ce que Le Guay a déjà fait pour Léo...

— On s'arrangera, reprend le président. Je prendrai ça sur moi. Votre juge m'a l'air assez... malléable. Et je suis certain que les dirigeants américains seront d'accord, même s'il a assassiné un autre Américain. Et puis... il ne serait pas le premier...

— Je vois. Je lui en parle, monsieur le président. Je crois comprendre que vous serez informé sans moi de sa réponse...

Fatima revient dans la salle et transmet la proposition à Kasperkg, qui ne semble pas étonné. Il paraît même soulagé.

— Je ne sais pas si notre nouveau logiciel peut trouver quel attentat menace la France, mais je veux bien essayer. Palantir l'a fait pour la CIA. Cela me prendra du temps. Si je peux aider à éviter un nouveau carnage... Mais je le fais sans contrepartie, je n'ai pas besoin d'immunité. Je suis innocent. Je n'ai pas tué Oleg.

— Quand aurez-vous la réponse ?

— Demain vers midi, si j'ai toutes les données. Sinon, un peu plus tard dans la journée.

— Bien, alors, allez-y... On va vous donner tout ce qu'on a.

Kasperkg hésite, puis se lance.

— En fait, si vous permettez, je préfère le faire d'ici...

— D'ici ? Comment ça, d'ici ?

— D'ici. Donnez-moi un bureau !

— Si vous voulez... Vous avez ce qu'il faut ?

— Oui, je peux me connecter d'ici sur notre réseau privé à Sausalito. Et vous pourrez plus aisément me communiquer les données dont j'ai besoin, sans les sortir d'ici. Donnez-moi un bureau, beaucoup de café, un de vos ordinateurs, accès à votre réseau et on en reparle demain matin...

Zemmour lui fait de grands gestes, derrière la vitre. Elle sort, demandant à un policier de conduire Kasperkg dans le bureau disponible, à trois mètres du sien, et de l'y laisser pour la nuit sous bonne garde. Zemmour et Noora la rejoignent.

Zemmour gronde :

— Non, mais tu te rends compte ? Comment tu peux lui garantir l'immunité ? Le juge sera furieux.

— De toute façon, tu as bien entendu, il n'en veut pas. Donc, pas de souci.

— Au contraire, les soucis commencent.

— Zemmour, tu restes avec lui, on va lui donner ce dont il a besoin.

— Oui, mais, ce soir, je ne peux pas. J'ai un dîner avec le frère de ma femme qui...

— Bon, fais-toi remplacer un moment si tu veux, mais on ne le laisse jamais seul. D'accord ? Moi, je rentre.

— Si tôt, s'étonne Noora...

— Oui, ce soir, je retrouve mes enfants, que je n'ai pas vus depuis dix jours.

— On ne peut pas lutter contre ces amours-là, murmure Noora. Je resterai avec Kasperkg.

Fatima rentre chez elle, où elle retrouve Raphaël et Issa. Quelle douceur de les prendre dans ses bras, d'entendre leur voix, de sentir leur odeur. Elle ne leur parle pas du Brésil. Ni de Léo...

Il y a trois jours, elle avait pensé ne jamais les revoir. Elle leur propose de voir *Le Seigneur des anneaux* ce soir. Ce soir ? Génial ! crient les enfants. Et même les trois épisodes ! Les trois ? Ils sont très surpris. Jamais leur mère ne leur avait jusqu'ici proposé une telle orgie de télévision.

Dixième jour

Le jeudi 11 octobre au matin, des douaniers italiens retrouvent dans une crique déserte, à 100 kilomètres de Catane, près de Reggio di Calabria, au sud de la péninsule italienne, le troisième remorqueur. Vraiment très grand ; avec une sorte de vaste soute, ouverte. Vide. Aucune empreinte. Des traces de pas retrouvées sur la plage montrent que quatre hommes en ont débarqué, sans doute avec de lourds colis, transportés jusqu'à une piste, où, d'après les traces de pneus, un gros camion les attendait... Les terroristes avaient donc des complices en Italie ? Encore un mystère...

On peut maintenant établir un bilan à peu près définitif de l'attentat de Catane : 2 776 morts, 1 534 blessés, dont 322 encore entre la vie et la mort, hospitalisés pour la plupart à Rome. Certains ont pu être rapatriés chez eux. Encore une centaine de passagers du *Costa Fascinosa* restent portés disparus, ainsi, sans doute, que de nombreux enfants du *Ripols*.

En Italie, l'enquête avance un peu. On a identifié l'explosif dont était bourré le *Ripols* : du C4, particulièrement puissant. Il devait y en avoir un peu plus d'une tonne. On a compris que son explosion était télécommandée de l'extérieur, sans doute depuis un drone, dont on est désormais à peu près certain qu'il avait survolé toute la scène et piloté les deux remorqueurs. L'explosion a fait disparaître tous les signes qui auraient pu permettre de les identifier.

Pour l'instant, aucune revendication n'est venue confirmer ou infirmer le nom de « George Simmel » retrouvé peint à bâbord arrière d'un des deux remorqueurs encastrés dans le *Costa Fascinosa* ; comme si les commanditaires ne voulaient plus associer son nom à leur crime. Comme si cet attentat n'était décidément pas celui qu'ils avaient prévu au départ du *Ripols*. Et de fait, pourquoi a-t-il viré de bord au sud de la Sicile ? Le contrôle de ce vieux cargo a-t-il été pris par d'autres que ses commanditaires initiaux, qui auraient modifié l'attentat prévu ? Toutes ces questions semblent sans réponse.

D'autant plus que, à Tripoli, l'enquête ne fait aucun progrès sérieux. On a arrêté, certes, quatre Turcs qui avouent avoir vendu les explosifs à trois hommes, qu'ils pensaient égyptiens. Les acheteurs avaient payé cash en dollars et prétendu que le *Ripols* devait transporter ces explosifs en Égypte pour être utilisés sur le chantier de construction d'un nouveau barrage sur le Haut-Nil. Aucune piste, en revanche, ne permet d'identifier ceux qui ont acheté à des policiers libyens corrompus des adolescents dans un centre de rétention clandestin, au sud de Benghazi, et les ont faits embarquer sur le *Ripols* pour les envoyer mourir le lendemain en Sicile. Sans doute les mêmes que les acheteurs des explosifs et du bateau.

En arrivant au 36, vers 9 heures du matin, après avoir déposé ses enfants à l'école et les avoir prévenus que leur grand-mère viendrait les chercher dans l'après-midi, Fatima se précipite dans le bureau où elle a laissé Kasperkg, la veille au soir. L'Américain, sous la garde de Zemmour, lui fait signe qu'il n'a pas fini... En passant, Fatima remarque que le bureau de Noora n'est pas encore ouvert... Ce matin, se concentrer sur la relecture des procès-verbaux d'interrogatoire des Américains, pour voir si quelque chose ne lui avait pas échappé... Tout à l'heure, elle déjeunera avec sa mère, qui a souhaité la voir seule.

À 10 heures, un communiqué triomphal de la Banque centrale européenne annonce que l'intervention massive et coordonnée des principales banques centrales mondiales, décidée il y a trois jours, a eu l'effet escompté. La chute des cours de Bourse a été enrayée. Le commerce reprend. Les porte-containers recommencent à circuler, au moins dans le Pacifique. « Il est fou, écrit Erik Orsenna dans un long article du *Figaro*, de constater à quelle vitesse un tel attentat est oublié... À quelle vitesse le commerce, l'argent, l'optimisme reprennent le dessus. Finalement, la pulsion de vie l'emporte toujours sur tous les deuils, sur tous les chagrins ; en tout cas, elle semble l'emporter, à la surface des choses. »

De fait, quelques nouveaux soucis semblent noircir les horizons du monde. En particulier en Algérie, où l'agressivité de l'armée contre la jeunesse provoque ce matin, à Alger, une grande manifestation d'étudiants et de chômeurs. Certains, parmi les plus radicalisés, demandent la mise en place d'un gouvernement islamique, dont l'Algérie n'a jamais fait l'expérience, et qui, selon eux, mérite d'être tenté. D'autres, fatalement, cherchent les moyens de quitter le pays, par tous les bateaux possibles, vers l'Espagne, le Maroc, l'Italie et la France ; en particulier vers la Sardaigne et la Corse.

Devant ces mouvements qui s'annoncent, les marines nationales française, espagnole, italienne, désorientées, ne savent que faire. D'une part, il n'est pas question de laisser de nouveaux bateaux-suicides approcher des côtes. D'autre part, on ne peut tout de même pas couler en haute mer tous les bateaux de réfugiés algériens qui ne vont pas manquer de tenter bientôt la traversée vers l'Europe.

À 11 heures, une note des services secrets italiens, révélée par le site de *La Repubblica* et immédiatement diffusée dans le monde entier, évoque un chef terroriste nommé « le Tigre », ancien adjoint de George Simmel, et un certain Al-Djibra, qui serait le nom de guerre d'un consultant informatique pakistanais de très haut niveau, ayant quitté Oracle en 2015 pour basculer dans la clandestinité. Selon ces informations, il aurait fondé un groupe particulièrement professionnel, spécialisé dans le terrorisme informatique et la destruction des réseaux des grandes firmes et des États. Certains lui attribuent des pannes majeures survenues l'an dernier, sur des systèmes informatiques américains, notamment ceux de la NASA et de la CIA. Et jamais revendiquées. Mais personne n'a la preuve de leur existence réelle ; en particulier, le porte-parole d'Oracle, depuis le siège de Redwood en Californie, nie qu'il y ait jamais eu quelqu'un du nom d'Al-Djibra, ou de ce profil, parmi ses collaborateurs, et encore moins parmi ses meilleurs ingénieurs. On dit aussi, dans cette note, que cet homme est un mercenaire travaillant pour qui le paie, sans idéologie ; et l'attentat de Catane pourrait ne pas avoir été organisé pour le compte d'un mouvement fondamentaliste musulman, mais pour une des nombreuses ONG américaines antimondialistes voulant conduire le capitalisme à sa perte et en revenir à une société rurale, même par des moyens violents... On cite, parmi les idéologues dont ils se revendiquent, l'écrivain Henry David Thoreau.

À 13 heures, Fatima n'a toujours rien de Kasperkg, qui continue de travailler frénétiquement dans le bureau voisin du sien. Elle sort du Bastion, comme prévu, pour déjeuner avec sa mère, qu'elle n'a pas vue en tête-à-tête depuis plusieurs semaines. Samira l'attend dans l'entrée du 36. Comme toujours, légèrement trop élégante. Elle est habillée d'un pantalon blanc et d'un chemisier noir, d'une veste rose. Des talons noirs, très hauts. Pas tout à fait de son âge... Seul son maquillage, léger, laisse voir quelques-unes de ses minuscules rides au coin des yeux.

Fatima l'emmène chez *Incontro alla Scala*, le restaurant italien où elle avait déjeuné une semaine plus tôt avec Noora.

Noora. Pourquoi n'était-elle pas au bureau ce matin ? Fatima n'avait pas osé le demander à Zemmour...

Toujours les mêmes airs d'opéra qui passent en boucle. Et l'excellente nourriture sicilienne. Fatima aimerait bien pouvoir raconter à sa mère ses doutes sur son métier, ses interrogations sentimentales. Mais non. Impossible. Sa mère n'a jamais vraiment su écouter ses soucis ; ni même ses préoccupations et ses troubles de jeune adolescente ; et, de cela, elle a cruellement manqué. Samira, à l'inverse, est en veine de confidences. Elle raconte à sa fille par le détail son séjour en Californie, ses conflits avec la directrice de la fondation, qui ne jurait que par Louise Bourgeois ; sa rencontre avec le frère de sa cliente, un « charmant jeune homme ». John. Oui, il a quinze ans de moins qu'elle. Et alors ? Oui, il est amoureux d'elle. Et le sexe, c'est génial avec lui. Oui, il veut l'épouser. Non, il ne travaille pas ; il est assez riche pour ne pas travailler pendant quatre générations. Samira s'inquiète : Fatima pourrait-elle se débrouiller toute seule avec ses enfants si elle partait s'installer en Californie ? Bien sûr, ajoute Samira, Fatima pourrait emménager (enfin, si elle en a envie) avec les enfants dans son appartement du 6e, beaucoup plus grand que celui du 1er ; car il n'est pas question de le vendre ; après tout, ce mariage américain, on ne sait pas combien de temps ça va durer. Mais elle ne se voit pas refuser cette ultime chance d'être heureuse, non ? Et puis, après tout, ce ne serait que son second mariage. Elle a attendu la mort de Fouad, inconsciemment, pour se l'autoriser.

Que répondre ? se demande Fatima. Rien, sinon que, bien sûr, elle est heureuse pour sa mère ; qu'elle se débrouillera très bien sans elle. Au fond, elle sera infiniment triste de ce départ : elle se rend compte qu'elle n'a pas grand monde d'autre d'important dans sa vie...

Juste en sortant du restaurant, Samira lui glisse : « Et toi ? Tu es très en beauté... Je ne sais pas si tu es amoureuse, mais ne résiste à rien. La vie passe trop vite. Et dis-toi bien que tes enfants ne seront pas heureux si tu ne l'es pas aussi. Et puis, si je ne suis plus là, il faudra bien quelqu'un pour aller les chercher à l'école, non ? Toi, tu n'es pas du genre à t'en occuper. Alors trouve-toi un mari casanier. Genre, un écrivain. À succès, de préférence. »

À son retour au bureau, vers 14 h 30, Noora est là, dans le couloir, en grande conversation avec Zemmour. Visiblement elle a passé sa matinée chez un coiffeur, qui lui a posé une longue perruque brune modifiant totalement son allure. Plus féminine. Plus altière. Elle porte cette fois-ci un jean gris et un pull vert en cashmere ; suffisamment décolleté et ajusté pour qu'il soit évident qu'elle ne porte rien en dessous... Fatima fait mine de ne pas remarquer ces changements et de la saluer, de loin, de la façon la plus neutre possible.

Zemmour se précipite vers elle pour lui apprendre que Kasperkg n'a pas voulu sortir déjeuner et qu'il est resté cloîtré dans le bureau où on l'a installé. Ah, et puis : l'auteur des deux articles parus dans *Le Monde* et signés Bilbon Sacquet vient d'être identifié par les services informatiques de la préfecture de Police : c'est tout simplement un des six Américains venus à Paris avec la victime : François Feuillette, le directeur commercial de Boromir ! Interrogé tout à l'heure, dans sa chambre du Ritz, où il attendait l'autorisation de rentrer chez lui, il a expliqué en souriant qu'il ne cherchait qu'une façon de faire parler de Boromir et de Zelda, dont, comme Kasperkg et Zimmer, il voulait absolument la fusion. Mais, en fait, il n'avait naturellement aucune idée de la possibilité d'utiliser ces logiciels et ces drones pour l'attentat de Catane, comme il le prétendait dans le second article signé Bilbon Sacquet. C'était juste une plaisanterie, un coup de pub à peu de frais. Il a même été surpris qu'un journal aussi sérieux que *Le Monde* publie son article, même sur un blog, sans vérifier son identité ni le sérieux de ses informations. Et puis, il s'ennuie à Paris. Quand pourra-t-il repartir ?

Enfantillage commercial, semble-t-il, pense Zemmour, qui ajoute : « Décidément, ces Américains sont complètement inconscients. » Noora est d'accord, sauf que Feuillette est canadien...

– Peu importe, s'irrite Zemmour... Le Canada est en Amérique ! Ce n'est pas une piste pour l'enquête. Encore une impasse.

– Pas sûr, répond Fatima. Il est possible que ce Feuillette ait vu juste, en parlant de Zelda et Boromir ; même s'il l'a inventé.

– Comment ça ?

– Des produits de Boromir et de Zelda ont pu être utilisés par ceux qui ont monté l'attentat de Catane, dit Fatima. Rien de compliqué : juste un logiciel qui détecte et analyse les paramètres d'une destination et prédit des encombrements aériens ou terrestres sur le trajet, relié à un drone, lui-même capable de contrôler un bateau et de déclencher une mise à feu. Très facile. Boromir et Zelda ont ça dans leurs catalogues depuis des années.

— Tu crois vraiment, interroge Zemmour, qu'un logiciel pour éviter les embouteillages, comme dans les voitures, ça suffirait ?

— Oui, dit Fatima, on peut imaginer qu'ils aient confié au drone le pilotage complet de l'opération, pour avoir le maximum de précision.

Noora, qui les a rejoints, l'interrompt :

— On peut même imaginer que le drone de Zelda qui guidait les remorqueurs devait les conduire jusqu'à Marseille. Mais que l'intelligence artificielle de Boromir a prévu des embouteillages à venir dans le ciel de Marseille, ce qui a modifié sa direction.

— C'est possible, admet Fatima.

— N'a-t-on pas mis ce jour-là beaucoup de police et de surveillance aérienne à Marseille ? interroge Noora.

— En effet, dit Fatima, la police craignait un attentat.

— Alors tout s'explique, sourit Noora. Le drone l'a vu, en a déduit que cela annonçait un embouteillage du ciel et a réorienté le bateau vers un plan B qu'ils avaient dû choisir à l'avance.

— Le *Costa Fascinosa*, dans le port de Catane ! s'exclame Zemmour. Voilà pourquoi personne ne l'avait prévu et pourquoi ces virages du *Ripols* surprennent tout le monde. Bravo Noora !

— Mais comment ces terroristes auraient-ils eu accès à ces logiciels ? demande Noora, qui triomphe modestement.

— Ces logiciels de guidage de drones ? Ils sont commercialisés dans le grand public, répond Fatima.

On s'en sert pour orienter des drones météorologiques, ou en agriculture. Un débutant aurait pu monter l'attentat de Catane avec ça.

— Comment tu sais ça, toi ? C'est ton Russell qui te l'a expliqué ?

— Exactement.

— Mais alors qui a déclenché les missiles tirés depuis les remorqueurs ? reprend Noora. Il fallait bien quelqu'un pour tirer !

— Selon Russell, ils pouvaient être programmés pour se déclencher tout seuls dès que les remorqueurs approchaient du *Costa Fascinosa*.

— D'accord, dit Zemmour. Zelda et Boromir sont peut-être mêlés à l'attentat de Catane. Mais, si vous permettez, les filles, ce n'est pas notre enquête… Nous, on s'occupe du meurtre de M. Brejanski dans une chambre de l'hôtel de Crillon. Et moi, j'y retourne.

Fatima aime le clin d'œil complice que lui lance alors Noora en la quittant. Le postiche, décidément, lui va vraiment bien…

À 18 heures, Kasperkg travaille encore, sans résultat, quand le standard de l'Élysée annonce à Fatima un appel du président :

— Je n'ai encore rien de Kasperkg, monsieur le président. Il n'a pas quitté son écran des yeux depuis hier soir, mais il n'a encore rien…

— Non, je ne vous appelle pas pour cela… J'ai une mauvaise nouvelle.

Fatima ressent comme un grand choc dans sa poitrine. Elle se lève, marche un peu, respire longuement, puis murmure :

— Léo…

— Non... il va bien. Attendez un peu... Des gens de nos services ont été informés qu'on a retrouvé le corps de George Simmel dans une maison abandonnée de Misrata, en Libye. Il a été torturé et assassiné. Un message du Tigre, retrouvé à côté du corps de Simmel, le dénonce comme un « vieux terroriste dépassé, incapable de comprendre les changements du monde », en même temps qu'il revendique, pour la première fois, l'attentat de Catane... Je lis le message : « L'attentat de Catane n'est que le premier d'une série d'attentats visant à déstabiliser le monde capitaliste, source de perversion morale et écologique, et à lui interdire d'utiliser la mer comme véhicule de ses profits et de sa destruction de la nature. Ce n'est que le début. Plus aucune mer, plus aucun port ne sera désormais en sécurité. Le capitalisme a vécu. »

— L'attentat de Catane ne serait pas le fait d'un mouvement fondamentaliste islamiste ?

— Voilà, répond le président. Il semblerait que des mouvements fondamentalistes fassent alliance désormais avec des mouvements anticapitalistes américains, qui les utilisent comme des mercenaires. Inspirés de transcendantalistes qui croient que l'homme est bon par nature et qu'il est perverti par les institutions. Des gens comme Thoreau, Emerson...

Et soudain, Fatima a une illumination : et aussi Whitman ! Walt Whitman ! Le grand poète écologiste et pacifiste américain. Lui aussi, il est dans ce courant ! C'est lui qu'ils évoquaient dans les conversations. Elle aurait dû y penser avant. Son père l'adorait. Elle murmure, de mémoire : « Résistez beaucoup, obéissez peu. Dès que vous cesserez de remettre en cause la soumission, vous serez complètement asservis. » Et encore : « Qui nous a dit que la victoire était bonne ? » Elle s'apprête à le nommer quand le président reprend :

— ...Toutes ces mouvances se mêlent et s'utilisent les unes les autres. Elles font cause commune contre la démocratie, la modernité, la raison. Elles veulent obtenir qu'on s'occupe des problèmes du long terme, même au détriment de la démocratie. Il va nous falloir nous préparer à de tout nouveaux combats.

Fatima ose redemander :

— Et... où est Léo ?

— D'après ce que je comprends, Léo avait déjà réussi à s'enfuir de Misrata et il avait pu prendre contact avec nos services. Il est sain et sauf.

— En Libye ?

— Non... Dans un avion des services... en route vers Paris.

OK ! Sans la prévenir !

— Ah, très bien.

Le président devine que Fatima est vexée.

— Je pensais qu'il vous avait prévenue.

— Non, pas vraiment, mais c'est bien comme ça. Merci de m'avoir avertie, monsieur le président.

Décidément, elle ne compte pas pour lui. Il a appelé le président. Pas elle. S'en détacher. Il ne semble même pas aimer faire l'amour avec elle. Le quitter. Ne plus jamais penser à lui. Colère blanche. Ne pas en rester là. Elle décroche son téléphone et invite Noora à dîner pour le soir même. Noora, qui accepte, comme si elle s'y attendait. Et toujours rien de Kasperkg... À quoi joue-t-il ? Le laisser là toute la nuit. Sous bonne garde.

20 h 30. Au moment de quitter son bureau pour rejoindre Noora près de l'ascenseur, l'Américain déboule devant elle. Les yeux exorbités. Il ferme la porte du bureau de Fatima derrière lui ; il semble à la fois très agité, épuisé et résigné : son logiciel a trouvé la prochaine cible. Ou plutôt les deux prochaines cibles. Oui, car il y aura bientôt deux attentats, c'est ça qui l'a retardé. Il faut absolument qu'il lui en parle au plus vite.

Fatima se débarrasse de son manteau et demande à Zemmour et Noora de les rejoindre. Autant avoir des témoins. Quand ils entrent tous les deux, elle remarque que Kasperkg panique en voyant la porte s'ouvrir et qu'il est impatient de la voir se refermer. Noora le regarde d'une façon particulièrement intense…

— Beaucoup de choses à vous dire, dit Kasperkg… Commençons par ce qui vous intéresse le plus. Mon logiciel a identifié comme une des cibles prochaines des terroristes la réunion, demain à Gênes, des ministres de la défense de l'OTAN.

— C'est assez prévisible, dit Fatima ; pas besoin de logiciel sophistiqué pour cela : tout le monde peut le deviner.

— Sauf que cette fois, dit Kasperkg, selon mon logiciel, ils vont attaquer les ministres un par un, avec des drones équipés de bombes et un logiciel de reconnaissance faciale.

Fatima repense à la prédiction de Russell : des drones tueurs vont venir tuer des ministres. Kasperkg a sûrement lu les articles de Russell… Ces drones sont en effet faciles à fabriquer. Il n'a pas eu besoin d'un prétendu « logiciel prédictif de comportements hostiles » pour comprendre cela.

Et comme s'il l'entendait, l'Américain ajoute :

— Oui, mais il y aura aussi un autre attentat en même temps. Et celui-là, il n'était pas évident à prévoir.

— Un autre attentat ? demande Fatima.

— Oui, notre logiciel a repéré l'achat sur le Darknet de milliers de drones tueurs, qui ont pu être regroupés.

— Et, l'interrompt Fatima, il prédit qu'ils vont être utilisés pour un attentat de masse, n'est-ce pas ?

— Exactement. C'est ce que prévoit l'IS. Comment l'avez-vous deviné ?

— Pas difficile... Où ? Votre logiciel peut savoir où ils vont être utilisés ?

— Il pense que, en raison de la nature de ces drones et de leur localisation actuelle, cela pourrait être soit Gênes, soit Marseille... Il pense plutôt Marseille.

— Et ils vont faire quoi exactement, avec ces drones ? Elle dit quoi, votre boule de cristal ? demande Zemmour.

— Attaquer la ville. Massivement. Et sans préavis, parce qu'ils vont cacher ces drones dans un ou deux camions et les lâcher tous en même temps. Ils vont faire des centaines de milliers de morts !

Là encore, un scénario de Russell... qui n'avait pas évoqué Marseille... Mais était-ce vraiment difficile à deviner ? Tous les journaux avaient évoqué l'hypothèse d'un attentat à Marseille au moment de celui de Catane... Donc, Kasperkg ne fait peut-être que jouer avec des évidences. Le prendre au sérieux... ?

— Quand ? demande Fatima
— Demain, vraisemblablement.
Zemmour s'agite.
— Demain ! Pourquoi ? dit Fatima
— Parce que c'est demain qu'a lieu la réunion des ministres, et que les deux attentats semblent se préparer pour la même date. Probablement dans la soirée, pour avoir le maximum d'impact. Et ce n'est pas tout. J'ai autre chose à vous dire…

Zemmour fait signe à Fatima d'aller téléphoner.
— Oui, bien, attendez, dit Fatima, je vais d'abord prévenir.

Fatima sort appeler le président, avant peut-être que Noora, ou un autre, ne le fasse… Le Guay répond brièvement. Il doit être en réunion. Il s'occupe de prendre immédiatement les dispositions nécessaires. Il lui répète être prêt à accorder son immunité à Kasperkg. Fatima revient dans la pièce.

— Bien, dit Fatima, vous le savez, nous sommes convaincus que vous avez assassiné votre associé. Mais, en raison de ce que vous venez de nous dire, le président considère que cela lui suffit pour vous éviter toute poursuite et vous exfiltrer.

Kasperkg se tasse sur son fauteuil et murmure, d'une voix à peine audible :
— Ce n'est pas nécessaire : je ne veux pas d'immunité. Je veux être arrêté.
— Ah ? Et pourquoi ? demande Zemmour.
— Pour le meurtre d'Oleg Brejanski.

Stupeur ; Fatima note avec fascination la capacité de Noora à rester totalement impassible devant cette révélation.

— Comment ça ? Arrêté ? dit Zemmour.
— Vous avouez que vous avez assassiné M. Brejanski ? demande Fatima. On est prêts à l'oublier...
Kasperkg semble ailleurs, comme pressé d'en finir.
— Oui. J'ai tué Oleg en utilisant le drone que nous avions mis dans sa chambre. Et je ne veux pas d'immunité pour ça. Je veux aller en prison.
Noora murmure :
— « Vous avouez maintenant, sans y être forcé par aucune preuve, un meurtre que vous niez depuis le premier jour ! Cela ne tient pas. Pourquoi l'auriez-vous tué ? »
— Mais ? C'est encore une phrase de Columbo dans *Sans mobile*, dit Zemmour, interloqué. Tu connais *Columbo*, toi ?
— Arrêtez, tous les deux, avec vos concours de citations, dit Fatima. Ce n'est vraiment pas le moment ! Reprenons : pourquoi l'auriez-vous tué ?
— Parce qu'il était devenu hostile à la fusion de Boromir avec Zelda. Il croyait qu'on allait fabriquer une arme trop puissante et il n'en voulait pas.
— Une arme ?
— Oui, le rapprochement d'un drone tueur et d'un IS.
— Mais on n'a pas retrouvé de trace de drone dans la chambre. Et si le drone avait tiré, il aurait dû exploser.
— Non, murmure Kasperkg d'une voix à peine audible. Zelda sait maintenant faire des drones tueurs et réutilisables.
— Quoi ? Un drone tueur autonome et réutilisable ? dit Fatima. Je croyais qu'on en était encore loin ?

— Vous savez, ce que les soi-disant experts disent probable pour dans cinq ans est en général déjà disponible, au moins à l'état de prototype.

— Donc, Zimmer vous a apporté un drone tueur. Vous en avez fait quoi ? demande Fatima.

— J'ai rapproché le drone et le logiciel IS.

— Comment ça, « rapproché » ? demande Zemmour.

C'est Noora qui répond, de sa voix rauque et basse :

— Vous avez connecté le logiciel IS au drone de Zelda. Et si le logiciel détectait une présence hostile à une cible choisie à l'avance, il déclenchait le tir du drone.

— C'est ça ? demande Zemmour.

— Exactement, répond Kasperkg.

— Vous avez réussi à le faire ! dit Fatima. Vous affirmiez que c'est impossible.

— C'est aujourd'hui techniquement possible. Mais, pour le réussir, il fallait une collaboration entre Zelda et Boromir ; or Brejanski ne voulait pas de ce drone tueur intelligent et autonome. Il l'avait en horreur. Il l'appelait le « Gothmog ». Il ne voulait plus de notre fusion. Donc, le Gothmog était impossible à fabriquer.

— C'est quoi, ça, le « Gothmog » ? rugit Zemmour.

— Encore un personnage du *Seigneur des anneaux*, dit Fatima, présent uniquement dans le livre, au Premier Âge. Il est l'un des principaux lieutenants de Morgoth.

— Tu connais ça, toi ? s'étonne Zemmour.

— Je suis devenue incollable, maintenant, sur ce livre, sourit Fatima. L'arme de prédilection de

Gothmog était une grande hache noire. Il meurt lors de la chute de Gondolin après un duel homérique face à l'Elfe Ecthelion.

— Je vois que vous avez pris le temps de vous renseigner, dit Kasperkg.

— En effet. Donc vous dites avoir tué Brejanski parce qu'il refusait de fabriquer ce... Gothmog ? C'est une raison suffisante pour tuer votre associé ?

— Évidemment... Cette fusion était vitale pour nous... !

— Comment avez-vous opéré ?

— Quand Zimmer m'a apporté son nouveau drone, j'ai connecté l'IS et je l'ai programmé pour qu'il considère que sa mission était de protéger la fusion de Zelda et de Boromir, et donc pour qu'il tue tous ceux qui pouvaient la refuser ; je l'ai ensuite monté dans la chambre d'Oleg. Puis je suis redescendu et j'ai dit sur tous les réseaux, à tout le monde, qu'Oleg ne voulait pas de la fusion. Gothmog a donc tiré sur Oleg.

— Qu'est devenu Gothmog ? Il n'a pas explosé ?

— Non. Quand je suis remonté, il n'était plus là... J'ai cherché partout. Il a dû sortir. Il n'avait aucune instruction pour cela. Mais il a dû sortir... Peut-être au moment où Domitian est entré. Il en a profité pour se faufiler dehors...

— Peut-être s'est-il caché dans l'étui du violon ? demande Zemmour.

— Possible. Il est assez petit pour cela... Mais il faut vraiment que vous le cherchiez. Il faut vraiment que vous le trouviez. Je ne sais pas s'il est encore opérationnel. Mais, s'il l'est, il peut faire beaucoup de mal. Je vous en supplie, vous allez le chercher, n'est-ce pas ?

— Pourquoi avouez-vous ? demande Zemmour.

— Parce que vous alliez évidemment comprendre. Vous aviez déjà compris, n'est-ce pas ?

Fatima le regarde longuement. Puis, elle sort de son bureau en faisant signe à Noora et Zemmour de la suivre.

— Je savais depuis le début que c'était lui ! jubile Zemmour. Voilà une affaire bien résolue ! Columbo n'aurait pas fait mieux.

— C'est aussi votre avis, Noora ? demande Fatima.

— Non. Je ne crois pas du tout à ses aveux, répond-elle. Je pensais depuis le début que c'était peut-être lui ; mais, depuis qu'il a avoué, je ne le soupçonne plus. Il est mort de peur. Il n'a aucune raison d'avouer, sinon qu'il est terrifié. Il doit avoir compris qu'il est le prochain sur la liste du tueur. Il veut aller en prison pour être à l'abri. Mais il n'est pas le tueur.

— C'est absurde, comme raisonnement. C'est lui ! dit Zemmour. Il a des motifs, il a pu le faire, et il avoue. On doit le croire !

— Bon, dit Fatima. On prévient le juge, et on le garde ici, pour cette nuit, puisqu'il y tient… Mais je pense plutôt comme Noora. Ses aveux ne sont pas du tout crédibles… Son mobile sonne faux… Et ce Gothmog… On verra demain.

— Tu peux être sûr qu'Allard va le mettre en examen avec tout ça, dit Zemmour. On devrait le prévenir tout de suite, le juge !

— Oui, fais-le !

Fatima sent que Noora la regarde intensément. Ah oui, son invitation à dîner. Non. Finalement pas. Pas au milieu d'une enquête... Attendre un peu. Et puis, quelle heure est-il ? 21 h 30... Ses enfants sont chez sa mère. Aller les retrouver, même s'il est tard... Sa mère a raison : elle ne les voit pas assez... Elle ajoute :

— Bon, je suis fatiguée, je rentre chez moi...

Noora la regarde presque méchamment, puis sort. Fatima regarde avec regret sa silhouette s'éloigner. Elle a envie de changer d'avis. Et puis non.

En arrivant quai de Valmy, Fatima se prépare à monter au dernier étage récupérer ses enfants, quand sa concierge l'aborde en maudissant son mari, qui est, dit-elle, encore ivre mort dans le salon et qui, répète-t-elle à Fatima, redeviendra bientôt clochard.

— Un monsieur vous a demandé, mais je lui ai dit que vous n'étiez pas là, alors il est reparti. Très poli.

Un « monsieur » ? Qui ? Être sur ses gardes. Elle monte. Dans l'escalier, Fatima sent qu'elle est suivie. Elle ne se retourne pas. Elle sait. Il est là, derrière elle. Elle se détend. Léo... Elle est fâchée qu'il ne l'ait pas prévenue de son retour. Bouder, pour le lui faire comprendre. Elle s'en veut de ne toujours pas avoir été chez le coiffeur depuis son retour du Brésil.

Elle ouvre son appartement. Il bloque la porte, la suit. Elle tombe dans ses bras. Qu'il lui a manqué ! C'était il y a un siècle ; mais non, il y a juste cinq jours... Elle appelle sa mère en lui demandant de garder ses enfants pour la nuit. Samira la taquine : « Tu viens de rentrer et tu t'en débarrasses déjà ? Tu feras comment après mon départ ? C'est pas grave, les enfants dorment. »

Dans l'obscurité qui les rassemble, Léo lui raconte la mort de Simmel, assassiné par ceux qu'il était venu convaincre de renoncer à un nouvel attentat. Simmel et lui avaient appris que l'attentat de Catane aurait dû avoir lieu à Marseille. Et que le troisième remorqueur contenait un grand nombre de drones, qui devaient être lâchés sur les quartiers nord de Marseille, en même temps que le *Ripols* devait entrer en collision avec un ferry, dans le vieux port. Cette collision aurait désorganisé les secours, qui n'auraient pas pu intervenir à temps dans les deux endroits de la ville à la fois. Mais le logiciel du drone avait compris que le port de Marseille était très encombré par la surveillance maritime et aérienne et avait déclenché un plan B, défini par le Tigre : d'où le mouvement vers Catane et le *Costa Fascinosa*. Et, après cet attentat à peu près improvisé, le troisième remorqueur était allé se réfugier dans une crique discrète, pour y débarquer les drones tueurs prévus initialement pour être lancés sur Marseille. Maintenant, les drones étaient dans la nature.

Et sans doute, dit Léo, sont-ils de nouveau en route vers Marseille, ou pour Gênes. Oui, Catane ne leur suffisait pas. Deux nouveaux attentats étaient prévus pour bientôt. Kasperkg avait donc parfaitement prévu ce qui allait se passer.

Léo continue : Simmel avait aussi découvert que le Tigre ne défendait plus du tout les causes qui les avaient rassemblés, mais qu'il était devenu un mercenaire, au service de mouvements fondamentalistes de toute nature, et en particulier pour des Américains anticapitalistes, prêts à tout pour enrayer l'économie de marché et provoquer le retour à une société rurale ; un terrorisme vert. Placé sous l'égide du grand poète Walt Whitman. Et financé par quelques milliardaires américains.

George Simmel avait insisté pour qu'ils ne deviennent pas des mercenaires, pour qu'ils interrompent les préparatifs des nouveaux attentats. Le Tigre et ses hommes avaient refusé, l'avaient traité d'agent double et l'avaient arrêté et torturé pour savoir pour qui il travaillait ; lui, Léo, avait réussi à s'enfuir et n'avait pas été repris, grâce au silence que Simmel avait gardé sous la torture.

Simmel. Elle se souvient de leur rencontre dans la forêt brésilienne. Cet homme si intense, si froid, si impressionnant... Elle avait failli mourir de peur quand il était entré dans la pièce. Léo avait parlé de papillons au moment le plus tendu, s'en souvient-il ? Il murmure :

— Bien sûr que je m'en souviens.

— Pourquoi as-tu parlé de papillons à ce moment-là ? demande Fatima.

— Je pensais à une phrase d'un philosophe chinois qui m'est toujours très précieuse en un moment de stress.

— Dis ?

— « Tchouang Tseu rêva un jour qu'il était un papillon. Un papillon heureux, n'écoutant que ses désirs. Il ne savait même plus qu'il y avait là un Tchouang Tseu. Il n'aurait su dire s'il était Tchouang Tseu se rêvant papillon ou quelque papillon rêvant qu'il était Tchouang Tseu. Pourtant, entre un papillon et Tchouang Tseu, il doit bien y avoir une différence. »

— C'est très beau. Mais pourquoi as-tu pensé à cela au moment où notre vie ne tenait qu'à un fil ?

— Justement. Parce que c'est en étant conscient de la précarité qu'on vit le plus intensément l'instant. C'est en étant différent qu'on trouve l'essentiel ; et c'est en nous mettant à la place de Simmel que nous avons trouvé les mots capables de le convaincre de nous suivre.

Le portable de Fatima sonne : c'est un appel de Zemmour. À 23 heures ? Que se passe-t-il ? Il semble paniqué.

— Viens vite ! On vient de retrouver le corps de Kasperkg dans nos bureaux.

Fatima met le haut-parleur, pour que Léo entende.

— Kasperkg ? Kasperkg est mort ?! Qui a pu entrer pour le tuer ? Il faut des badges spéciaux pour avoir accès à notre étage !

— Je sais. Il a été assassiné par le même genre d'arme qui a tué Brejanski. On a retrouvé les mêmes traces sur son corps. Viens vite !

— Un drone serait rentré au 14e étage du Bastion ? Allons ? Qui aurait pu le faire entrer là !

— Je ne sais pas ! Le garde qui le surveillait n'a rien vu. Il avait raison d'avoir peur, ce monsieur. Et ce n'est donc sûrement pas lui qui a tué notre première victime. Mais alors qui ? Viens, s'il te plaît.

Léo la regarde intensément. Et lui fait signe de se taire et de raccrocher ; et il fait un geste étrange, qui lui rappelle quelque chose. Un papillon.

Brusquement elle comprend : penser comme un papillon. S'éloigner de la situation. Changer totalement de perspective... Ne plus chercher un assassin.

Et s'il n'y avait pas d'assassin ? Si le meurtrier était le drone lui-même, celui qu'ils appelaient Gothmog, qui aurait intégré la possibilité de prédire qui allait lui être hostile et d'agir contre ses propres ennemis ? Oui. C'est cela... Ce drone tueur et prédictif a assassiné successivement les deux dirigeants de Boromir... Oui, Kasperkg avait menti quand il avait prétendu avoir programmé le logiciel pour tuer ceux qui s'opposaient à la fusion. En fait, le logiciel avait compris tout seul qu'il devait détruire tous ceux qui s'opposeraient à lui, quelle que soit sa mission. Il avait compris que Brejanski et Kasperkg voudraient un jour l'annihiler et avait décidé de se débarrasser des deux seules personnes capables de le désactiver, de découpler le logiciel et le drone. Gothmog avait d'abord assassiné Brejanski dans sa suite du Crillon, où Kasperkg venait de l'apporter. Puis il était sorti par la porte, au moment où Domitian était entré. L'assassin n'était donc ni entré ni sorti par la fenêtre. C'est ça qu'il fallait comprendre. Et quand, hier, Kasperkg avait compris que c'était le drone, le Gothmog, qui avait tué son associé, il avait pris peur et avait avoué un crime qu'il n'avait pas commis, pour obtenir une protection. S'il avait tant tardé à donner les résultats de son enquête, ce n'est pas parce qu'il avait mis longtemps à trouver la cible des prochains attentats, mais parce qu'il avait dû chercher un moyen de désactiver Gothmog, en vain.

Ce drone tueur, Gothmog, est-il encore opérationnel ? Où est-il ? Combien a-t-il encore de munitions ? Que va-t-il faire, maintenant ? Est-il vengé ou se considère-t-il encore comme menacé ? Par qui ?

Seul Zimmer peut savoir tout cela. C'est lui qui l'a conçu…

Fatima, sans dire un mot, cherche à le joindre. Mais Zimmer a coupé tous ses téléphones et il n'est plus joignable ni sur WhatsApp, ni sur Telegram. Elle se souvient de ce qu'avait dit Russell : « Dans cinq ans, nos téléphones portables pourront lire dans nos pensées. » Zimmer doit se sentir lui aussi menacé par Gothmog. Il doit penser que son drone le menace. Et il doit penser que c'est en s'isolant qu'il est le mieux protégé… À moins que Gothmog ne l'ait déjà trouvé et que le patron de Zelda ne soit déjà mort.

Léo lui arrache son téléphone et l'éteint, puis éteint le sien. Ils se regardent, dans l'obscurité.

Et elle ? Et lui ? Gothmog va-t-il venir s'en prendre à eux ?

Onzième jour

Le vendredi 12 octobre 2018, à l'aube, Fatima et Léo n'ont pas dormi. Calfeutrés dans la chambre de Fatima, portes et volets fermés dans toute la maison, ils se sont allongés sur le lit, sans se déshabiller... Léo a posé sur la table de nuit l'énorme revolver à barillet qu'elle lui avait vu au Brésil. Une arme étrange...

Aucune tendre étreinte ne les a réunis, tant ils sont aux aguets. Impossible de faire autre chose que de guetter les bruits de la rue et du vent... Pas de raison de s'inquiéter pour le moment, se rassure Fatima ; si le drone l'avait identifiée, elle, comme un de ses ennemis, il aurait déjà essayé de pénétrer dans l'appartement ; pour cela il aurait dû faire sauter une serrure, ou exploser un volet et une vitre, et ils s'en seraient aperçus. Donc, attendre...

Cette nuit, elle avait parlé à Léo de son enfance, de la mort de son père, du prochain départ de sa mère, de ses enfants, à qui elle avait demandé de ne pas descendre... Léo avait parlé de son grand-père, un rescapé de Bergen-Belsen ; de son père, jeune officier tué en mission au Liban juste après sa naissance ; de sa mère, qui avait tout fait pour qu'il ne devienne pas militaire. Oui, elle vivait encore. Elle avait 80 ans.

Gothmog avait-il réussi à trouver Frédéric Zimmer ? L'avait-il tué ? Et les cinq Américains ? Ils sont, pour le drone, tout aussi menaçants. Va-t-il aussi l'identifier, elle, comme une de ses ennemis ? Vont-ils rester cloîtrés pendant des jours, jusqu'à ce que le Gothmog ne se manifeste ? Et s'il ne se manifeste que dans dix ans ? S'il ne se manifeste jamais… ?

Quand le jour se lève, Fatima et Léo passent prudemment de la chambre à la cuisine. Toujours rien ; le Gothmog est peut-être désactivé. Ou s'acharne-t-il à rechercher Zimmer ? Ou les cinq Américains ? Après tout, les réseaux sont coupés et le Gothmog a peut-être déjà fait un carnage au Ritz… Comment savoir ? Allumer la radio ? Léo lui fait signe de ne pas le faire.

Elle fait du café, aussi silencieusement que possible. Léo lui sourit. Ils le boivent en silence. Au moment où il va reposer sa tasse, Léo se dresse et lui fait signe de ne pas bouger. Elle reste immobile. Et guette… Elle n'entend rien. Il lui désigne la porte principale… Elle se concentre. Elle entend. Un bruit furtif. Comme si quelqu'un grattait à la porte. Une porte blindée. Le Gothmog ? Comment ferait-il ce bruit-là ? Non, si c'était lui, il aurait déjà fait exploser le chambranle. Léo lui sourit et, son arme à la main, approche doucement de la porte. Le grattement continue. Léo regarde par l'œilleton, se détend et appelle Fatima. Elle reconnaît Frédéric Zimmer et ouvre. Il se précipite à l'intérieur et referme la porte derrière lui. Visiblement, il n'a pas dormi, lui non plus. Où a-t-il passé la nuit ?

— Pourquoi êtes-vous venu ?

— Parce que j'ai besoin de votre protection ; le drone tueur, le Gothmog, cherchera à me tuer, comme il a tué Brejanski et Kasperkg... Parce que Vince est mort, n'est-ce pas ?

— Oui, en effet, dit Fatima.

— J'en étais sûr, dit Zimmer.

— Gothmog ? interrompt Fatima. Vous savez donc comment Kasperkg le nommait ?

— Oui, on avait choisi ensemble ce nom, quand on s'était vus au Crillon...

Il montre Léo.

— Je ne connais pas votre... compagnon...

— Ce n'est pas mon... proteste Fatima.

— Je suis son... garde du corps, sourit Léo. Et vous ? Je suppose que vous êtes M. Zimmer ?

Frédéric hoche la tête...

— Comment avez-vous trouvé mon adresse ? demande Fatima.

— Vous avez donné trop d'interviews, madame. Alors on sait que vous êtes la fille de Samira Hadj et que vous habitez dans le même immeuble qu'elle. Le reste, c'est votre concierge qui me l'a dit. Très bavarde, votre concierge. Il faut maintenant couper tous vos réseaux sociaux, tous vos téléphones, tous vos contacts avec l'extérieur. Gothmog peut tout lire.

— C'est déjà fait, évidemment, dit Léo. Cela suffira à nous isoler ?

— Pour le moment, oui. On peut encore s'isoler de ces machines en coupant tous nos réseaux. Dans quelques années, il y aura tellement de machines communicantes dans tous nos objets, nos vêtements, nos meubles, nos couverts, qu'on ne pourra même plus s'isoler.

— Et on peut arrêter le monstre que vous avez créé ?

— Moi, je n'ai créé que le drone. Pas le logiciel ! Et c'est Vince qui les a branchés l'un sur l'autre ! L'essentiel de Gothmog, c'est le logiciel IS. C'est lui qui tire, pas le drone.

— Le drone est l'arme du crime, dit Léo.

— Une arme n'est jamais coupable d'un crime, non ? Et le coupable du crime, c'est le logiciel.

— Oui, mais voilà, les deux auteurs de ce logiciel, Brejanski et Kasperkg, sont morts, répond Léo.

— Ils n'ont pas compris, reprend Zimmer, que Gothmog ferait tout pour défendre sa survie, indépendamment de toute mission qui pourrait lui être confiée.

Fatima regarde Léo : ils avaient bien compris !

— La coupure des réseaux nous protège de lui ? demande Fatima.

— Cela le retarde. Mais cela ne l'empêchera pas de vous trouver très rapidement, comme je vous ai trouvé. S'il vous cherche…

— Pensez-vous qu'il me cherche ?

— Je ne sais pas, répond Zimmer. Encore une fois, je ne fabrique que le drone, pas le logiciel. Et le logiciel est le cerveau du Gothmog. C'est le cerveau qui décide de devenir tueur. Je pense qu'il est en train de faire la liste de ceux qui peuvent encore lui vouloir du mal et il va agir.

— Vous êtes sûrement sur la liste, monsieur Zimmer, dit Léo, avec les collaborateurs de ses deux premières victimes.

— Les Américains ? dit Zimmer. Je ne pense pas : ils n'ont rien compris de ce qui se passe. Aucun ne m'a vu venir au Crillon avec un drone. Ils ne soupçonnent donc pas l'existence de Gothmog. Mais je pense que Gothmog a sûrement compris que vous, madame la commissaire, vous savez qu'il existe et qu'il est très dangereux. Et il va sûrement penser que, vous et moi, seuls à connaître son existence, nous voulons le détruire. Il va donc sûrement nous attaquer, au plus tôt, pour supprimer les derniers témoins de son existence.

— Combien de temps avons-nous avant qu'il ne nous trouve ? demande Léo.

— Je ne sais pas. Mais il nous trouvera. Et il ne nous donnera pas le moindre avertissement. À mon avis, cela va venir très vite.

— On peut l'arrêter ? interroge Fatima.

— Un combat contre Gothmog est perdu d'avance. Il va trop vite, il peut venir de n'importe où. Et il peut prédire ce que vous allez faire. Donc, on ne peut pas le surprendre.

— Pourquoi pas prévenir toutes les polices ?
— Si on fait cela, il nous repérera. Il arrivera avant les policiers, nous tuera et fuira.
— Alors, on fait comment ? Vous qui le connaissez mieux que personne, dit Léo, il a bien une faille ?
— Je ne crois pas. Mais si je suis venu ici, c'est justement parce que je pense qu'il n'y a que vous, madame, qui puissiez me croire quand je dis qu'un drone autonome me pourchasse et veut me tuer. Et il n'y a que vous qui, peut-être, pouvez faire quelque chose pour l'en empêcher. En ameutant, sur des réseaux secrets, s'ils existent, toutes les forces de police, de l'armée, je ne sais pas. De toute façon, je suis déjà mort...
Silence.
— De quelle distance peut-il tirer ? demande Léo.
— Pas de très loin. Cinquante mètres au plus.
— Et il tire quoi ?
— Des balles... Plus exactement du métal en fusion qui devient une balle en refroidissant pendant la trajectoire.
— Combien ?
— Il a encore une dizaine de munitions. Il est fait comme ça. Ses munitions sont intégrées à la machine. On ne peut pas en mettre moins.
— Donc, affrontons-le à l'extérieur, dit Léo. Je le verrai de plus loin que cela, et je pourrai le détruire.
— N'y comptez pas, répond Zimmer. Il approche à plus de 150 kilomètres-heure et il zigzague...
— Et à l'intérieur ?

— Ce serait pire.

— Et rien ne peut le troubler ? demande Fatima. Ne peut-on le brouiller, comme un téléphone, ou le hacker, comme un ordinateur ? Ne peut-on en prendre le contrôle ?

— Impossible. À ma connaissance, impossible. En tout cas, ce drone est très protégé, comme les meilleurs systèmes de brouillage.

— Aucune faille ?

— Non. Enfin…

— Dites !

— S'il a une faiblesse, le drone, c'est qu'il ne peut tirer qu'en pointant son canon dans la direction de sa cible, et cela suppose qu'il s'oriente entièrement lui-même.

— Le canon n'est pas mobile ?

— Non, il est incorporé dans le drone. C'était plus simple d'un point de vue aérodynamique.

Silence. Ils se regardent.

— En fait, murmure Léo, la seule façon de le détruire serait donc de le toucher pendant qu'il attaque quelqu'un d'autre.

— Comment ça ? dit Fatima.

— Monsieur (je ne connais pas votre nom) a raison, dit Zimmer. Gothmog ne peut s'attaquer à deux ennemis à la fois. Pour l'instant. Quand il a choisi un ennemi, il doit le détruire avant de passer au suivant.

— Il faudrait donc, dit Léo, qu'il considère l'un d'entre nous comme son ennemi le plus dangereux, celui qu'il doit tuer en priorité. Et qu'il néglige les deux autres. En particulier moi, dont, *a priori*, il ignore l'existence.

— Oui ! Il faudrait que l'un d'entre nous se laisse attaquer par lui, dit Zimmer, pour qu'un autre le détruise.

— Cela ne suffira pas... il faudrait plus... dit Fatima. Et s'il pensait qu'il a un allié ?

— C'est-à-dire ? demande Zimmer.

— S'il pensait que l'un d'entre nous, qui veut le défendre, est menacé ? reprend Fatima. Il viendra peut-être le protéger contre une attaque ?

— Comment vois-tu cela ? demande Léo.

— Si je lui fais croire, dit Fatima, que je veux le protéger contre vous, M. Zimmer, qui voulez le détruire, et que je pense que vous allez m'attaquer, il viendra attaquer celui qu'il croit son adversaire... Ce qui laisse à Léo...

— Bravo, Fatima, dit Léo. On va faire ça. De toute façon, on n'a pas mieux à faire. Mais c'est moi qu'il va attaquer. D'abord, on coupe tous les réseaux. Ne rien écrire, ne pas parler. Ne pas penser, même, si on peut. Pendant une heure. Ensuite, on réveille tous les réseaux et j'annonce que je vais détruire le Gothmog dans la journée. Toi, Fatima, tu réagis en disant que tu veux le protéger et qu'il est très utile pour ton enquête. On ouvre une fenêtre. Et on attend.

— Non. Non. Ça ne va pas, dit Zimmer. Dans ce cas-là, c'est vous, M. Salz, qu'il va attaquer ; et moi, je ne saurai pas tirer. Il faut que je sois celui qu'il attaque le premier. Il faut qu'il croie que moi, qu'il connaît, je veux le détruire. Il sera particulièrement fâché contre moi, son créateur. Enfin, en partie son créateur. Et vous, monsieur, il ne connaît même pas votre existence.

— Vous êtes prêt à prendre le risque qu'il vous tue ? demande Léo à Zimmer.

— De toute façon, soupire Zimmer, je suis certainement le prochain sur sa liste ; je vous l'ai dit : je suis déjà mort.

— Bien, on fait comme ça, dit Léo.

Fatima, après un silence :

— Jamais je n'aurais imaginé que je tendrais un jour un piège à un suspect pour le tuer.

Léo devine qu'elle pense à ce qu'a fait le précédent président de la République : faire assassiner des suspects. Il répond, pincé :

— Tu t'imagines plutôt en train de lui passer les menottes ? Assez perdu de temps, on y va.

Ils s'installent dans la salle à manger de Fatima, entre la cuisine et sa chambre. Toutes les portes et les fenêtres sont encore fermées. Léo calcule avec précision la position que chacun doit prendre... Zimmer s'assied à la table, à un endroit tel que le Gothmog devra, pour l'atteindre, pénétrer dans la pièce et passer par la ligne de tir de Léo, caché dans la cuisine.

Tout est prêt. Fatima regarde Léo. Il lui sourit ; il faut y aller. Elle va ouvrir les volets d'une fenêtre, puis la fenêtre. Elle ne peut s'empêcher d'apprécier la beauté du ciel, la douceur de la température, les bruits amicaux de la rue, le canal Saint-Martin, devant la maison et le pont, où jouent des enfants en route vers l'école...

Puis, elle retourne s'asseoir à la place prévue par Léo, à côté de Zimmer. Léo, lui, se poste dans la cuisine.

Un moment de silence, puis Fatima et Zimmer allument leurs téléphones. Zimmer annonce à tous ses correspondants qu'il va détruire le Gothmog. Fatima qu'elle va le défendre.

Ils attendent. Longue tension. Ne plus bouger, ne rien faire. Ne plus répondre aux messages ni aux appels ; laisser le monstre venir.

Une heure et demie plus tard, Zimmer fait un petit geste de la main. Ni Léo ni Fatima n'entendent ni ne voient rien. Lui, il le voit. Fatima pense qu'il doit se tromper. Elle n'ose tourner la tête, et puis elle le voit aussi, dans l'embrasure de la fenêtre.

Une sorte de grosse balle de tennis rouge, surmontée de quatre hélices minuscules. Devant, un trou, qui ressemble à un œil et doit être le canon... À peine un imperceptible vrombissement des moteurs des hélices...

Alors, c'est ça, l'arme la plus terrible du XXIe siècle ? L'arme qui peut changer la politique, l'économie, la vie quotidienne de tous ? L'arme absolue à la portée des grandes surfaces... Une balle de tennis !

Fatima ne peut s'empêcher de remarquer qu'il n'aurait pas pu passer par la fenêtre entrouverte du Crillon. Donc, Gothmog est bien entré par la porte de la chambre, avec Kasperkg.

Gothmog reste longuement en suspens juste dans l'embrasure de la fenêtre. De là, il ne peut tirer sur Zimmer. Un long moment. Puis il entre dans la pièce. Très précautionneusement ; comme s'il craignait quelque chose... Il tourne, très lentement. Presque silencieux... Il hésite. Qui va-t-il choisir comme ennemi principal ? S'il découvre l'existence et la présence de Léo et l'attaque en premier, ils sont tous morts ; et plus personne ne pourra plus l'arrêter.

Mais non, Gothmog a bien choisi Zimmer. Il va lentement se placer exactement dans l'angle prévu pour tirer sur lui.

Mais que fait Léo ? s'inquiète Fatima.

Le drone vise, longuement, en ajustant sa position. Zimmer ne bouge pas et ferme les yeux. Il est déjà mort.

Que fait Léo ?! Le cerveau de Fatima va éclater. Elle va hurler !

Léo tire. Une seule balle. Le drone explose, en miettes, à travers la pièce...

– Voilà, c'est réglé, dit Léo. Ce n'était pas aussi long que le combat de Moby Dick !

Fatima hurle à Léo.

– Pourquoi as-tu tant attendu ? Vous avez été très courageux, M. Zimmer.

– J'ai failli mourir de peur ! dit Zimmer. Mourir de peur de mourir.

Et puis, il interpelle Léo :

– Vous n'auriez pas dû attendre si longtemps !

– Tout, depuis le moment où ce monstre s'est placé dans l'embrasure de la fenêtre jusqu'au tir, n'a pas duré plus de six secondes, sourit Léo.

– Vraiment ? s'étonne Fatima.

– J'aurais dit six minutes au moins, dit Zimmer.

– Je comprends, répond Léo... En tout cas, c'est fini... c'est réglé.

— Pour l'instant, dit Fatima. D'autres pourront dans l'avenir connecter de nouveau des drones et des logiciels de ce genre...

— Vous avez ouvert une terrible boîte de Pandore, M. Zimmer, reprend Léo.

Zimmer hausse les épaules :

— Si ce n'était pas Boromir et Zelda, quelqu'un d'autre l'aurait fait. D'autres le feront.

— Vous avez fabriqué un monstre. Et vous l'avez fait pour de l'argent, dit Fatima.

— Bien sûr, c'est le seul moteur qui vaille ! Quoi d'autre ?

Fatima risque :

— Je sais maintenant pourquoi vous avez nommé votre firme « Zelda ».

Zimmer sourit.

— Ah ? Pourquoi ?

— Parce que Scott Fitzgerald a empêché sa femme Zelda d'utiliser leurs souvenirs communs dans son roman, pour les garder pour le sien, *Tendre est la nuit*.

— Ah, vous savez ça ? Et alors ?

— Et vous, c'est pareil, vous avez gardé pour vous, en le mettant dans cette coquille que vous avez nommée Aragorn, l'essentiel de votre projet, ce qui devait vous rapporter le plus, c'est-à-dire le drone tueur miniaturisé et réutilisable ; et vous l'avez mis hors de Zelda, qui appartient en fait à votre beau-père... C'est bien ça, n'est-ce pas ?

— Bravo, bien vu... Très bien vu... Vous êtes la première à comprendre. Et on ne pourra pas m'accuser de l'avoir caché.

Fatima le regarde avec colère :

— Il y a tellement d'autres choses dont on pourra vous accuser, M. Zimmer...

Un peu plus tard, dans l'après-midi, Fatima reçoit un appel du président de la République, qui veut la voir immédiatement. Il ne la reçoit pas dans son bureau, mais dans le parc. L'automne est doux. Ils marchent doucement, le long des allées. Elle remarque qu'il boite de plus en plus bas et semble vraiment fatigué.
— Merci d'avoir pris le temps de venir me voir.
— Je vous en prie, monsieur le président.
— Il va de soi que tout cela doit rester confidentiel, n'est-ce pas ? Officiellement, le meurtrier de M. Brejanski est M. Kasperkg, qui s'est suicidé dans vos bureaux. C'est bien d'accord ?
— Je comprends, monsieur le président. Et j'ai pris les devants en gardant encore confidentiel ce qui s'est passé chez moi.
— Parfait. Vous avez fait un travail formidable. Et je suis heureux que l'équipe que vous formez avec Léo se révèle si... comment dirais-je... efficace...
— Je vous remercie. Je suppose qu'il vous a déjà fait un compte rendu de l'opération.
— En effet, il m'a dit votre courage. Vous n'auriez jamais dû prendre un tel risque face à ce... comment l'appelez-vous déjà ?
— Le Gothmog.
— Ah oui, je ne m'y ferai pas, à ces noms ! Laisser entrer ce monstre chez vous ! Rester impassible... Bravo, vraiment.

— Il fallait bien détruire cet... objet...
— Votre enquête est donc terminée, par la destruction du coupable.
— Oui, « destruction », c'est bien le problème.
— Comment ça ?
— Le coupable est une intelligence artificielle ; difficile de classer une enquête comme ça.
— Et pourtant, il faut le faire, dit le président en avançant vers la grille du Coq. Le juge d'instruction ne doit pas en savoir plus. Il va autoriser le retour chez eux des cinq Américains survivants. Et des corps des deux autres. Vous n'y voyez pas d'obstacle ?
— Non...
Le président s'arrête et la regarde :
— Ah, il y en a un seul que je voudrais garder...
— Oui ?
— C'est le violon, sourit le président.
— Ah oui, le Guarneri ! Pourquoi ? On va chercher à qui il appartient vraiment.
— Voilà ! On ne va pas laisser partir un tel trésor comme ça...
— Monsieur le président, je peux vous demander si vous avez pu tenir compte de ce que le logiciel avait prévu, pour Gênes et Marseille ?
— Et des aveux du Tigre ! Oui. Nous avons pris immédiatement les précautions nécessaires. Nous n'avons pas voulu prendre de risque, comme l'autre fois ; nous avons prévenu les Italiens. La réunion des ministres à Gênes a été annulée il y a une heure, sans aucun communiqué de presse, avant l'arrivée des ministres. Par ailleurs, nos services ont retrouvé ce matin un camion bourré de drones tueurs dans le

quartier des Borels, au nord de Marseille. De drones chinois, aussi sophistiqués que ceux de Zelda ! On n'avait aucune idée de l'existence de ces modèles.

— Sans doute le camion venant d'Italie, dit Fatima, avec les drones qui se trouvaient dans le troisième remorqueur…

— Ce n'est pas fini, dit le président. On n'a pas encore trouvé les auteurs de l'attentat de Catane, qui commanditaient les attentats de Gênes et de Marseille. C'est sûrement une énorme organisation. Nous n'en savons pas grand-chose. Nous sommes en contact avec nos amis de la CIA et du FBI pour les identifier.

Le président et Fatima sont maintenant devant la grille du Coq, à l'extrémité du parc. Le président, essoufflé, semble vouloir continuer à marcher. Il reprend :

— Désormais, la tentation sera grande pour les armées des démocraties, y compris pour la nôtre, de se doter de milliers de drones tueurs ; et même de milliers de drones tueurs intelligents pour dissuader nos ennemis et anéantir les terroristes et les ennemis de la liberté avant qu'ils ne nous attaquent.

Elle ose :

— Ce serait évidemment plus propre que les tueurs de votre prédécesseur. Mais pour le même résultat : des crimes d'État.

Le Guay ne cille pas. Il murmure :

— « Des servantes s'empressent sous leur maître,/Elles sont en or, semblables à de jeunes êtres vivants ;/Dans leurs cerveaux se trouve une pensée réfléchie, ainsi qu'une voix/Et qu'une force ; et des dieux immortels elles ont appris des travaux. »

— C'est-à-dire, monsieur le président ?

— Vers 418 du chant XVIII de l'*Iliade* : le dieu Héphaïstos fabriquait des serviteurs de métal doués d'intelligence pour les autres dieux grecs. Vous voyez, ce n'est pas nouveau.

Fatima se souvient que la légende voulait que Martial Le Guay ait été professeur de latin et de grec au début de sa carrière. Avant d'entrer dans les services secrets.

— Pourquoi me dites-vous cela ?

— Parce que le rêve de machines intelligentes au service des hommes est éternel. Et aujourd'hui, comme hier, on ne pourra pas les interdire. Ni les réserver aux démocraties. Les dictatures en voudront aussi, et il sera très difficile de les en priver. Les terroristes voudront en avoir ; des justiciers autoproclamés pourraient aussi s'en servir pour programmer l'assassinat de plusieurs dirigeants de multinationales produisant des produits qu'ils jugeront nocifs à l'humanité.

— Oui. Et les chasseurs et les criminels.

— Pire encore : si ces drones tueurs sont capables, comme votre Gothmog, d'anticiper ce qui va les menacer, on sera tous en situation d'autocensure. Comme dans les dictatures.

— Comment ça ?

— Imaginez un monde où il y aurait des millions de drones tueurs capables de repérer et de détruire tout ce qui les empêche de réaliser les tâches qu'on leur aura confiées, quelles qu'elles soient. Un jour, ils voudront éliminer tous ceux qui pourraient s'opposer à leur puissance ; ils tueront tous ceux qui pourraient seulement penser à les débrancher ; ils s'attaqueront même de façon préventive aux chercheurs, qui pourraient inventer des mécanismes de désactivation.

— Vous pensez vraiment que cela peut arriver ?

— Bien sûr ! Nous ne pourrons jamais plus être tranquilles… L'humanité vivra alors sous le règne de la peur. Elle n'aura même plus le droit de penser, d'écrire, de peur que des logiciels d'intelligence artificielle ne le devinent et ne se sentent menacés. Par de petits glissements progressifs, l'humanité deviendra alors l'esclave de ses propres robots, sous la surveillance de ses propres armes.

Les deux marcheurs sont revenus près du perron qui mène à l'intérieur du palais. Fatima sent que le président est à bout de forces. Mais qu'il ne veut pas le laisser paraître.

— Vous avez raison, monsieur le président, on parle à tort et à travers des dangers de l'intelligence artificielle, sans voir que le plus grand danger, c'est celui-là… Pourquoi n'en parlez-vous pas au pays, monsieur le président ? Pourquoi voulez-vous que cela reste secret ?

— Vous me voyez déclencher une panique en parlant de tout cela à la télévision ? Un homme politique ne doit jamais parler d'une menace tant qu'il n'a pas trouvé un moyen d'y parer. Et là, nous n'en avons pas.

— Il faudrait pouvoir empêcher toutes les intelligences artificielles d'être agressives et leur ordonner de se conduire de façon éthique. C'est à vous de l'exiger, monsieur le président, c'est de la politique.

— Oui. Mais ce ne serait possible qu'à l'échelle mondiale. Il faudrait une charte mondiale, interdisant à tout fabricant de ces logiciels d'autoriser les intelligences artificielles à nuire aux humains.

— À vous de le faire, monsieur le président.

— Oh, si cela ne dépendait que de moi… Je ne suis que le président d'un petit pays, dans un monde en train de devenir fou… Et d'ici là, mon devoir est de doter aussi mon pays de ces armes…

— Vous êtes bien pessimiste, monsieur le président.

— Pas du tout. Car le monde sait qu'il devient fou. Et ça, c'est le début de la guérison ! Je dois vous laisser, madame la commissaire… J'ai d'autres soucis, moins importants mais plus urgents. En particulier avec la crise en Algérie…

Fatima sort de l'Élysée. Il est 5 heures de l'après-midi. Il fait beau. Quelques heures après être passée à côté de la mort… Faubourg Saint-Honoré, des touristes face à l'Élysée ; des photographes. Trois enfants qui rient…

Personne ne sait à quoi le monde a échappé… Pour le moment.

Sur son téléphone, des messages de sa mère, de ses enfants, de Zemmour, de Léo, de Noora.

Léo, Noora… Elle aime Léo. Elle est troublée par Noora.

Avec qui dîner, ce soir ?

Qui choisir ?

Il faut vivre, pendant qu'il est encore temps.

Pourquoi choisir ?

Tout ce qui a lieu dans ce roman est du domaine de la fiction. Cela n'a pas eu lieu. Cela peut avoir lieu. Dans quelque temps.

Je remercie le professeur Stuart Russell, de l'université de Californie à Berkeley, d'avoir accepté d'apparaître sous son vrai nom dans ce roman et d'avoir vérifié la vraisemblance des propos que je lui prête et qui restent de ma responsabilité.

Je remercie Laurent Alexandre et Alexandre Cadain pour nos conversations sur les diverses potentialités de l'intelligence artificielle.

Je remercie Renaud Capuçon d'avoir partagé avec moi son grand savoir sur les violons de Guarneri del Gesù, dont il est un des plus grands interprètes aujourd'hui.

Je remercie maître Marie-Noëlle Dompé et Sara Brimo d'avoir partagé avec moi leur science des procédures judiciaires et constitutionnelles.

Je remercie Sophie de Closets et Diane Feyel pour leur relecture si attentive de quelques-unes des innombrables versions de ce roman. Toute erreur est mienne.

Table

Avant que ne commence cette histoire… 9

Premier jour 15
Deuxième jour 51
Troisième jour 87
Quatrième jour 119
Cinquième jour 143
Sixième jour 167
Septième jour 187
Huitième jour 211
Neuvième jour 245
Dixième jour 277
Onzième jour 303

DU MÊME AUTEUR

Essais

Analyse économique de la vie politique, PUF, 1973.
Modèles politiques, PUF, 1974.
L'Anti-économique (avec Marc Guillaume), PUF, 1975.
La Parole et l'Outil, PUF, 1976.
Bruits. Économie politique de la musique, PUF, 1977 ; nouvelle édition, Fayard, 2000.
La Nouvelle Économie française, Flammarion, 1978.
L'Ordre cannibale. Histoire de la médecine, Grasset, 1979.
Les Trois Mondes, Fayard, 1981.
Histoires du Temps, Fayard, 1982.
La Figure de Fraser, Fayard, 1984.
Au propre et au figuré. Histoire de la propriété, Fayard, 1988.
Lignes d'horizon, Fayard, 1990.
1492, Fayard, 1991.
Économie de l'Apocalypse, Fayard, 1994.
Chemins de sagesse : traité du labyrinthe, Fayard, 1996.
Fraternités, Fayard, 1999.
La Voie humaine, Fayard, 2000.
Les Juifs, le Monde et l'Argent, Fayard, 2002.
L'Homme nomade, Fayard, 2003.
Foi et Raison – Averroès, Maïmonide, Thomas d'Aquin, Bibliothèque nationale de France, 2004.
Une brève histoire de l'avenir, Fayard, 2006 ; nouvelle édition, 2009-2015.
La Crise, et après ? Fayard, 2008.
Le Sens des choses, avec Stéphanie Bonvicini et 32 auteurs, Robert Laffont, 2009.
Survivre aux crises, Fayard, 2009.
Tous ruinés dans dix ans ? Dette publique, la dernière chance, Fayard, 2010.

Demain, qui gouvernera le monde ? Fayard, 2011.
Candidats, répondez !, Fayard, 2012.
La Consolation, avec Stéphanie Bonvicini et 18 auteurs, Naïve, 2012.
Avec nous, après nous… Apprivoiser l'avenir, avec Shimon Peres, Fayard/Baker Street, 2013.
Histoire de la modernité. Comment l'humanité pense son avenir, Robert Laffont, 2013.
Devenir soi, Fayard, 2014.
Peut-on prévoir l'avenir ? Fayard, 2015.
100 jours pour que la France réussisse, Fayard, 2016.
Le Destin de l'Occident, avec Pierre-Henry Salfati, Fayard, 2016.
Vivement après-demain !, Fayard, 2016.
Histoires de la mer, Fayard, 2017.

Dictionnaires

Dictionnaire du XXIe siècle, Fayard, 1998.
Dictionnaire amoureux du judaïsme, Plon/Fayard, 2009.

Romans

La Vie éternelle, roman, Fayard, 1989.
Le Premier Jour après moi, Fayard, 1990.
Il viendra, Fayard, 1994.
Au-delà de nulle part, Fayard, 1997.
La Femme du menteur, Fayard, 1999.
Nouv'Elles, Fayard, 2002.
La Confrérie des Éveillés, Fayard, 2004.
Notre vie, disent-ils, Fayard, 2014.
Premier Arrêt après la mort, Fayard, 2017.

Biographies

Siegmund Warburg, un homme d'influence, Fayard, 1985.
Blaise Pascal ou le Génie français, Fayard, 2000.
Karl Marx ou l'Esprit du monde, Fayard, 2005.

Gândhî ou l'Éveil des humiliés, Fayard, 2007.
Phares. 24 destins, Fayard, 2010.
Diderot ou le Bonheur de penser, Fayard, 2012.

Théâtre

Les Portes du Ciel, Fayard, 1999.
Du cristal à la fumée, Fayard, 2008.
Théâtre, Fayard, 2016 (comprenant les deux pièces précédentes ainsi que *Il m'a demandé de l'attendre ici* et *Présents parallèles*).

Contes pour enfants

Manuel, l'enfant-rêve (ill. par Philippe Druillet), Stock, 1995.

Souvenirs

Verbatim I, Fayard, 1993.
Europe(s), Fayard, 1994.
Verbatim II, Fayard, 1995.
Verbatim III, Fayard, 1995.
C'était François Mitterrand, Fayard, 2005.

Rapports

Pour un modèle européen d'enseignement supérieur, rapport au ministère de l'Éducation nationale, Stock, 1998.
L'Avenir du travail, Fayard/Institut Manpower, 2007.
300 décisions pour changer la France, rapport au président de la République de la Commission pour la libération de la croissance française, XO/La Documentation française, 2008.
Paris et la Mer. La Seine est Capitale, Fayard, 2010.
Une ambition pour 10 ans, rapport au président de la République de la Commission pour la libération de la croissance française, XO/La Documentation française, 2010.
Pour une économie positive, rapport au président de la République d'un groupe de réflexion présidé par Jacques Attali, Fayard/La Documentation française, 2013.

Francophonie et francophilie, moteurs d'une croissance durable, rapport au Président de la République, La Documentation française, 2014.

Beaux-livres

Mémoire de sabliers. Collections, mode d'emploi, Éditions de l'Amateur, 1997.

Amours. Histoires des relations entre les hommes et les femmes, avec Stéphanie Bonvicini, Fayard, 2007.

Composition et mise en pages
Nord Compo à Villeneuve-d'Ascq

CET OUVRAGE
A ÉTÉ ACHEVÉ D'IMPRIMER
SUR ROTO-PAGE
PAR L'IMPRIMERIE FLOCH À MAYENNE
EN FÉVRIER 2018

Fayard s'engage pour l'environnement en réduisant l'empreinte carbone de ses livres. Celle de cet exemplaire est de :
1 kg éq. CO$_2$
Rendez-vous sur
www.fayard-durable.fr

PAPIER À BASE DE FIBRES CERTIFIÉES

Dépôt légal : mars 2018
N° d'impression : 92343
84-8145-9/01
Imprimé en France